EM FOGO LENTO

Obras da autora publicadas pela Editora Record

A garota no trem
Em águas sombrias
Em fogo lento

PAULA HAWKINS
EM FOGO LENTO

TRADUÇÃO DE
FLAVIA DE LAVOR

1ª edição

EDITORA RECORD
RIO DE JANEIRO • SÃO PAULO
2021

EDITORA-EXECUTIVA
Renata Pettengill

SUBGERENTE EDITORIAL
Mariana Ferreira

ASSISTENTE EDITORIAL
Pedro de Lima

AUXILIAR EDITORIAL
Júlia Moreira

REVISÃO
Renato Carvalho, Nerval Mendes e Cristina Pessanha

CAPA
Leonardo Iaccarino

DIAGRAMAÇÃO
Abreu's System

TÍTULO ORIGINAL
A Slow Fire Burning

CIP-BRASIL. CATALOGAÇÃO NA PUBLICAÇÃO
SINDICATO NACIONAL DOS EDITORES DE LIVROS, RJ

H325e
    Hawkins, Paula, 1972-
        Em fogo lento / Paula Hawkins; tradução de Flavia de Lavor. – 1ª ed. – Rio de Janeiro: Record, 2021.
        336 p.; 23 cm.

        Tradução de: A Slow Fire Burning
        ISBN 978-65-55-87332-0

        1. Ficção inglesa. I. Lavor, Flavia de. II. Título.

21-72646   CDD: 823
                                                                                     CDU: 82-3(410.1)

Camila Donis Hartmann – Bibliotecária – CRB-7/6472

Copyright © Paula Hawkins, 2021

Mapa nas páginas 6-7 copyright © Liane Payne, 2021.

Emily Skaja, trecho de "My History As" na página 9 de *Brute*. Copyright © 2019 by Emily Skaja. Reproduzido mediante permissão de The Permissions Company, LLC em nome de Graywolf Press, Minneapolis, Minnesota, graywolfpress.org, e mediante permissão de Little, Brown Book Group.

Trechos de "Sugar Boy" na página 298, letra e música de Elizabeth Caroline Orton, Ted Brett Barnes e Ali Friend. Copyright ©1996 BMG Gold Songs. Todos os direitos em nome de BMG Cold Songs geridos por BMG Rights Management (US) LLC. Todos os direitos reservados. Reproduzido mediante permissão de Hal Leonard Europe Ltd, Warp Publishing, e Warner Chappel Music Ltd (PRS).

Texto revisado segundo o novo Acordo Ortográfico da Língua Portuguesa.

Todos os direitos reservados. Proibida a reprodução, no todo ou em parte, através de quaisquer meios. Os direitos morais da autora foram assegurados.

Direitos exclusivos de publicação em língua portuguesa somente para o Brasil adquiridos pela
EDITORA RECORD LTDA.
Rua Argentina, 171 – Rio de Janeiro, RJ – 20921-380 – Tel.: (21) 2585-2000, que se reserva a propriedade literária desta tradução.

Impresso no Brasil

ISBN 978-65-55-87332-0

Seja um leitor preferencial Record.
Cadastre-se no site www.record.com.br e receba informações sobre nossos lançamentos e nossas promoções.

Atendimento e venda direta ao leitor:
sac@record.com.br

Este livro é dedicado à memória de Liz Hohenadel Scott, cujo brilho fazia do mundo um lugar mais acolhedor. Sentiremos sua falta para sempre.

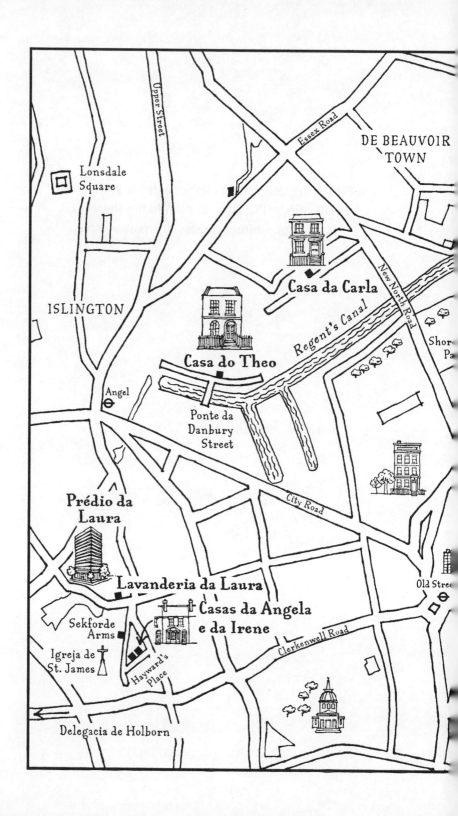

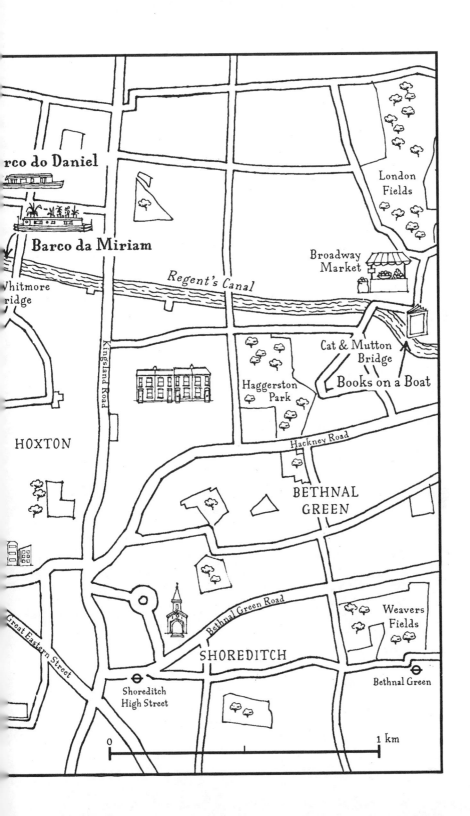

"alguns de nós nasceram para ser aves carniceiras,
& alguns de nós nascemos para ser revoados."

Emily Skaja, *My History As*

Banhada em sangue, a menina cambaleia noite adentro. As roupas estão rasgadas, pendendo do corpo jovem, revelando pedaços da pele branca. Um sapato perdido, o pé sangrando. Ela está em agonia, mas a dor perdeu a importância, eclipsada por outros sofrimentos.

No rosto, a expressão do terror, o coração batendo como um tambor, a respiração ofegante como a de uma raposa que correu para se esconder na toca.

O silêncio da noite é interrompido por um zumbido baixo. Um avião? Ao limpar o sangue dos olhos, a menina ergue o olhar para o céu e não vê nada além de estrelas.

O zumbido aumenta, diminui. Um carro trocando de marcha? Será que ela chegou à estrada principal? Seu coração se enche de esperança e, de algum lugar bem no fundo do seu ser, ela encontra forças para correr.

Ela mais pressente do que vê a luz atrás de si. Sente sua silhueta sendo iluminada no escuro e se dá conta de que o carro está vindo de trás. Está vindo da fazenda. Ela se vira.

Ela sabe, antes de ver, que ele a encontrou. Ela sabe, antes de ver, que será o rosto dele atrás do volante. Ela fica paralisada. Hesita por um segundo e então sai da pista, começa a correr, entrando em uma vala, pulando uma cerca de madeira. Ela cai no campo ao lado e sai em disparada, tombando, se levantando, não dando um pio. De que adiantaria gritar?

Assim que a alcança, ele segura tufos do cabelo dela, puxando-a para baixo. Ela sente o bafo dele. Sabe o que vai fazer com ela. Sabe o que está por vir, pois já o viu fazendo aquilo. Ela o viu fazendo aquilo com sua amiga, a brutalidade com que ele...

— Ai, pelo amor de Deus — resmungou Irene em alto e bom som, fechando o livro com um movimento brusco e jogando-o em cima da pilha de doações para o brechó beneficente. — Que tremendo disparate.

1

Na imaginação de Laura, Deidre falou. *Seu problema, Laura,* disse ela, *é que você faz péssimas escolhas.*

Você tá com a porra da razão, Deidre. Não algo que Laura consideraria dizer nem pensar, mas, parada ali em seu banheiro, tremendo incontrolavelmente, o sangue quente brotando do corte no braço ao ritmo de sua pulsação, ela precisava admitir que a Deidre que morava dentro da sua cabeça tinha acertado em cheio. Ela se inclinou para a frente, apoiando a testa no espelho para não ter que encarar os próprios olhos; mas o problema era que olhar para baixo piorava as coisas, porque dava para ver o sangue fluindo, e isso a deixava tonta, com a sensação de que iria vomitar. Tanto sangue. O corte era mais profundo do que havia imaginado; ela deveria ir para o hospital. De jeito nenhum iria para o hospital.

Péssimas escolhas.

Quando, por fim, o fluxo de sangue diminuiu, Laura tirou a camisa de malha e largou-a no chão, saiu da calça jeans, se despiu da calcinha e se desvencilhou do sutiã, puxando o ar para dentro com toda força através dos dentes trincados quando o gancho de metal roçou no corte, sussurrando em seguida:

— Merda, merda, puta merda.

Ela largou o sutiã no chão também, subiu na banheira e abriu o chuveiro, onde ficou tremendo sob o fraco gotejar da água escaldante (o chuveiro oferecia duas opções: ou muito quente ou muito frio, sem meio-termo). Ela deslizou a ponta dos dedos enrugados pelas belas cicatrizes, brancas como ossos: no quadril, na coxa, no ombro, na parte de trás do crânio. *Eu estou aqui*, disse ela, baixinho, para si mesma. *Eu estou aqui.*

Mais tarde, o antebraço ineficazmente envolto num monte de papel higiênico, o restante do corpo enrolado numa toalha velha e puída, Laura se sentou no feioso sofá de couro sintético cinza e ligou para a mãe. A ligação caiu direto na caixa postal, e ela desligou. Não fazia sentido desperdiçar créditos. Em seguida, ligou para o pai.

— Você está bem, amorzinho?

Dava para ouvir sons ao fundo, o rádio, BBC 5 Live.

— Pai. — Ela sentiu um nó se formando na garganta e o engoliu.

— O que foi?

— Pai, você pode vir aqui? Eu... eu tive uma noite ruim... fiquei me perguntando se você poderia vir aqui rapidinho. Sei que é um pouco longe, mas eu...

— *Não, Philip.* — Deidre, ao fundo, sussurrando entre os dentes. — *Temos bridge.*

— Pai? Você pode me tirar do viva-voz?

— Querida, eu...

— É sério, você pode me tirar do viva-voz? Não quero ouvir a voz dela, me dá vontade de botar fogo nas coisas...

— Ai, Laura, qual é...

— Deixa pra lá, pai, não tem importância.

— Tem certeza?

Não eu não tenho não porra eu não tenho.

— Tenho, sim. Eu tô bem. Vou ficar bem.

A caminho do quarto, ela pisou no casaco que tinha largado no corredor em sua pressa de chegar ao banheiro. Ela se abaixou e pegou o casaco. A manga estava rasgada, o relógio de Daniel ainda no bolso. Ela o tirou dali, virou o relógio, colocou-o no pulso. Um vermelho escarlate aflorou no papel higiênico enrolado no antebraço, o membro latejando de leve enquanto o sangue pulsava para fora do corpo. Sua cabeça girou. No banheiro, largou o relógio dentro da pia, rasgou o papel higiênico, jogou a tolha no chão. Entrou de novo no chuveiro.

Usando uma tesoura para limpar debaixo das unhas, ela observou a água fluir rosada a seus pés. Fechou os olhos. Ouviu a voz de Daniel perguntando *Qual é o seu problema?*, e a voz de Deidre dizendo *Não, Philip, temos bridge,* e a própria voz. *Botar fogo nas coisas. Botar fogo. Botar fogo botar fogo botar fogo.*

2

Todo segundo domingo do mês, Miriam esvaziava o vaso sanitário. Ela tinha que tirar o (sempre surpreendente e desagradavelmente pesado) tanque de contenção da pequena privada nos fundos do barco, carregá-lo através da cabine até o caminho de pedestres que margeava o canal e, de lá, por quase cem metros, até a casa dos banheiros, onde despejava os dejetos na latrina principal, dava descarga e lavava o tanque para eliminar quaisquer resíduos. Um dos aspectos menos idílicos de morar num barco de canal e uma tarefa que ela gostava de executar bem cedo, quando não havia ninguém por perto. Tão indigno, transportar suas fezes em meio a pessoas desconhecidas, passeadores de cães e praticantes de jogging.

Ela estava no deque da popa do barco, verificando se a barra estava limpa — se não havia obstáculos no caminho de pedestres, bicicletas ou garrafas (as pessoas não tinham a menor consideração pelos outros às vezes, principalmente nas madrugadas de sábado). A manhã estava ensolarada, fria para março, embora botões brancos em belos ramos de plátanos e bétulas anunciassem a chegada da primavera.

Frio para março, e, no entanto, ela notou que as portas da cabine do barco vizinho estavam abertas, como estiveram à noite. Ou seja, estranho. E a questão era: ela vinha querendo falar com o ocupante daquele barco, o jovem rapaz, sobre ele ter ultrapassado o limite de tempo de permanência. Ele estava atracado ali naquela mesma posição havia dezesseis dias, dois a mais que o permitido por lei, e ela vinha pretendendo pedir a ele que se deslocasse, muito embora aquilo não fosse seu trabalho nem sua responsabilidade, mas ela — ao contrário da maioria — possuía uma licença especial para manter ancoragem fixa ali, o que a imbuía de um senso particular de coletividade.

Pelo menos foi isso que Miriam disse ao detetive-inspetor Barker quando ele lhe perguntou, mais tarde: *O que a levou a ir lá olhar?* O detetive estava sentado diante de Miriam, os joelhos quase encostando nos dela, os ombros encurvados e a coluna dobrada para a frente. Barcos estreitos e de teto baixo para navegar em canais não são os mais confortáveis para homens altos, e este era um homem bastante alto, a cabeça como uma bola branca de sinuca e uma expressão contrariada no rosto, como se tivesse imaginado que iria fazer outra coisa hoje, algo divertido como levar os filhos ao parque, e agora estava ali com ela, nem um pouco satisfeito com isso.

— Botou a mão em alguma coisa? — perguntou ele.

Será que tinha? Botado a mão em alguma coisa? Miriam fechou os olhos. Visualizou a si mesma dando batidinhas de leve na janela do barco azul e branco. Esperando uma resposta: uma voz ou um discreto puxar de cortina. Curvando o corpo, após não obter resposta, a tentativa de espiar a cabine frustrada pelo tecido translúcido da cortina e pelo que parecia o acúmulo de uma década de fuligem da cidade e do rio. Batendo mais uma vez e, então, após alguns instantes, subindo no deque da popa. Gritando: *Olá? Tem alguém em casa?*

Ela se viu puxando delicadamente a porta da cabine, sentindo, ao fazê-lo, um odor, um cheiro de ferro, de carne, algo de atiçar a fome. *Olá?* Puxando a porta por completo, descendo os poucos degraus que levavam à cabine, seu último *olá* ficando preso na garganta enquanto ela absorvia a cena em sua totalidade: o menino — um menino não, um jovem rapaz, na verdade — deitado no chão, sangue por todo lado, um sorriso largo entalhado no pescoço.

Ela se viu cambaleando, a mão cobrindo a boca, dobrando o corpo para a frente num instante de vertigem que pareceu durar uma eternidade, estendendo o braço, se segurando na bancada. *Ai, meu Deus.*

— Eu botei a mão na bancada — disse ela ao detetive. — Acho que me segurei na bancada, logo ali, do lado esquerdo de quem entra na cabine. Eu o vi e pensei... bem, eu fiquei... fiquei nauseada. — Seu rosto enrubesceu. — Mas não vomitei, não naquela hora. Lá fora... Sinto muito, eu...

— Não se preocupe — disse Barker, sustentando o olhar dela. — Não precisa se preocupar com isso. O que fez depois? Viu o corpo, se apoiou na bancada...

Ela foi dominada pelo cheiro. Além do sangue, de todo aquele sangue, havia algo mais, algo mais velho, adocicado e fedido, como lírios deixados num vaso com água por tempo demais. O cheiro e a aparência dele, impossível resistir, seu belo rosto morto, olhos vidrados emoldurados por longos cílios, lábios carnudos retraídos exibindo dentes brancos e alinhados. O tronco, as mãos e os braços estavam todos lambuzados de sangue, as pontas dos dedos dobradas no chão. Como se estivesse se segurando. Assim que se virou para ir embora, seu olhar se fixou em algo no piso, algo fora de lugar — um brilho prateado em meio ao sangue viscoso e escurecido.

Ela subiu os degraus aos tropeços e saiu da cabine, puxando o ar para dentro dos pulmões enquanto lutava contra a ânsia de vômito. Botou tudo para fora no caminho de pedestres, limpou a boca e gritou: "Socorro! Chamem a polícia!" Mas não eram nem sete e meia da manhã de um domingo, e não havia ninguém por perto. O caminho de pedestres estava sem movimento, assim como as ruas acima; nada de som além do ronco de um gerador e das altercações das galinhas-d'água que singravam lentamente por ali.

Erguendo o olhar para a ponte sobre o canal, ela pensou ter visto alguém, só por um segundo, mas então a pessoa se foi, e ela ficou sozinha, imobilizada por um medo paralisante.

— Eu dei o fora — disse Miriam ao detetive. — Saí depressa do barco e... chamei a polícia. Vomitei, depois corri até o barco e chamei a polícia.

— Certo, certo.

Quando ela ergueu os olhos para o detetive, ele esquadrinhava o recinto com o olhar, registrando as informações visuais da cabine pequena e bem-arrumada, os livros acima da pia (*Cozinhando em uma panela só — Novas maneiras de preparar vegetais*), as ervas aromáticas no parapeito, o manjericão e o coentro nos tubos de plástico, o alecrim amadeirado numa tigela de vidro azul. Ele olhou de relance para a estante cheia de livros, para o lírio-da-paz empoeirado ocupando o topo da estante, para o porta-retratos com a foto de um casal humilde, tendo no meio uma criança robusta.

— Mora sozinha aqui? — perguntou ele, mas não era exatamente uma pergunta.

Dava para imaginar o que estava pensando: velha gorda e solteirona, abraçadora de árvores, que faz o próprio iogurte e fica espionando a vizinhança pela fresta da cortina. Metendo o nariz onde não é chamada. Miriam sabia como as pessoas a viam.

— Chega a conhecer seus... vizinhos? Eles são seus vizinhos? Imagino que não, já que ficam aqui só umas duas semanas...

Miriam deu de ombros.

— Algumas pessoas vêm e vão com certa regularidade, elas têm um certo trecho, uma extensão de água, que gostam de cobrir, então você conhece algumas delas. Se quiser. Você pode ficar na sua, se preferir, que é o que eu faço.

O detetive não disse nada, apenas a olhava, impassível. Ela se deu conta de que ele tentava decifrá-la, de que não a levava a sério, não necessariamente acreditava no que estava dizendo.

— E quanto a ele? O homem que encontrou hoje de manhã? Miriam fez que não com a cabeça.

— Esse eu não conhecia. Eu o tinha visto algumas vezes, trocado... bem, nem chegaram a ser amabilidades, na verdade. Eu disse oi ou bom dia ou algo do tipo, e ele respondeu. Só isso.

(Não *só* isso: é verdade que ela o tinha visto algumas vezes desde que atracara ali, e que logo havia percebido que se tratava de um amador. O barco dele era um horror — a tinta descascando, vergas enferrujadas, chaminé toda torta —, enquanto ele, em si, parecia arrumadinho demais para a vida no canal. Roupas limpas, dentes brancos, nada de piercings nem tatuagens. Pelo menos, nenhuma que fosse visível. Um belo rapaz, bem alto, de cabelos e olhos castanho-escuros, o rosto anguloso e bem delineado. Da primeira vez que o vira, ela tinha dito bom dia e ele havia erguido o olhar para ela e sorrido, o que fez com que todos os pelos de sua nuca se arrepiassem.)

Notou aquela reação na hora. Não que estivesse prestes a contar isso ao detetive. *Quando o vi pela primeira vez, tive uma sensação estranha...* Ele a consideraria uma doida varrida. De qualquer forma, agora entendia o que era, o que havia sentido. Não foi premonição, nem nada ridículo assim, foi *identificação*.

Havia uma oportunidade ali. Ela tinha pensado nisso assim que descobriu quem era o rapaz, mas não havia descoberto ainda como tirar o melhor proveito disso. Porém, agora que ele estava morto, era como se aquilo tudo fosse obra do destino. Sorte do acaso.

— Sra. Lewis? — O detetive Barker estava lhe fazendo uma pergunta.

— Senhorita — retrucou Miriam.

Ele fechou os olhos por um instante.

— Srta. Lewis. Alguma lembrança de tê-lo visto com alguém? Conversando com alguém?

Ela hesitou e então assentiu.

— Ele recebeu visita. Umas duas vezes, talvez? É possível que tenha recebido a visita de mais de uma pessoa, mas eu só vi essa. Uma mulher, mais velha que ele, mais ou menos da minha idade, talvez na faixa dos cinquenta anos? Os cabelos grisalhos curtinhos. Uma mulher magra, bem alta, acho, talvez um metro e setenta e dois, ou um metro e setenta e cinco, rosto anguloso...

Barker arqueou uma sobrancelha.

— A senhorita deu uma boa olhada nela, então?

Miriam deu de ombros de novo.

— É, dei. Sou muito observadora. Gosto de ficar de olho nas coisas. — Poderia muito bem jogar com os preconceitos dele. — Mas ela era o tipo de mulher que você notaria mesmo se não fosse observador; tinha uma presença e tanto. O corte de cabelo, as roupas... sua aparência era *sofisticada*.

O detetive assentiu mais uma vez, anotando tudo, e Miriam podia apostar que ele não demoraria muito para descobrir exatamente de quem ela estava falando.

Depois que o detetive foi embora, os policiais isolaram o caminho de pedestres que margeava o canal entre a De Beauvoir Road e a Shepperton Road, deslocando para fora desse trecho todos os barcos, exceto o dele, a cena do crime, e o dela. No começo, eles tinham tentado persuadi-la a abandonar o local, mas ela deixou claro que não tinha para onde ir. Onde iriam acomodá-la? O policial fardado com quem ela falou, um jovem de voz esganiçada e cheio de sardas, pareceu ficar agitado com aquela transferência de responsabilidade dos ombros dela para os dele. Ergueu o olhar para o céu e o baixou para a água, olhou de um lado para o outro do canal e depois de volta para ela, essa mulher baixinha e gordinha de meia-idade, inofensiva, e cedeu. Falou com alguém no rádio e depois voltou para lhe dizer que poderia ficar.

— A senhorita pode sair do seu próprio... hum... *lar*... e depois voltar para ele — disse o policial —, mas nada além disso.

Naquela tarde, Miriam ficou sentada no deque da popa de seu barco sob a fraca luz do sol, aproveitando a quietude inusitada do canal fechado. Com um cobertor sobre os ombros e uma caneca de chá a seu lado, ela ficou observando os policiais e a perícia examinando a cena do crime, indo de um lado para o outro, trazendo cães, trazendo barcos, vasculhando o caminho de pedestres e seus arredores, fuçando a água turva.

Ela se sentia estranhamente em paz, levando em conta o dia que tivera; otimista até, ao imaginar os novos caminhos que se abriam à sua frente. No bolso do cardigã, ela passava os dedos na pequena chave presa ao chaveiro, ainda lambuzada de sangue, aquela que havia resgatado do chão do barco, aquela cuja existência ocultara do detetive sem nem ao menos pensar no motivo.

Instinto.

Ela a vira brilhando perto do corpo do rapaz — uma chave. Presa num pequeno chaveiro de madeira em formato de pássaro. Ela o reconheceu de imediato; já o tinha visto preso ao cós da calça jeans de Laura, da lavanderia. Laura, a Louca, como as pessoas a chamavam. Miriam sempre a achara bastante amigável, e nem um pouco louca. Laura, que Miriam vira chegar — embriagada, Miriam suspeitava — naquele barquinho estropiado nos braços daquele belo rapaz duas noites atrás? Três? Isso estaria anotado em seu caderninho — idas e vindas fora do normal, esse era o tipo de coisa que ela anotava.

Na hora do lusco-fusco, Miriam os viu retirando o cadáver do barco, subindo os degraus e indo até a rua, onde uma ambulância estava à espera para levar o corpo embora. Ela se pôs de pé, em sinal de respeito, inclinou a cabeça e disse um *Vai com Deus* baixo e desprovido de fé.

Ela sussurrou um obrigada, também. Pois, ao atracar o barco ao lado do dela e ser brutalmente assassinado, Daniel Sutherland havia presenteado Miriam com uma oportunidade que ela não podia deixar passar: a oportunidade de vingar o mal que havia sido feito a ela.

Sozinha agora e, o que era um tanto inesperado, com um pouco de medo em meio à escuridão e ao silêncio inusitado, ela entrou em seu barco, fechando a porta com trinco e cadeado. Tirou a chave de Laura do bolso e a guardou na caixa de madeira de quinquilharias que mantinha na prateleira de cima da estante de livros. Quinta-feira era dia de lavar roupa. Poderia devolvê-la a Laura nesse dia.

Ou, quem sabe, poderia não fazer isso.

Nunca se sabe o que pode vir a ser útil, não é mesmo?

3

— Sra. Myerson? Precisa se sentar? Isso. Respire fundo. Gostaria que telefonássemos para alguém, sra. Myerson?

Carla afundou no sofá. Ela dobrou o corpo, pressionando o rosto nos joelhos. Estava choramingando, se deu conta, como um cãozinho.

— Theo — conseguiu dizer. — Liguem para o Theo, por favor. Meu marido. Meu ex-marido. O número dele está na agenda do meu celular. — Ela ergueu a cabeça, esquadrinhando o ambiente com o olhar, mas não via o celular em lugar nenhum. — Não sei onde está, não sei onde eu...

— Na sua mão, sra. Myerson — disse a detetive delicadamente. — O celular está na sua mão.

Carla olhou para baixo e viu que estava, mesmo, segurando o celular com força na mão que tremia descontroladamente. Ela balançou a cabeça, entregando o aparelho para a policial.

— Estou ficando doida — disse ela.

A mulher comprimiu os lábios num pequeno sorriso, colocando uma das mãos no ombro de Carla por um segundo. Ela saiu do ambiente, levando o celular, para fazer a ligação.

O outro detetive, o inspetor Barker, pigarreou.

— Pelo que entendi, a mãe de Daniel já faleceu, certo?

Carla assentiu.

— Seis... não, oito semanas atrás — respondeu ela e viu quando as sobrancelhas do detetive foram parar no alto da testa, onde os cabelos dele provavelmente estiveram um dia. — Minha irmã caiu — explicou Carla — em casa. Não foi... foi um acidente.

— E a senhora tem as informações de contato do pai de Daniel?

Carla fez que não com a cabeça.

— Infelizmente, não. Ele mora nos Estados Unidos, vive lá há bastante tempo. Ele não tem nenhum envolvimento, nunca esteve envolvido na vida do Daniel. Eram só... — A voz de Carla ficou embargada, ela inspirou fundo, expirou lentamente. — Eram só a Angela e o Daniel. E eu.

Barker assentiu. Ele ficou em silêncio, parado em frente à lareira, esperando Carla se recompor.

— A senhora não mora aqui há muito tempo? — perguntou ele, depois do que pareceu considerar, na opinião de Carla, uma pausa respeitosa.

Ela ergueu o olhar para ele, confusa. Ele apontou com o dedo indicador comprido para as caixas no chão da sala de jantar, para os quadros apoiados nas paredes.

Carla assoou o nariz ruidosamente.

— Estou para pendurar esses quadros já faz uns seis anos — disse ela. — Qualquer dia desses, vou dar um jeito de comprar ganchos de parede. As caixas vieram da casa da minha irmã. Cartas, sabe, fotografias. Coisas que eu não quis jogar fora.

Barker assentiu. Cruzou os braços, transferindo o peso do corpo de um pé para o outro, e abriu a boca para dizer alguma coisa, mas foi interrompido pelo barulho da porta da casa batendo com força. Carla se sobressaltou. A detetive Chalmers adentrou o cômodo, baixando a cabeça num gesto de pedido de desculpas.

— O sr. Myerson já está a caminho. Ele disse que não vai demorar.

— Ele mora a cinco minutos daqui — disse Carla. — Na Noel Road. Você conhece? Joe Orton morou lá nos anos sessenta. O dramaturgo? Foi lá que ele foi morto, espancado até a morte, acho, ou será que foi esfaqueado? — Os detetives olhavam para ela, impassíveis. — Isso não é... *relevante* — completou Carla.

Por um instante, ela pensou que iria rir. Por que será que tinha dito aquilo? Por que estava falando de Joe Orton, de pessoas sendo espancadas até a morte? Ela estava *mesmo* enlouquecendo. Os detetives pareceram não notar, ou não se importar. Talvez todo mundo agisse como um lunático quando recebia a notícia de que um integrante da família havia sido assassinado.

— Quando viu seu sobrinho pela última vez, sra. Myerson? — perguntou Barker.

A mente de Carla parecia ter dado um branco.

— Eu... *Meu Deus*, eu o vi... na casa da Angela. Na casa da minha irmã. Não é muito longe, uns vinte minutos a pé daqui, do outro lado do canal, na Hayward's Place. Eu estava organizando as coisas dela, e Daniel apareceu para buscar algumas das dele. Já não morava lá fazia um tempão, mas ainda havia alguns objetos pessoais em seu antigo quarto, cadernos de desenho, principalmente. Ele era um artista talentoso. Ilustrava histórias em quadrinhos, sabe. Em formato de livro. — Ela foi acometida por um calafrio involuntário. — Então, isso foi, tipo, uma semana atrás? Duas semanas? Minha nossa, eu não consigo me lembrar, minha cabeça está *um caco*, eu... — Ela coçou o couro cabeludo com as unhas, passando os dedos pelos cabelos curtos.

— Não tem problema, sra. Myerson — disse Chalmers. — Podemos conversar sobre os detalhes depois.

— Então, há quanto tempo ele mora lá no canal? — perguntou Barker. — Por acaso, a senhora saberia quando...

A aldraba bateu bem alto na porta e Carla se sobressaltou de novo.

— Theo — arfou ela, já de pé. — Graças a *Deus*.

Chalmers chegou à porta antes de Carla e conduziu Theo, cujo rosto estava vermelho e suado, para o hall de entrada.

— Deus do Céu, Cee — disse ele, pegando a mão de Carla e puxando-a para si. — O que diabos aconteceu?

A polícia repassou tudo: como o sobrinho de Carla, Daniel Sutherland, tinha sido encontrado morto naquela manhã num barco de canal atracado perto da De Beauvoir Road, no Regent's Canal. Como ele tinha sido esfaqueado várias vezes. Como era provável que tivesse sido morto entre 24 e 36 horas antes de ter sido encontrado; como teriam uma informação mais precisa sobre isso em breve. Perguntaram a respeito do trabalho e dos amigos de Daniel, e eles sabiam se Daniel tinha algum problema financeiro, e ele usava drogas?

Os dois não sabiam.

— Vocês não tinham um relacionamento muito próximo? — sugeriu Chalmers.

— Eu mal conhecia o garoto — respondeu Theo. Ele estava sentado ao lado de Carla, esfregando o dedo indicador no topo da cabeça, como sempre fazia quando ficava ansioso.

— Sra. Myerson?

— Não éramos próximos, não. Não... bem. Minha irmã e eu não nos víamos com muita frequência, sabe...

— Mesmo ela morando logo ali do outro lado do canal? — disse Chalmers de repente.

— Pois é. — Carla balançou a cabeça. — Nós... fazia muito tempo que eu não interagia com Daniel. Não de verdade. Não desde que ele era criança. Eu o vi de novo quando minha irmã morreu, como já falei. Ele vinha morando fora do país fazia um tempo. Espanha, acho.

— Quando ele se mudou para o barco? — perguntou Barker.

Carla comprimiu os lábios, balançando a cabeça.

— Não sei — respondeu ela. — Honestamente, não sei.

— A gente não tinha a menor ideia de que ele estava morando lá — disse Theo.

Barker lançou um olhar penetrante para Theo.

— Mas o barco dele deve ficar relativamente perto da sua casa. Noel Road, certo? Fica o quê? A um quilômetro e meio, mais ou menos, de onde o barco está atracado?

Theo deu de ombros e esfregou a testa com mais força, a pele ficando bem avermelhada perto do couro cabeludo. Parecia que ele tinha tomado sol.

— Pode ser, mas eu não fazia ideia de que ele morava lá.

Os detetives se entreolharam.

— Sra. Myerson? — Barker olhou para ela.

Carla fez que não com a cabeça.

— A menor ideia — respondeu ela baixinho.

Os detetives ficaram em silêncio por um tempo. Carla imaginou que eles estivessem esperando que ela e Theo dissessem alguma coisa.

Theo seguiu a deixa.

— Você disse... vinte e quatro horas, não foi? De vinte e quatro a trinta e seis horas?

Chalmers assentiu.

— Estimamos que a hora da morte tenha sido algo entre oito da noite de sexta-feira e oito da manhã de sábado.

— Ah. — Theo esfregava a testa de novo, olhando pela janela.

— Lembrou de alguma coisa, sr. Myerson?

— Eu vi uma menina — respondeu Theo. — Na manhã de sábado. Era cedo, talvez umas seis horas? Lá no caminho de pedestres à margem do canal, passando em frente ao meu portão. Eu estava em pé no meu escritório e a vi, e me lembro dela porque estava suja de sangue. No rosto. Nas roupas também, acho. Não estava toda ensanguentada nem nada, mas... mas tinha sangue nela.

Carla ficou boquiaberta, sem parecer acreditar.
— Que história é essa? Por que você não me disse nada?
— Você estava dormindo — explicou Theo. — Eu me levantei, ia fazer café, e fui buscar meus cigarros no escritório. Eu a vi pela janela. Era jovem, não devia ter mais que uns vinte anos, e vinha por aquele caminho. Puxando de uma perna. Ou meio desequilibrada, talvez? Achei que estivesse bêbada. Eu não... não dei muita bola, já que Londres está cheia de gente estranha e bêbada, né? Naquela hora do dia, é comum ver as pessoas voltando para casa...
— Sujas de sangue? — perguntou Barker.
— Bem, talvez não. Talvez não com sangue. Foi por isso que me lembrei dela. Achei que tivesse caído ou brigado com alguém. Achei que...
— Mas por que você não me disse nada? — perguntou Carla.
— Você estava *dormindo*, Cee, eu não achei que...
— A sra. Myerson estava dormindo na *sua* casa — interrompeu Chalmers, a testa franzida. — É isso mesmo? A senhora passou a noite com o sr. Myerson?
Carla assentiu lentamente. Sua expressão era de total perplexidade.
— Nós tínhamos jantado juntos na sexta-feira, e eu dormi lá...
— Apesar de separados, nós ainda mantemos um relacionamento, sabe, costumamos...
— Eles não *ligam* para isso, Theo — disse Carla bruscamente, e Theo se retraiu. Carla levou um lenço de papel ao nariz. — Foi mal. *Foi mal*. Mas não é importante, é?
— Nunca se sabe o que vai ser importante — disse Barker, enigmático, e começou a se encaminhar para o hall de entrada. Ele entregou cartões de visita aos dois, disse algo a Theo sobre identificação formal, sobre um agente que faria a ponte entre eles e a polícia, sobre manter contato. Theo assentiu, guardando o cartão de visita no bolso da calça, e cumprimentou o detetive com um aperto de mão.

— Como vocês ficaram sabendo? — perguntou Carla de repente. — Quer dizer, quem chamou a polícia... quem o encontrou?

Chalmers olhou para o chefe e depois para Carla.

— Uma mulher o encontrou — respondeu ela.

— Uma mulher? — perguntou Theo. — Uma namorada? Ela era jovem? Magra? Estou só pensando na menina que eu vi, aquela com o sangue. Talvez ela...

Chalmers fez que não com a cabeça.

— Não, foi alguém que mora num dos outros barcos de canal, não uma jovem, mas uma mulher de meia-idade, eu diria. Ela havia reparado que já fazia tempo que o barco não se deslocava e foi falar com o rapaz.

— Quer dizer que ela não viu nada? — perguntou Theo.

— Ela ajudou bastante, para falar a verdade — disse Barker. — Muito observadora.

— Que bom — comentou Theo, esfregando o topo da cabeça. — Muito bom.

— Uma tal de sra. Lewis — acrescentou Barker.

— *Senhorita* — Chalmers o corrigiu.

— Isso mesmo — disse ele. Carla observou o rosto de Theo perder a cor quando Barker prosseguiu. — Srta. Miriam Lewis.

4

— Foi ele que começou, tá? Antes que vocês digam qualquer coisa. Foi ele que começou.

Eles estavam esperando por ela quando chegou em casa. Deviam estar, pois bateram à sua porta literalmente trinta segundos depois de ter voltado do supermercado. Ela nem tinha recobrado o fôlego — morava no sétimo andar, e os elevadores estavam em manutenção de novo —, e ali estavam eles, o que só a deixou irritada, e nervosa também. Então, como uma completa idiota, ela começou a abrir o verbo, o que sabia muito bem que não deveria fazer. Não era como se essa fosse a primeira vez que se metia em encrenca.

Tudo bem, geralmente era um tipo diferente de encrenca. Embriaguez em público, pequenos furtos, invasão de propriedade privada, vandalismo, perturbação da ordem. Em certa ocasião, foi inocentada de uma acusação de agressão física simples. De pendente, só uma acusação de lesão corporal grave.

Mas *isso* não era *aquele* tipo de encrenca. E ela se deu conta disso quase de imediato, pois, enquanto estava parada ali, ofegante, falando sem parar, ela pensou, peraí, esses são *detetives*. Eles tinham dito seus nomes, patentes e tudo mais, que ela logo esqueceu, mas, ainda assim: estavam parados à paisana diante dela e esse era um nível totalmente diferente de encrenca.

— Podemos entrar, srta. Kilbride? — perguntou o cara, sendo bastante educado. Ele era alto, magro e careca como um ovo. — Acho melhor a gente conversar sobre isso aí dentro. — Ele lançou um olhar semicerrado para a janela da cozinha, que ela havia fechado com tábuas, que nem a cara dela.

Laura já fazia que não com a cabeça.

— Não, nada disso. Nada disso. Eu preciso de um adulto responsável comigo, sabe, vocês não podem me interrogar... Qual é o assunto, aliás? É sobre o cara do bar? Porque isso já tá, sabe, no sistema. Eu recebi uma intimação judicial, tá presa na minha geladeira com um ímã. Vocês podem ver, se quiserem... Não, não, não, peraí. Peraí. Isso não foi um convite pra entrar, foi só maneira de dizer...

— Por que seria necessária a companhia de um adulto responsável, srta. Kilbride? — A detetive, uns trinta centímetros mais baixa que o parceiro, os cabelos castanho-escuros e crespos e as feições miúdas amontoadas no meio de uma cara de lua, arqueou a monocelha. — A senhorita não é menor de idade, é?

— Eu tenho vinte e cinco anos, como vocês sabem muito bem — vociferou Laura.

Ela não conseguiu impedi-los — Ovo já estava no meio do corredor enquanto Sobrancelha entrava.

— E como diabos a gente ia saber disso? — disse Sobrancelha.

— Quem começou o quê, srta. Kilbride? — perguntou Ovo.

Ela seguiu a voz dele até a cozinha, onde o encontrou com o corpo inclinado para a frente, as mãos unidas às costas, examinando a intimação.

Laura bufou bem alto e se arrastou até a pia para pegar um pouco de água. Ela precisava se recompor. Pensar. Quando se virou para encará-lo, ele olhou primeiro para ela e depois sobre seu ombro, para a janela.

— A senhorita teve algum problema? — Ele arqueou as sobrancelhas, numa expressão de inocência.

— Não exatamente.

A outra detetive apareceu, a monocelha se sobressaindo.

— Você se machucou, Laura? — perguntou ela.

Laura bebeu a água rápido demais, engasgou e fez uma cara feia para a mulher.

— O que aconteceu com *srta. Kilbride*, hein? Já somos íntimas agora, é? Melhores amigas?

— Sua perna, Laura. — Ele também entrou na onda. — Como você a machucou?

— Fui atropelada por um carro quando era criança. Fratura composta de fêmur. Fiquei com uma cicatriz sinistra — respondeu, levando os dedos até o zíper da calça jeans. Ela sustentou o olhar dele. — Quer ver?

— Não precisa — respondeu ele delicadamente. — E seu braço? — Ele apontou para a atadura enrolada no pulso direito dela.

— Isso não aconteceu quando você era criança.

Laura mordeu o lábio.

— Perdi minha chave, né? Na sexta de noite. Tive que entrar pela janela quando voltei. — Com um levantar rápido de queixo ela indicou a janela da cozinha, que dava para a passarela externa que circundava toda a extensão do prédio. — Não saiu como eu planejava.

— Pontos?

Laura fez que não com a cabeça.

— Não foi tão grave assim.

— Você encontrou?

Ele deu as costas para ela, andando pelo espaço que ligava a cozinha à sala de estar, examinando tudo como se estivesse pensando em fazer uma oferta pelo lugar. Pouco provável; o apartamento era um lixo. Ela sabia que devia sentir vergonha da mobília barata, das paredes nuas e do cinzeiro no chão que alguém tinha chutado, então agora havia cinzas no carpete e sabe-se lá quanto tempo fazia que aquilo estava ali porque ela nem fumava e não conseguia se lembrar da última vez que tinha recebido visita, mas não conseguia se importar com isso o suficiente.

— E então? Encontrou? — Sobrancelha franziu o nariz enquanto olhava para Laura da cabeça aos pés, para a calça larga, a camisa de malha manchada, as unhas com esmalte descascado, os cabelos sebosos.

Às vezes Laura se esquecia de tomar banho por vários dias; às vezes a água estava escaldante e outras não estava nem um pouco quente, como hoje, pois o boiler tinha vontade própria; às vezes funcionava e outras não, e ela não tinha dinheiro para pagar a taxa de visita de um encanador, e não importava quantas vezes ligasse para a administração do prédio, eles não faziam porra nenhuma.

— Encontrei o quê?

— Sua chave — respondeu Sobrancelha, o vestígio de um sorriso nos lábios como se a tivesse pegado na mentira. — Você encontrou sua chave?

Laura sorveu um último gole de água, engoliu, fez um ruído de desaprovação. Decidiu ignorar a pergunta.

— Vai com calma aí — gritou ela enquanto passava por Sobrancelha para ir atrás de Ovo.

— Estou indo com calma — respondeu Ovo. Ele estava parado no meio da sala agora, olhando para a única peça decorativa no cômodo, uma foto de família emoldurada num quadrinho: os pais e uma menininha. Alguém tinha se dado ao trabalho de vandalizar a foto, desenhando chifres na cabeça do pai, uma língua bifurcada saindo da boca da mãe, colocando duas letras X nos olhos da criança, pintando os lábios dela de vermelho-sangue, antes de emoldurá-la e pendurá-la na parede. Ovo arqueou as sobrancelhas e se virou para encará-la. — Retrato de família? — perguntou ele. Laura deu de ombros. — O pai é um demônio, é?

Ela fez que não com a cabeça; olhou bem nos olhos dele.

— Um corno — respondeu ela.

Ovo comprimiu os lábios, assentindo lentamente, e voltou a olhar para a foto.

— Ora, ora — disse ele.

— Eu sou uma adulta vulnerável — disse Laura, e o detetive deu um suspiro.

— Não é, não — retrucou ele, parecendo cansado. Deu as costas para a fotografia e se sentou pesadamente no sofá. — Você mora sozinha, tem um emprego de meio expediente na lavanderia Sunshine Launderette, na Spencer Street, e sabemos muito bem que foi interrogada pela polícia em várias ocasiões sem a presença de um adulto responsável, então vamos deixar isso de lado, pode ser? — Havia uma rudeza na voz dele, suas roupas estavam amarrotadas, e ele parecia exausto, como se tivesse feito uma longa viagem ou dormido poucas horas à noite. — Por que você não se senta? Fale um pouco sobre Daniel Sutherland.

Laura se sentou à mesinha no canto da sala, onde fazia suas refeições enquanto via televisão. Por um momento, ela ficou aliviada. Encolheu tanto os ombros que foram parar na altura das orelhas.

— O que tem ele? — perguntou ela.

— Você o conhece, então?

— Óbvio que conheço. E obviamente ele fez alguma queixa de mim pra vocês. O que, na real, é mentira, porque não aconteceu nada e, de qualquer jeito, foi ele que começou.

Ovo sorriu. Ele tinha um sorriso surpreendentemente afetuoso.

— Não aconteceu nada, mas foi ele que começou? — repetiu ele.

— Exatamente.

— E quando foi que esse nada aconteceu? — perguntou Sobrancelha, adentrando o ambiente vindo da cozinha. — O que foi que ele começou?

Ela se sentou ao lado do parceiro no feioso sofá de couro sintético de dois lugares. Lado a lado, os dois pareciam ridículos

— ela, baixinha e gordinha, ele, alto e magro, ele, o Tropeço, e ela, o Tio Chico. Laura abriu um sorrisinho malicioso.

Sobrancelha não gostou nada daquilo e fechou a cara.

— Qual é a graça? Tem alguma coisa engraçada nesta situação, Laura? — vociferou ela.

Laura fez que não com a cabeça.

— Chico — disse ela, sorrindo. — Você parece o Tio Chico, mas com cabelo. Alguém já te disse isso?

A mulher abriu a boca para falar, mas Ovo, impassível, a interrompeu.

— Daniel Sutherland — repetiu ele, dessa vez mais alto — não nos contou nada a seu respeito. Viemos falar com você porque identificamos dois conjuntos de impressões digitais num copo de vidro que encontramos no barco de Daniel, e o conjunto que não pertencia a ele era seu.

Laura sentiu um frio repentino. Esfregou a clavícula com os dedos, pigarreando.

— Vocês identificaram... o quê? *Impressões digitais?* O que é que tá rolando?

— Pode nos falar um pouco do seu relacionamento com o sr. Sutherland, Laura? — pediu Sobrancelha.

— Relacionamento? — Laura não conseguiu se controlar e riu. — Essa palavra é um pouco forte. Eu transei com ele duas vezes na sexta de noite. Não dá pra chamar isso de *relacionamento*.

Sobrancelha balançou a cabeça num gesto de desaprovação ou descrença.

— E como você conheceu o sr. Sutherland?

Laura engoliu em seco.

— Eu conheci ele porque, você sabe, às vezes eu ajudo uma senhora, a Irene, que mora na Hayward's Place, sabe, aquela rua logo depois da igreja no caminho do mercado, do Tesco. Eu conheci a Irene uns meses atrás e, como já falei, eu ajudo ela de vez em quando, porque é velha, tem um pouco de artrite, a memória não anda boa, e sofreu uma queda feia um tempo atrás, torceu o tornozelo ou coisa assim, não é sempre que consegue ir ao mercado. Não faço isso por dinheiro nem nada, mesmo ela me dando umas cinco libras de vez em quando, só pelo meu tempo, sabe, ela é legal assim... Enfim. Ah, é, o Dan, o Daniel Sutherland, ele era vizinho da Irene, faz muito tempo que ele se mudou de lá, mas a mãe dele ainda morava ali, pelo menos até ela morrer, que foi quando a gente se conheceu.

— Você conheceu o Daniel quando a mãe dele morreu?

— Depois — explicou Laura. — Eu não tava lá dentro quando ela bateu as botas.

Sobrancelha olhou de relance para o parceiro, mas ele não olhava para ela; espiava a foto de família de novo, uma expressão triste no rosto.

— Certo — disse Sobrancelha. — Certo. Você esteve com o sr. Sutherland na sexta-feira, é isso?

Laura assentiu.

— A gente teve um *encontro romântico* — disse ela —, o que, pra ele, significava tomar dois drinques num bar em Shoreditch e depois ir trepar naquela porcaria de barco dele.

— E... e ele te machucou? Ou... a pressionou a fazer alguma coisa? O que foi que ele *começou*? — perguntou Ovo, inclinando-se para a frente, a atenção totalmente focada em Laura agora. — Você disse que ele começou alguma coisa. O que foi?

Laura piscou os olhos com força. Ela tinha uma lembrança bastante vívida da expressão de surpresa no rosto dele quando ela o atacou.

— Tava tudo bem — disse ela. — A gente tinha se divertido. Eu achei que a gente tinha se divertido. — Do nada, ela enrubesceu, sentiu uma explosão intensa de calor subindo do tórax, pelo pescoço, até as bochechas. — E, então, de repente, ele ficou todo, tipo, frio, sei lá, como se não me quisesse mais ali. Ele foi... ofensivo. — Ela baixou os olhos para a perna deficiente, suspirou. — Eu tenho um problema. Sou uma adulta vulnerável. Sei que você disse que eu não era, mas sou. Vulnerável.

— Então você discutiu com ele? — perguntou Sobrancelha.

Laura assentiu. Ela olhava para os próprios pés.

— É, pode-se dizer que sim.

— Vocês tiveram uma briga? Houve violência física?

Havia uma mancha no tênis de corrida dela, logo acima do dedo mindinho no pé esquerdo. Uma mancha marrom-escura. Ela enganchou o pé esquerdo atrás do calcanhar direito.

— Não, não... Bem... Não foi nada *grave*.

— Então houve violência, mas não o que você consideraria uma violência grave?

Laura esfregou o pé esquerdo na parte de trás da panturrilha direita.

— Não foi nada — disse ela. — Só... uma briguinha à toa.

Ela ergueu o olhar para Ovo, que deslizava o dedo indicador pelos lábios finos; ele, por sua vez, olhou para Sobrancelha, que também o encarou, e algo foi transmitido entre os dois, sem palavras. Um "estamos de acordo".

— O corpo de Daniel Sutherland foi encontrado dentro do barco dele no domingo de manhã. Você poderia nos dizer a hora exata em que o viu pela última vez?

De repente, a boca de Laura ficou seca demais, ela não conseguia engolir, um zumbido invadiu seus ouvidos, ela fechou os olhos com força.

— Peraí... — Ela se levantou, firmando-se na mesa, sentindo o mundo girar. Voltou a se sentar. — Peraí — repetiu ela. — O *corpo* dele? Você tá querendo dizer...?

— Que o sr. Sutherland está morto — disse Ovo, o tom de voz baixo e inalterado.

— Mas... ele não está de verdade, está? — Laura ouviu a própria voz falhando. Ovo assentiu lentamente. — No domingo de manhã? Você disse no domingo de manhã?

— Isso mesmo — respondeu Ovo. — O sr. Sutherland foi encontrado na manhã de domingo.

— Mas... — Laura podia sentir a pulsação na garganta. — Mas eu vi o Dan na sexta de noite, fui embora no sábado de manhã. Eu fui embora no sábado de manhã. Lá pelas sete, talvez, ou antes disso até. No *sábado de manhã* — repetiu ela, uma última vez, para enfatizar.

Sobrancelha começou a dizer alguma coisa, a voz suave e musical como se estivesse contando uma história engraçada, prestes a chegar ao desfecho.

— O sr. Sutherland morreu porque perdeu muito sangue, tendo sido esfaqueado no peito e no pescoço. A hora da morte ainda não foi determinada oficialmente, mas nosso perito deduziu que deve ter sido no intervalo de vinte e quatro a trinta e seis horas antes de o corpo ser encontrado. Agora, você disse que estava com o sr. Sutherland na noite de sexta-feira, certo?

O rosto de Laura estava quente, os olhos ardiam. Burra. Ela era muito burra.

— Certo — respondeu ela baixinho. — Eu estava com ele na sexta-feira de noite.

— Na noite de sexta-feira. E você foi para o barco com ele, certo? Fez sexo com ele, você disse? Duas vezes, não foi? E a que horas da manhã de sábado você deixou o sr. Sutherland mesmo?

Uma armadilha. Era uma armadilha, e ela tinha caído direitinho. Burra. Ela arrastou os dentes no lábio inferior, mordeu com força. *Não diga nada*, ela imaginou esse conselho sendo dado por um advogado. *Não fale com ninguém*. Ela balançou a cabeça, um ruído baixo saindo do fundo de sua garganta, aparentemente contra a sua vontade.

— O que foi? Laura? Você disse alguma coisa, Laura?

— Sinto muito que ele tenha morrido e tudo mais — disse ela, ignorando o conselho que vinha da própria cabeça —, mas eu não fiz nada. Ouviram? Eu não fiz nada. Não esfaqueei ninguém. Quem disser que eu fiz isso tá mentindo. Ele tava... sei lá, ele me disse algumas coisas, umas coisas que eu não gostei. Eu não *fiz* nada. Pode ser que eu tenha batido nele, pode ser... — Ela sentiu gosto de sangue na boca, engoliu em seco. — Não... só não tentem dizer que eu fiz isso, porque eu não tive nada a ver com esse lance. Pode ser que tenham rolado alguns puxões e empurrões, mas foi só, sabe, e então ele se foi, então foi isso, sabe. Foi só isso. Não é culpa minha, sabe, não é culpa minha, nem... a briga, ou sei lá o quê, não foi culpa minha.

Laura tinha consciência de que estava falando sem parar, a voz cada vez mais estridente; sabia com o que aquilo parecia, com os desvarios de uma louca, como aqueles lunáticos que ficavam parados na esquina de uma rua gritando para o nada; sabia que era com aquilo que parecia e, mesmo assim, não conseguia parar de falar.

— *Se foi?* — perguntou Sobrancelha. — Você disse "e então ele se foi". O que você quis dizer com isso, Laura?

— Quis dizer que ele se foi. Ele foi embora, deu o fora, o que você pensou que eu quis dizer? Depois que a gente brigou... não foi uma briga de verdade, mas, você sabe... depois disso ele vestiu a calça jeans, saiu e me deixou lá.

— Na casa dele... no barco dele, sozinha?

— Isso. Acho que ele era o tipo de pessoa que confiava nos outros — respondeu ela e deu uma risada, que sabia ser completamente inapropriada, mas mesmo assim não conseguiu se conter, pois era engraçado, esse pensamento de que ele era do tipo que confiava nos outros, não era? Nessas circunstâncias? Talvez não engraçado para gargalhar, mas ainda assim...

Uma vez que começou a rir, ela se deu conta de que não conseguia mais parar; ela sentiu que o rosto ficava vermelho, como se estivesse engasgando.

Os detetives se entreolharam.

Sobrancelha deu de ombros.

— Vou buscar um copo de água para ela — disse Sobrancelha por fim.

Um instante depois, Laura ouviu a detetive gritando, não da cozinha, mas do banheiro.

— Chefe, quer vir aqui um minuto?

O detetive careca se levantou, e, assim que o fez, Laura sentiu uma onda de pânico, o que extinguiu a sua risada.

— Peraí, eu não disse que vocês podiam entrar aí — argumentou, mas era tarde demais.

Ela os seguiu até a porta do banheiro, onde Sobrancelha estava parada apontando, primeiro para a pia, onde Laura tinha deixado o relógio (que indiscutivelmente pertencia a Daniel Sutherland, com as iniciais dele gravadas na parte de trás), e depois para a camisa de malha suja de sangue de Laura, toda amassada e embolada no canto do cômodo.

— Eu me cortei — disse Laura, o rosto afogueado. — Já contei isso pra vocês. Eu me cortei quando entrei pela janela.

— Foi isso que você contou mesmo — retrucou Ovo. — Quer nos contar sobre o relógio também?

— Eu roubei o relógio — disse Laura, mal-humorada. — *Obviamente*. Roubei. Mas não é o que vocês tão pensando. Só fiz isso pra irritar o Dan. Eu ia... sei lá, jogar no canal, dizer pra ele ir buscar. Mas então eu... sei lá, achei que pudesse ter algum valor sentimental, sabe, quando vi a gravação na parte de trás e pensei, tipo, e se a mãe tivesse dado o relógio pra ele antes de morrer, ou coisa assim, e fosse insubstituível? Eu ia devolver pra ele.

Ovo olhou para ela com pesar, como se tivesse péssimas notícias, o que, de certa forma, tinha.

— O que vai acontecer agora — disse ele — é que nós vamos levar você até a delegacia para responder a mais algumas perguntas. Você vai ser interrogada sob a custódia da polícia; entende o que isso significa? E também vamos pegar algumas amostras suas para comparar com o que encontramos na cena do crime.

— Amostras? Como assim?

— Uma policial na delegacia vai raspar embaixo das suas unhas, pentear seus cabelos para recolher fibras, esse tipo de coisa, nada invasivo, nada com que se preocupar...

— E se eu não quiser? — A voz de Laura saiu trêmula; ela queria que alguém a ajudasse, mas não sabia quem poderia fazer isso. — Posso me negar?

— Está tudo bem, Laura. — O tom de voz de Sobrancelha passou a tranquilizador. — É tudo muito simples e fácil, não há nada a temer.

— Isso é mentira — disse Laura. — Você sabe que é mentira.

— A outra coisa que vamos fazer — continuou Ovo — é pedir um mandado de busca para revistar seu apartamento, e aposto que você já imagina que, dadas as circunstâncias, não vamos ter nenhuma dificuldade em obter um. Então, se você acha que tem mais alguma coisa que precisamos saber, seria uma boa ideia nos contar agora, entendeu?

Laura refletiu sobre a pergunta, tentou pensar se havia algo que devesse contar a eles, mas sua mente estava vazia. Sobrancelha falou com ela, tocando seu braço, e ela se retraiu.

— Suas roupas, Laura? Você pode nos mostrar o que estava usando na noite de sexta-feira?

Laura recolheu peças de roupa aleatórias do chão do quarto, entregou a eles uma calça jeans que poderia ou não estar usando na sexta, atirou um sutiã na direção dos dois. Ela foi ao banheiro, deixando os detetives no corredor, a cabeça de Ovo abaixada para ouvir seja lá o que fosse que Sobrancelha dizia. Laura parou na porta do banheiro, ouviu a mulher murmurar algo como *gravado e estranho e meio ruim da cabeça, ela, né?*

Sentada na privada, a calcinha ao redor dos tornozelos, Laura abriu um sorriso triste. Ela já tinha sido chamada de coisa pior. Meio ruim da cabeça? *Meio ruim da cabeça* não era nada, *meio ruim da cabeça* era até um elogio em comparação com tudo de que já tinha sido chamada ao longo dos anos: *mongoloide, aberração, retardada, imbecil, maluca.*

Psicopata de merda foi como Daniel Sutherland a chamou, quando ela se lançou para cima dele, se lançou de verdade, com chutes, socos e unhadas. Ele a agarrou, pressionando os polegares nos braços dela. "Sua psicopata de merda, sua... *puta* maluca." Tudo mudou tão rápido. Num instante, ela estava deitada lá na cama dele, fumando um cigarro, e, no seguinte, andava pelo caminho à margem do canal com sangue no rosto e o relógio dele no bolso.

Conforme os detetives a escoltavam escada abaixo, Laura ficou se perguntando como poderia contar a eles a verdade dos fatos: que tinha roubado o relógio por maldade, sim, mas, curiosamente, numa de esperança também. Ela tinha sentido vontade de puni-lo, mas, ao mesmo tempo, teve a intenção de arrumar uma desculpa para voltar, para vê-lo de novo.

Nenhuma chance de isso acontecer agora, né?

5

Na delegacia, uma policial — uma jovem de sorriso simpático — raspou sob as unhas de Laura, coletou uma amostra de dentro da bochecha dela por meio de *swab*, passou um pente em seus cabelos, devagar e delicadamente, uma sensação que Laura achou tão prazerosa e tão profundamente evocativa da infância que lágrimas brotaram em seus olhos.

Na imaginação de Laura, Deidre falou de novo. *Você tem zero autoestima, esse é o seu problema, Laura.* Deidre, a mulher magricela e sisuda nos braços de quem seu pai de coração partido caiu em busca de consolo depois que a mãe de Laura os abandonou, era capaz, quando pressionada, de desfiar uma ladainha dos problemas de Laura. Baixa autoestima era a sua preferida. *Você não se dá o devido valor, Laura. No fundo, esse é o seu problema. Se você se valorizasse mais, não sairia com qualquer um que te dê um pouco de atenção.*

Alguns dias depois de Laura ter completado treze anos, ela foi a uma festa na casa de uma amiga. O pai a pegou entrando de fininho em casa às seis da manhã. Ele a segurou pelos ombros e a sacudiu como se fosse uma boneca.

— Onde você estava? Eu quase perdi a cabeça, pensei que tivesse acontecido alguma coisa! Você não pode fazer isso comigo, amorzinho. Por favor, não faça isso comigo.

Ele deu um abraço apertado nela, que pousou a cabeça em seu peito largo e se sentiu como uma criança de novo, normal de novo.

— Foi mal, pai — disse ela baixinho. — Eu sinto muito.

— Ela não está nem um pouco arrependida — disse Deidre, mais ou menos uma hora depois, quando estavam todos sentados à mesa do café da manhã. — Olha para ela. Olha só para ela, Philip. Está mais feliz que pinto no lixo. — Laura sorria para Deidre diante da tigela de cereal matinal. — Você está com aquela cara — disse Deidre, os lábios comprimidos em repulsa. — Ela não está com aquela cara? Com quem você esteve ontem à noite?

Mais tarde, ela ouviu o pai e a madrasta discutindo.

— Ela tem zero amor-próprio — dizia Deidre. — Esse é o problema. Estou te falando, Phil, ela vai acabar engravidando antes dos quinze anos. Você tem que fazer alguma coisa. Você tem que tomar alguma providência em relação a essa menina.

— Mas não é culpa dela, Deidre, você sabe disso. Não é culpa dela — dizia a voz suplicante do pai.

— Ah, não é culpa dela. Certo. Nada é culpa da Laura, *nunca*.

Ainda mais tarde, quando Deidre subiu a escada até o quarto de Laura para chamá-la para jantar, ela perguntou:

— Pelo menos você usou proteção? Por favor, me diga que você não foi burra o suficiente para transar sem camisinha.

Laura estava deitada na cama, encarando o teto. Sem nem olhar, ela pegou uma escova de cabelo na mesinha de cabeceira e a jogou em direção à madrasta.

— Por favor, vá à merda, Deidre — disse ela.

— Ah, sim, que encantadora, não? Aposto que sua boca suja também não é culpa sua. — Ela se virou para sair, mas pensou melhor. — Sabe, Laura, sabe qual é o seu problema? Você não se dá o devido valor.

Baixa autoestima era mesmo um dos problemas de Laura, mas não o único. Ela tinha toda uma série de outros que o acompanhavam, incluindo, mas não se limitando a: hipersexualidade, baixo controle de impulsos, comportamento social inapropriado, surtos de agressividade, lapsos de memória recente e uma dificuldade de deslocamento bastante pronunciada por causa da perna.

— Pronto — disse a policial, assim que terminou. — Está liberada. — Ela percebeu que Laura chorava e apertou sua mão. — Vai ficar tudo bem com você, querida.

— Quero ligar pra minha mãe — disse Laura. — Tudo bem se eu ligar pra minha mãe?

A mãe não atendeu a ligação.

— Eu tenho direito a dar outro telefonema? — perguntou Laura.

A policial a seu lado fez que não com a cabeça, mas, ao ver o desalento de Laura, olhou de uma ponta à outra do corredor e então assentiu.

— Vá em frente — disse ela. — Rápido.

Laura ligou para o pai. Ela ouviu o telefone tocando algumas vezes, sua esperança atingindo níveis estratosféricos quando a ligação foi atendida, mas indo por água abaixo ao escutar a voz de Deidre.

— Alô? Alô? Quem está falando?

Laura desligou, reagindo ao olhar inquisitivo da policial com um dar de ombros.

— Foi engano — disse ela.

A policial levou Laura até uma sala pequena e abafada com uma mesa no centro. Ela lhe deu um copo de água e avisou que alguém chegaria com uma caneca de chá em um minuto, mas o chá nunca apareceu. A sala estava quente demais e tinha um cheiro estranho de alguma substância química; sua pele coçava, sua mente parecia anuviada pela exaustão. Ela cruzou os braços, deitou a cabeça em cima deles e tentou dormir, mas, em meio àquele ruído branco, ela ouvia vozes — da sua mãe, de Deidre, de Daniel; quando engoliu em seco, teve a impressão de sentir um gosto de metal e de algo podre.

— O que é que a gente tá esperando? — perguntou ela à policial por fim, e a mulher baixou a cabeça e deu de ombros.

— O defensor público, acho. Às vezes demora um pouco.

Laura se lembrou das compras de mercado, das pizzas congeladas e das refeições prontas nas quais gastou suas últimas dez libras, em cima da bancada da cozinha, descongelando aos poucos.

Depois do que pareceram horas, mas que provavelmente foram dez minutos, os detetives deram as caras, sem nem sinal do defensor público.

— Quanto tempo vocês acham que isso vai demorar? — perguntou Laura. — Meu expediente vai ser puxado amanhã, e eu tô exausta pra caralho.

Ovo a encarou por um bom tempo e então suspirou, como se estivesse decepcionado com ela.

— Pode demorar um pouco, Laura — respondeu ele. — É que... Bem, a coisa não está muito boa para o seu lado, né? E, sabe, a verdade é: você tem antecedentes criminais dessa natureza, não tem?

— Não tenho coisa nenhuma. Antecedentes criminais? Que papo é esse? Eu não saio por aí esfaqueando as pessoas...

— Você apunhalou Warren Lacey — interveio Sobrancelha.

— Com um *garfo*. Na *mão*. Dá um tempo, isso não é nem de longe a mesma coisa — disse Laura e começou a rir, porque, sinceramente, aquilo era ridículo, era tipo alhos e bugalhos, uma coisa não tinha nada a ver com a outra, mas sua vontade era chorar, e não rir.

— Interessante — comentou Sobrancelha. — Enfim, acho interessante que você pareça achar isso tão divertido, Laura. Porque a maioria das pessoas... na sua situação, quero dizer... não acho que a maioria das pessoas acharia isso engraçado, não mesmo...

— Eu não acho. Não acho isso *engraçado*. Eu não... — Laura deu um suspiro de frustração. — Às vezes, tenho dificuldade — continuou ela — de fazer com que o meu comportamento corresponda ao meu estado emocional. Eu não acho isso engraçado — repetiu ela, mas ainda não conseguia parar de sorrir, e Sobrancelha sorriu para ela também, sinistramente.

Ela estava prestes a dizer mais alguma coisa, mas eles foram finalmente interrompidos pelo tão aguardado defensor público, um homem de rosto acinzentado, aparência abatida e bafo de café, que não inspirava muita confiança.

Assim que todos se acomodaram, se apresentaram e trocaram formalidades, Sobrancelha deu continuidade ao diálogo.

— Nós estávamos falando — disse ela — sobre como você tem dificuldade de fazer com que seu comportamento corresponda ao seu estado emocional. Foi isso que você disse, não foi? — Laura assentiu. — Você precisa dizer isso em voz alta, Laura, para a gravação. — Laura murmurou uma concordância. — Então seria correto afirmar que você nem sempre consegue se controlar? Que tem explosões emocionais que fogem do seu controle? — Laura disse que sim. — E isso é por causa do acidente que sofreu quando criança? Correto? — Laura respondeu afirmativamente outra vez. — Você pode falar um pouco mais sobre o acidente, Laura? — perguntou Sobrancelha, o tom de voz tranquilizador, convidativo. Laura enfiou as mãos sob as coxas para evitar dar um tapa na cara da mulher. — Você pode nos contar como o acidente a afetou? Fisicamente, digo.

Laura olhou de relance para o defensor público, tentando comunicar um silencioso *Eu tenho mesmo que fazer isso?*, mas ele pareceu incapaz de interpretar seu olhar, então, suspirando profundamente, ela desfiou suas lesões num tom de voz monótono.

— Fratura craniana, fratura de pelve, fratura composta de fêmur distal. Cortes, hematomas. Doze dias em coma. Três meses no hospital.

— Você teve um traumatismo cranioencefálico, não foi, Laura? Pode descrever isso?

Laura inflou as bochechas, revirou os olhos.

— Você não pode procurar na porra do Google? *Jesus*. Quer dizer, é pra falar disso que a gente tá aqui? De algo que aconteceu comigo quando eu tinha dez anos? Acho que eu devia ir pra casa agora porque, francamente, vocês não têm porra nenhuma, né? Vocês não têm nada contra mim.

Os detetives a observavam, impassíveis, nem um pouco impressionados com sua explosão.

— Você poderia só nos falar sobre a natureza da sua lesão craniana? — perguntou Ovo, o tom de voz educado, irritante.

Laura suspirou outra vez.

— Eu sofri uma lesão cerebral. Afetou minha fala por um tempo, assim como minhas lembranças...

— Sua memória? — perguntou Sobrancelha.

— É, minha memória.

Sobrancelha fez uma pausa — dramática, pareceu a Laura.

— Há algumas consequências emocionais e comportamentais que advêm desse tipo de lesão, não há?

Laura mordeu o lábio, com força.

— Eu tinha dificuldade de controlar a raiva quando era mais nova — respondeu ela enquanto encarava a mulher, desafiando-a a chamá-la de mentirosa. — Depressão. E sofro de desinibição, o que quer dizer que às vezes eu falo coisas inapropriadas ou ofensivas, como naquela vez que eu disse que você era feia.

Sobrancelha sorriu, não se deixou abalar, seguiu em frente.

— Você tem dificuldade em controlar os impulsos, não é, Laura? Você não consegue evitar, desconta nas pessoas, tenta machucá-las. É isso que está dizendo, não é?

— Bem, eu...

— E, então, na sexta à noite no barco, quando o sr. Sutherland a rejeitou, quando ele ficou, nas suas palavras, frio e ofensivo, você perdeu a cabeça, não foi? Você o atacou, não atacou? Mais cedo, você disse que bateu nele. Você quis mesmo machucá-lo, não quis?

— Eu quis arrancar a porra da garganta dele fora — Laura se ouviu dizer.

Ela sentiu o defensor público se retrair a seu lado. E ali estava: não é que a polícia não tivesse, como ela disse antes, *porra nenhuma*, porque é claro que tinham *ela*. Eles tinham Laura. Não precisavam de uma arma, não é mesmo? Não precisavam de uma prova irrefutável. Eles tinham o motivo, eles tinham a oportunidade e eles tinham Laura, com quem sabiam que podiam contar para, mais cedo ou mais tarde, dizer alguma burrice sem tamanho.

6

Sentada na poltrona da sala de estar, seu lugar preferido para ler, Irene esperava por Laura, que estava atrasada. A poltrona, uma das peças de um par, embora já fizesse muito tempo que sua companheira havia ido para a lixeira, tinha sido deslocada para ficar encostada na janela da sala, que ocupava a frente da casa, no térreo, com vista para a rua. Era o lugar que pegava sol na maior parte da manhã e por um bom período da tarde também; o lugar de onde Irene podia ver o mundo passar, e o mundo, por sua vez, podia observá-la, satisfazendo as expectativas dele em relação a uma pessoa idosa: sentada numa poltrona, sozinha num cômodo, refletindo sobre o passado, sobre as glórias alcançadas, as oportunidades perdidas, sobre como as coisas costumavam ser. Sobre pessoas que já haviam morrido.

O que não era o que Irene fazia naquele momento, de jeito nenhum. Bem, pelo menos não só. Basicamente, aguardava a chegada de Laura com suas compras de mercado da semana e, enquanto isso, examinava o conteúdo de uma das três caixas de livros com cheiro de mofo que Carla Myerson havia deixado para ela. Os livros tinham pertencido a uma pessoa que agora estava morta — Angela. Irmã de Carla e vizinha de Irene; mais que isso, uma grande amiga de Irene.

— Eles não valem nada — dissera Carla para Irene quando os deixara lá em algum momento da semana passada. — São edições comuns. Eu ia levar os livros para o brechó beneficente, mas então imaginei... — Ela tinha dado uma passada de olhos pela sala de Irene, uma ruga aparecendo no alto do nariz, antes de dizer: — Imaginei que poderiam ser do tipo de livro que você gosta.

Um insulto velado, presumiu Irene. Não que ela se importasse. Carla era o tipo de mulher que sabia o preço de tudo e o valor de nada. Os livros não valiam nada? Isso demonstrava o que ela sabia.

Era verdade que quando Irene abriu algumas das edições mais antigas da Penguin, com suas capas de um tom de laranja vivo, só que desgastadas e fragilizadas pelo tempo, as páginas começaram a se desfazer sob seus dedos. Já sucumbindo ao "fogo lento", a ação de ácidos no papel que corroem as páginas, tornando-as frágeis e quebradiças, destruindo-as de dentro para fora. Era muito triste, pensando bem, todas aquelas palavras, todas aquelas histórias desaparecendo pouco a pouco. Em todo caso, aqueles livros, ela teria de jogar no lixo. Mas, quanto ao restante deles, eram bem do tipo que gostava mesmo — tanto que já havia lido vários deles. Angela e ela costumavam se emprestar livros o tempo todo, compartilhando uma predileção pelo melhor tipo de romance policial (não aqueles cheios de violência e sangue, mas os inteligentes, como os de Barbara Vine ou P. D. James) e pelo tipo de romance quase literário para os quais pessoas como Carla Myerson certamente torceriam o nariz.

O fato de Irene ter lido a maioria deles era irrelevante. O importante — algo que Carla provavelmente não sabia, mesmo em se tratando da *própria irmã* — era que Angela era uma vândala no que se referia a livros — danificava as lombadas, dobrava o canto das páginas, escrevia nas margens. Então, quando você folheava o exemplar de Angela de *A assombração da Casa da Colina*, por exemplo, poderia notar que ela havia sublinhado certas frases (*a pobrezinha foi levada à morte pelo ódio; ela se enforcou, aliás*); quando virava as páginas do exemplar bastante manuseado por Angela de

Visão adaptada ao escuro, você descobria a intensidade com que ela simpatizava com os sentimentos de Vera pela irmã: *Exatamente!*, ela havia anotado na margem perto da frase que nos dizia *Nada mata tão certeiramente como o desprezo, e o desprezo por ela avassalou-me, inundou-me num mar quente de rubores.* De vez em quando, você podia até deparar com um pedacinho do passado de Angela — um marcador de páginas, por exemplo, ou uma passagem de trem, ou um papelzinho contendo uma lista de compras: *cigarros, leite, macarrão.* Em *Onde os velhos não têm vez* havia um cartão-postal comprado no museu Victoria & Albert, a foto de uma casa com cerca branca; em *No bosque da memória* havia um papel com um desenho, duas crianças de mãos dadas. Em *O jardim de cimento* ela encontrou um cartão de aniversário azul e branco com uma foto de um barco, o papel amassado, desgastado pelo manuseio. *Para meu querido Daniel,* dizia a mensagem, *com todo o meu amor nesse seu aniversário de dez anos. Beijos, Tia Carla.*

Os livros não valiam nada? Isso demonstrava o que Carla sabia. A verdade era que quando você lia um livro que tinha pertencido a Angela Sutherland, e que tinha sido lido por ela, se tornava parte de um diálogo. E já que, infelizmente, um diálogo de verdade com Angela nunca mais seria possível, aquilo, para Irene, era valioso. Era *inestimável.*

Se não fosse pela preocupação insistente com o paradeiro de Laura, Irene poderia ter ficado toda satisfeita da vida, se aquecendo como um lagarto sob o sol da manhã, inspecionando os livros, observando os executivos e as mães com seus filhos passando apressados na rua lá fora.

A Hayward's Place, onde ficava a pequena casa de dois andares de Irene, era uma rua curta e estreita no coração da cidade. Não mais que uma travessa entre duas ruas maiores, ela continha, num dos lados, um conjunto de cinco residências compactas e que compartilhavam a mesma fachada, mas que tinham portão e porta de acesso independentes (a de Irene era a de número 2) e, do outro lado, o terreno onde muito antigamente ficava o Red Bull Theatre (que pode ou não ter sido destruído pelas chamas durante o Grande Incêndio de Londres e que agora tinha virado um prédio de escritórios sem graça). Aquela ruazinha era um atalho bem prático e, pelo menos em dias úteis, ficava movimentada de manhã até de noite.

Onde Laura *estava*? Elas tinham combinado terça-feira, não tinham? Ela geralmente vinha às terças, pois era quando pegava mais tarde na lavanderia. Hoje era terça? Irene achava que sim, mas começava a ter suas dúvidas. Ela se levantou da poltrona com cuidado — tinha torcido o tornozelo não muito tempo atrás, um dos principais motivos para precisar de ajuda com as compras — e circundou, com algum esforço, as pequenas pilhas de livros no chão, os lidos e os não lidos, os favoritos e os a serem enviados para a loja da Oxfam, e se deslocou lentamente pela sala, mobiliada apenas com a poltrona e um pequeno sofá, além de um armário dividido em gaveteiro, na metade de baixo, em cima do qual ficava uma televisão antiquadamente pequena e raramente ligada, e estante de livros, na metade de cima, na qual ficava empoleirado seu rádio. Ela ligou o aparelho.

Às dez da manhã, o locutor confirmou que era mesmo terça-feira: terça, 13 de março, mais precisamente. O locutor prosseguiu noticiando que a primeira-ministra Theresa May tinha dado ao premiê russo até a meia-noite para explicar como um ex-espião tinha sido envenenado em Salisbury; noticiou que um parlamentar do Partido Trabalhista havia negado ter dado um tapa na bunda de uma eleitora; que uma jovem estava sendo interrogada a respeito do assassinato de Daniel Sutherland, o rapaz de 23 anos que foi encontrado morto num barco no Regent's Canal, no domingo. O locutor continuou a noticiar um monte de outras coisas, mas Irene não conseguia mais ouvi-lo por causa do ruído do sangue fluindo com intensidade em seus ouvidos.

Ela estava imaginando coisas. Só *podia* estar. Daniel Sutherland? Não podia ser. Com as mãos trêmulas, Irene desligou o rádio e o ligou de novo, mas o locutor já tinha mudado de assunto, e falava de outra coisa, do tempo, de uma frente fria que se aproximava.

Quem sabe não era outro Daniel Sutherland? Quantos Daniel Sutherland existiam? Ela não tinha comprado jornal naquela manhã, quase não comprava mais, então não tinha como verificar isso. Ouvira dizer que agora era possível encontrar qualquer coisa com a ajuda de um celular, mas não sabia muito bem como e, de qualquer modo, não conseguia se lembrar onde tinha visto o aparelho pela última vez. Em algum lugar no andar de cima, provavelmente. Com a bateria mais morta que um dodô, provavelmente.

Não, ela teria de fazer as coisas à moda antiga, teria de andar até a banca para comprar o jornal. De qualquer forma, precisava de leite e pão, já que Laura não viria. No hall de entrada, ela vestiu o casaco e pegou a bolsa e a chave de casa, se dando conta bem a tempo, no instante em que ia abrir a porta, de que ainda estava de pantufas. Voltou à sala para trocar de calçado.

Ela andava esquecida, só isso. Mas era engraçado como ficava nervosa quando saía de casa ultimamente — costumava perambular pela cidade o tempo todo, fazendo compras, indo à biblioteca, fazendo trabalho voluntário na loja da Cruz Vermelha na avenida principal, mas a pessoa perde o costume muito rápido depois de um período presa dentro de casa. Ela precisava ficar de olho nisso. Não queria acabar como uma *daquelas* pessoas idosas, mortas de medo de sair pela porta da própria casa.

Ela ficava feliz, tinha de admitir, em evitar o supermercado — tão cheio de jovens impacientes, descuidados, distraídos. Não que ela não gostasse de jovens. Também não queria se tornar aquele *outro tipo* de pessoa idosa — o tipo amargurado, de cara fechada e orgulhoso de suas sandálias bege de cidadão da terceira idade, encomendadas a partir dos anúncios nas últimas páginas dos jornais de domingo. Irene usava um par de tênis de corrida azul e laranja da New Balance com fecho de velcro. Ganhou de presente de Natal da Angela. Irene não tinha nada contra a juventude, ela mesma já fora jovem um dia. É só que os jovens sempre prejulgavam, não é mesmo? *Alguns* jovens. Presumiam que você sofresse de surdez, cegueira, fraqueza. Algumas dessas coisas podiam até ser verdadeiras (enquanto outras não — Irene tinha a audição de um morcego. Para falar a verdade, levando em conta as paredes finas como papel de sua casa, ela com frequência desejava que sua audição não fosse tão aguçada assim). No entanto, eram os *prejulgamentos* que a irritavam mais.

Depois de voltar para casa das compras, ela não encontrou nada no jornal a respeito de Daniel Sutherland (além disso, percebeu que tinha se esquecido de comprar geleia de laranja para passar na torrada, de modo que sua saída foi um fracasso). Por fim, ela encontrou o celular (no banheiro), mas a bateria estava (como havia previsto) descarregada, e ela não conseguia se lembrar de jeito nenhum onde tinha guardado o carregador.

Que *irritante*.

Mas não estava perdendo o juízo. Não era demência. Essa era a conclusão a que as pessoas chegavam quando você era velha e se esquecia das coisas, como se os jovens também não perdessem suas chaves nem se esquecessem de comprar uma coisa ou outra da lista. Irene tinha certeza de que não era demência. Afinal de contas, ela não dizia "torradeira" quando queria dizer "toalha de mesa", nem se perdia no caminho do supermercado até em casa. Não perdia (quase nunca) o fio da meada numa conversa, não guardava o controle remoto na geladeira.

Ela tinha lapsos. Mas *definitivamente* não era demência, o médico tinha dito isso a ela. O problema era que atingia um estado de exaustão quando se permitia se cansar demais, quando se esquecia de beber água o suficiente ou de comer regularmente, então ficava confusa, e, de repente, já estava aturdida.

— Seus recursos estão exauridos, sra. Barnes — dissera o médico da última vez que aquilo tinha acontecido. — *Seriamente exauridos*. A senhora tem que cuidar melhor de si mesma, tem que se alimentar bem, tem que se manter hidratada. Se não, é claro que vai ficar confusa e tonta! E pode acabar sofrendo outra queda. E nós não queremos isso, queremos?

Como explicar a ele, aquele jovem gentil (no máximo um tiquinho só arrogante), de fala suave e olhos azuis, que às vezes ela *queria* se deixar perder em suas confusões? Como raios ela poderia fazer com que ele entendesse que, apesar de assustadora, aquela sensação também podia ser, em certas ocasiões, *eletrizante*? Que ela se permitia, de vez em quando, pular refeições, na esperança de que aquilo voltasse, aquela sensação de que estava faltando alguém ali e que, se ela esperasse pacientemente, esse alguém voltaria para casa?

Pois naqueles momentos ela esquecia que William, o homem que tinha amado, cuja cama havia compartilhado por mais de quarenta anos, estava morto. Ela era capaz de esquecer que ele já se fora havia seis anos e conseguia se perder na fantasia de que ele só tinha saído para o trabalho, ou para se encontrar com um amigo no pub. E de que, em algum momento, ouviria o assovio dele vindo da rua, como sempre, e então alisaria o vestido e ajeitaria os cabelos e, dali a um minuto, só um minuto, escutaria a chave dele na porta.

Irene estava à espera de William quando conheceu Laura. No dia em que encontraram o corpo de Angela.

O tempo havia esfriado muito. Irene estava preocupada, pois acordou e William não estava lá, e ela não sabia para onde ele tinha ido. Por que não tinha voltado para casa? Ela desceu, vestiu o roupão, saiu de casa e ai, que *gelo*. E nada de William. Nada de ninguém na rua. Onde *estava* todo mundo? Irene se virou para entrar em casa quando viu que a porta tinha se fechado; mas não tinha problema, ela era esperta demais para sair sem uma chave no bolso, não cometeria esse erro de novo, não depois da última vez. Mas, então — e isso foi o mais ridículo —, ela simplesmente não conseguiu enfiar a chave na fechadura. Suas mãos estavam congeladas em formato de garras, e ela simplesmente *não conseguia* segurá-la direito, ficava deixando a chave cair no chão, e, apesar de não fazer muito sentido, acabou chorando. Fazia tanto frio, e ela estava sozinha, e não tinha a menor ideia de onde William estava. Ela gritou, mas ninguém veio, então se lembrou de Angie! Angela estaria na casa ao lado, não estaria? E se batesse fraquinho na porta, não acordaria o menino.

E foi o que fez. Abriu o portão de ferro ao lado do seu e bateu bem de levinho na porta da casa da vizinha enquanto dizia:

— Angela! Sou eu. Irene. Não consigo entrar em casa. Não consigo abrir a porta. Você pode me ajudar?

Não houve resposta, então ela bateu de novo, mas, ainda assim, nada. Fez uma nova tentativa de manusear a chave de casa, mas como seus dedos doíam! Cada expiração virava uma nuvem diante do rosto, os pés estavam dormentes, e, assim que se virou, tropeçou no portão, batendo o quadril e dando um grito, as lágrimas rolando pelas bochechas.

— Você tá bem? Meu Deus, você não tá bem, é claro que não. Pronto, pronto, tudo bem, deixa que eu te ajudo. — Havia uma menina ali. Uma menina estranha com roupas estranhas, uma calça comprida de estampa florida, um casaco acolchoado prateado. Ela era baixa e magra, com cabelos loiros platinados e sardas espalhadas pelo nariz. Tinha enormes olhos azuis, as pupilas como buracos negros. — Puta que pariu, cara, você tá *congelando*... — Ela segurava as mãos de Irene nas suas e as esfregava devagarinho. — Ai, você tá com muito frio, não tá? Essa é a sua casa? Você ficou presa do lado de fora? — Irene podia sentir o bafo de bebida dela. Não conseguia dizer se a menina tinha idade suficiente para ingerir bebidas alcoólicas, mas hoje em dia ficava difícil saber. — Tem alguém em casa? Oi! — gritou ela, passando pelo portão aberto e batendo na porta de Angela. — Oi! Deixa a gente entrar!

— Ai, não grita — disse Irene. — Já é muito tarde, não quero acordar o menino.

A menina olhou para ela de um jeito esquisito.

— São seis e meia da manhã — disse ela. — Se eles têm filhos pequenos, já tão acordados a essa hora.

— Ai... *não* — disse Irene. Não podia ser. Não podiam ser seis e meia da manhã. Isso queria dizer que William não tinha voltado para casa, que havia ficado na rua a noite toda. — Ai — disse ela, levando os dedos congelados à boca. — Onde ele está? Onde está o William?

A expressão da menina foi de pesar.

— Sinto muito, querida, eu não sei — disse ela. Tirou um Kleenex amassado do bolso e enxugou o rosto de Irene. — Vamos descobrir tudo, tá bem? Vamos, sim. Mas antes tenho que botar você dentro de casa. Você tá fria que nem uma pedra de gelo, se tá.

A menina largou as mãos de Irene, voltou até a porta da casa de Angela, bateu com força com a lateral do punho e, em seguida, se agachou, pegou uma pedrinha do chão e a atirou na janela.

— Ai, minha nossa — exclamou Irene.

A menina a ignorou. Agora estava ajoelhando, empurrando com os dedos a lingueta da abertura para a caixa de correio acoplada à porta.

— Oi! — gritou ela e, então, de repente, deu um pulo para trás, agitando os braços por um segundo antes de cair com a bunda magra na lajota de concreto do calçamento. — Ai, puta que pariu — disse ela, erguendo o olhar para Irene, os olhos esbugalhados. — Meu Deus, essa é a sua casa? Há quanto tempo... *Meu Deus*. Quem é aquela? — disse ela, pondo-se de pé com dificuldade, pegando as mãos de Irene de novo, com mais força dessa vez. — *Quem é aquela lá dentro?*

— Essa não é a minha casa, é a casa da Angela — respondeu Irene, bastante perturbada com o comportamento estranho da menina.

— Onde você mora?

— É *óbvio* que eu moro na casa ao lado — respondeu Irene, estendendo a chave.

— Por que isso seria óbvio, caralho? — perguntou a menina, mas pegou a chave mesmo assim, pôs o braço no ombro de Irene e a conduziu de volta para casa. Destrancou a porta sem nenhuma dificuldade. — Vai, entra, eu vou trazer uma caneca de chá pra você daqui a um instantinho. Pega um cobertor ou algo assim e se enrola nele, tá? Você precisa se aquecer.

Irene entrou na sala de estar, se sentou na poltrona de costume e ficou esperando que a menina lhe trouxesse uma caneca de chá, como disse que faria, mas a caneca não veio. Em vez disso, ela ouviu barulhos vindos do corredor: a menina estava ligando para alguém, de seu celular, no hall de entrada.

— Você está ligando para o William? — perguntou Irene a ela.

— Tô ligando pra polícia — respondeu a menina.

Irene ouviu a menina dizendo: "É, tem alguém lá dentro" e "Não, não, sem chance, já passou muito disso, com certeza, cem por cento de certeza. Dá pra sentir o fedor".

Então ela deu no pé. Não de imediato — primeiro, levou uma caneca de chá com dois cubos de açúcar para Irene, em seguida se ajoelhou aos pés dela, pegou as mãos de Irene nas suas e pediu que ficasse ali até a polícia chegar.

— Quando eles chegarem aqui, é só mandar eles irem na casa da vizinha, tá? Não vai até lá. Tá? E aí eles vão poder te ajudar a achar o William, tá bem? Só... não sai de casa de novo, tá, promete?

— Ela voltou a ficar de pé. — Eu tenho que me mandar daqui, foi mal, mas eu vou voltar. — Ela se agachou de novo. — Meu nome é Laura. Venho te ver depois. Tá? Fica quietinha aqui, valeu?

Quando a polícia chegou — duas jovens fardadas —, Irene já havia esquecido o nome da menina. Não pareceu fazer muita diferença, pois a polícia não estava interessada nela, só tinham interesse no que estava acontecendo na casa ao lado. Irene ficou sob o seu portal observando enquanto elas se agachavam, espiando pela abertura da caixa de correio como a menina tinha feito, e em seguida dando um pulo para trás, exatamente como a outra havia feito. As duas falaram alguma coisa em seus radinhos, persuadiram Irene a entrar em casa e ficar na sala. Uma delas botou água na chaleira para ferver, buscou um cobertor no andar de cima. Algum tempo depois surgiu um jovem de casaco fluorescente, mediu a temperatura dela e beliscou sua pele com delicadeza, fazendo várias perguntas, como quando tinha sido a última vez que ela havia comido alguma coisa e que dia era hoje e quem era a primeira-ministra.
    Ela sabia responder à última pergunta.
    — Ah, aquela tal de May, que mulher medonha — respondeu ela, azeda. — Não gosto dela. Você também não gosta, não é mesmo? — O homem sorriu, fazendo que não com a cabeça. — Não, imaginei que não, com você sendo da Índia e tudo mais...
    — Eu sou de Woking — afirmou o jovem.
    — Ah, tá.
    Irene não soube muito bem o que dizer em seguida. Estava um pouco nervosa e muito confusa, e não ajudava em nada o fato de o jovem ser bonito, muito bonito, com olhos castanho-escuros e cílios compridíssimos, e as mãos dele eram macias, e tão suaves, e, quando ele tocou seu pulso, ela se sentiu ruborizar. Ele possuía um sorriso lindo e era muito gentil, mesmo quando a repreendeu delicadamente por não cuidar de si mesma, informando que ela

estava muito desidratada e que precisava beber bastante água com eletrólitos, que foi exatamente o que seu médico tinha dito.

O homem bonito foi embora, e Irene fez o que ele mandou, comeu uma torrada com mel e bebeu dois copos de água sem eletrólitos porque não tinha esse tipo em casa, e estava finalmente começando a voltar à normalidade quando ouviu um tremendo estrondo na rua, um barulho aterrorizante, e, com o coração disparado, correu até a janela da sala. Havia homens lá fora, homens fardados usando uma espécie de barra de metal com alça para derrubar a porta da Angie.

— Ai, minha nossa — disse Irene em voz alta, pensando, tolamente, que Angela não ia ficar nada satisfeita com aquilo.

De alguma forma, a ficha ainda não havia caído que Angela nunca mais ficaria satisfeita com nada, e só depois que outra policial, uma mulher diferente, que não estava fardada, veio até sua casa e a sentou e explicou que Angela estava morta, que tinha caído da escada e quebrado o pescoço, foi que Irene finalmente compreendeu.

Quando a policial disse a Irene que Angela poderia estar caída lá há dias, talvez até mesmo uma *semana*, Irene quase não conseguiu falar de tanta vergonha. Pobre Angela, sozinha no chão, bem ali do outro lado daquela parede, enquanto ela, Irene — tendo um de seus *lapsos*, deixando-se tomar pela confusão —, sequer tinha sentido sua falta.

— Ela não gritou — afirmou Irene, quando finalmente conseguiu falar de novo. — Eu teria ouvido. Essas paredes são finas como papel. — A policial foi gentil, dizendo a Irene que Angela devia ter morrido instantaneamente quando caiu. — Mas você com certeza tem como *saber* quando foi que ela morreu, não tem? — Irene sabia um pouco sobre investigação forense, do que leu nos livros. No entanto, a mulher disse que o sistema de aquecimento da casa estava ligado, a temperatura bem alta, e que o corpo de Angela tinha ficado encostado no radiador da calefação ao pé da escada, o que tornava impossível determinar a hora da morte com precisão.

Ninguém nunca saberia, de verdade, o que tinha acontecido. A polícia disse que foi acidente, e Irene aceitou isso, embora a coisa toda parecesse estranha para ela, o caso encerrado com muita rapidez. Tinha havido conflitos na vida de Angela, muitos conflitos: ela tinha discutido com a irmã, havia batido boca com o filho — a propósito, parecia a Irene que um deles tinha vindo dar um sermão nela, deixando-a contrariada, desencadeando uma bebedeira. Irene mencionou as discussões — por causa de dinheiro, por causa de Daniel — para as policiais, mas elas não pareceram interessadas. Angela era alcoólatra. Ela bebeu demais, caiu da escada, quebrou o pescoço.

— Acontece com mais frequência do que a senhora imagina — disse a gentil policial. — Mas, se lembrar de mais alguma coisa, qualquer coisa que possa ser relevante — acrescentou ela, entregando a Irene um cartão com um número de telefone —, sinta-se à vontade para me ligar.

— Eu a vi com um homem — disse Irene, de repente, no instante em que a policial estava saindo.

— Certo — disse a policial, atenta. — E quando foi isso?

Irene não sabia dizer. Não conseguia lembrar. Deu um branco na mente dela. Não, não um branco, uma *nuvem*. Havia coisas ali dentro — lembranças, coisas importantes —, só que tudo se deslocava de modo nebuloso, ela não conseguia se fixar em nada.

— Duas semanas atrás, talvez? — arriscou ela, esperançosa.

A policial comprimiu os lábios.

— Certo. A senhora consegue se lembrar de mais alguma coisa sobre esse homem? É capaz de descrevê-lo ou...

— Eles estavam conversando lá fora, na calçada — disse Irene. — Tinha alguma coisa errada. Angela estava chorando.

— Ela estava chorando?

— Estava. Se bem que... — Irene fez uma pausa, dividida entre a resistência à deslealdade e o ímpeto de contar a verdade. — Ela sempre fica chorosa quando exagera na bebida, ela fica... melancólica.

— Certo. — A policial assentiu, abriu um sorriso, estava pronta para sair. — A senhora não se lembra da aparência desse homem, lembra? Alto, baixo, gordo, magro...?

Irene fez que não com a cabeça. Ele era... normal, ele era *comum*.

— Ele tinha um cachorro! — exclamou ela por fim. — Um cachorrinho. Preto com umas partes marrons. Quem sabe não era um airedale terrier? Não, o airedale é maior, não é? Talvez um fox terrier?

Aquilo foi oito semanas atrás. Primeiro, Angela tinha morrido, e agora o filho dela também. Irene não fazia a menor ideia se a polícia havia seguido a pista sobre o homem que ela tinha visto na calçada com Angela; se seguiu, não deu em nada, pois a morte dela foi considerada um acidente. Acidentes acontecem, sim, ainda mais com bêbados. Mas mãe e filho, com oito semanas de intervalo?

Numa obra ficcional, isso nunca colaria.

7

A janela do quarto de Theo dava vista para um pequeno jardim murado e, além do muro, para o canal. Num dia de primavera como este, a paisagem era uma paleta de tons de verde: o verde-claro das folhas novas de plátanos e carvalhos, o verde-oliva dos salgueiros-chorões no caminho de pedestres, o verde-limão das lentilhas-d'água encobrindo a superfície do canal.

Carla estava sentada no banco acoplado à janela com os joelhos dobrados sob o queixo, o roupão atoalhado de Theo, surrupiado do Belles Rives Hotel em Juan-les-Pins há uma eternidade, frouxamente enrolado no corpo. Fazia quase seis anos que ela havia se mudado desta casa e, ainda assim, este era o lugar onde ela se sentia mais à vontade. Bem mais do que na casa enorme onde cresceu na Lonsdale Square, certamente mais do que em sua pequena *maisonette* sem graça mais adiante na rua, esta casa, a casa de Theo, era a que Carla via como lar.

Theo estava deitado na cama, as cobertas afastadas, lendo algo no celular e fumando.

— Achei que você tinha dito que estava diminuindo o cigarro — disse Carla, olhando de relance para ele, passando os dentes de leve no lábio inferior.

— E estou — respondeu ele sem erguer o olhar. — Agora só fumo depois do coito, depois das refeições e quando tomo café.

Ou seja, um máximo de cinco cigarros por dia, isso presumindo que eu consiga transar, o que, lamento dizer, não é mais algo que eu possa dar como certo.

Carla não conseguiu não sorrir.

— Você tem que começar a se cuidar — disse ela. — É sério.

Ele olhou para ela, um sorriso preguiçoso no rosto.

— O que foi? — disse ele, deslizando a mão pelo tórax. — Você acha que eu estou fora de forma?

Carla revirou os olhos.

— Você *está* fora de forma — respondeu ela, indicando, com um levantar de queixo, a barriga dele. — Não é questão de opinião. Você devia arrumar outro cachorro, Theo. Você se exercita muito mais quando tem um cachorro, ele faz com que saia de casa, você sabe que sim, senão só fica sentado, comendo, fumando e ouvindo música...

Theo voltou a olhar para o celular.

— Dixon pode acabar aparecendo — disse ele baixinho.

— Theo. — Carla se levantou e subiu de novo na cama, o roupão se abrindo quando se ajoelhou na frente dele. — Faz seis semanas que ele desapareceu. Sinto muito, mas o pobrezinho não vai mais voltar para casa.

Theo olhou para ela tristemente.

— Você não tem como saber — disse ele, esticando o braço e pousando a mão delicadamente na cintura dela.

Estava quente o bastante para tomarem o café da manhã ao ar livre, no pátio. Café e torrada. Theo fumou outro cigarro e reclamou de seu editor.

— É um filisteu — disse ele. — E deve ter uns dezesseis anos no máximo. Não sabe nada sobre o mundo. Ele quer que eu corte toda a parte política, o que, no fundo, é o cerne do livro. Não, não, não é o cerne. Eu me expressei mal. É a raiz do livro. É a raiz. Ele quer que o livro seja *desenraizado*. Desenraizado e jogado num mar de sentimentalismo! Eu te contei? Ele acha que Siobhan precisa de um relacionamento amoroso, para *humanizar* a personagem. Ela é humana! Ela é o ser humano mais humanizado que eu já escrevi...

Carla inclinou sua cadeira para trás, pousando os pés descalços na cadeira à frente, os olhos fechados, prestando meia atenção apenas. Ela já tinha ouvido aquele discurso antes, ou alguma variação do tema. Já havia aprendido que não adiantava muito dar sua opinião porque, no fim, ele acabava fazendo o que queria mesmo. Depois de um tempo, ele parou de falar, e os dois ficaram sentados num silêncio sociável, ouvindo os sons do bairro: crianças berrando na rua, o dingue-dingue dos sininhos das bicicletas no caminho à margem do canal, o grasnado ocasional de uma ave aquática. A vibração de um celular em cima da mesa. O de Carla. Ela pegou o aparelho, olhou para a tela e, com um suspiro, colocou-o de volta na mesa.

Theo arqueou uma sobrancelha.

— Algum pretendente indesejado?

Ela fez que não com a cabeça.

— A polícia.

Theo olhou para ela por um bom tempo.

— Você não vai atender a ligação da polícia?

— Vou, sim. Mais tarde. — Ela mordeu o lábio. — Vou, sim. Eu só... não quero ficar repassando aquilo, ficar revivendo aquilo. Ficar pensando naquilo.

Theo pousou a mão sobre a dela.

— Está tudo bem. Você não precisa falar com eles se não quiser.

Carla sorriu.

— Acho provável que eu precise. — Ela tirou os pés de cima da cadeira, enfiando-os nas pantufas enormes que tinha pegado emprestadas de Theo. Ela se inclinou para a frente e se serviu de meia caneca de café, tomou um gole e descobriu que estava frio. Ela ficou de pé, retirando da mesa as coisas do café da manhã, colocando o bule prateado e as canecas deles na bandeja, carregando-os pelos degraus de pedra em direção à cozinha. Ressurgiu um instante depois, uma velha sacola de pano da livraria Daunt Books pendurada no ombro. — Vou embora para trocar de roupa — disse ela. — Tenho que dar uma passada na Hayward's Place de novo. — Ela se abaixou, dando um selinho nele.

— Você ainda não terminou lá? — perguntou ele, fechando a mão no pulso dela, os olhos examinando sua expressão.

— Quase — respondeu ela, semicerrando os olhos, virando de costas para ele, se desvencilhando. — Estou quase.

Ela começou a andar em direção à casa.

— E então, você vai fazer isso? — gritou ela sobre o ombro. — Vai *humanizar* a Siobhan? Você sempre pode dar um cachorro para ela, né, já que não quer dar um amante. Um staffbullzinho, talvez, ou algum pobre vira-lata do abrigo de animais. — Theo riu. — Mas é verdade, não é? Você deve dar para sua personagem algo com que ela se importe — continuou ela.

— Ela tem bastante coisa com que se importar. O trabalho, sua arte...

— Ah, mas isso não basta, não é mesmo? Uma mulher sem um homem, um filho ou um cachorrinho para amar, ela é fria, não é? Fria e trágica, de algum modo disfuncional...

— Você não é — replicou Theo.

Carla estava de pé na porta da cozinha. Ela se virou para encará-lo, um sorriso triste nos lábios.

— Você acha que não, Theo? Não acha que minha vida seja trágica?

Ele se levantou, atravessou o gramado, subiu os degraus, tomando as mãos dela nas suas.

— Não acho que sua vida seja *só* isso.

* * *

Três anos depois que se casaram, Theo publicou um livro, uma tragicomédia situada numa cidade da Sicília durante a Segunda Guerra Mundial. A obra foi indicada a vários prêmios (embora não tenha ganhado nenhum deles), um enorme sucesso de vendas. Uma adaptação cinematográfica de qualidade duvidosa se seguiu. Theo ganhou muito dinheiro.

Na época, Carla ficou se perguntando se o livro poderia significar o fim do casamento deles. Theo ficava fora de casa o tempo todo, participando de turnês, indo a festivais literários acompanhado de assessoras de imprensa jovens e belas, socializando com autores ambiciosos de vinte e poucos anos promovendo seus muito aclamados livros de estreia, sendo apresentado a produtores de Hollywood cheios de glamour. Naquela época, Carla trabalhava no centro financeiro de Londres para um gestor de fundos, em vendas. Nos jantares sociais, as pessoas ficavam com os olhos vidrados quando ela dizia com o que trabalhava; nas festas, olhavam por cima do ombro dela à procura de gente com papos mais instigantes.

Ela não precisava ter se preocupado com Theo se interessando por outra mulher. Ele logo se cansou da vida de turnê, do entusiasmo penoso dos jovens brilhantes. Tudo o que ele queria de verdade era ficar em casa, com ela, e escrever — estava planejando uma prequela para seu livro de sucesso, que contava as experiências da mãe do protagonista durante a Primeira Guerra Mundial. Depois que Carla engravidou, ele ficou menos propenso a viajar e, depois que o bebê nasceu, menos ainda.

Theo já havia perdido dois prazos de entrega e estava prestes a perder o terceiro quando, logo depois do aniversário de três anos do filho, Carla anunciou que tinha de ir a Birmingham para uma convenção de vendas. Ela tinha acabado de voltar ao trabalho e era vital, argumentou, que fizesse viagens desse tipo para que não fosse encostada, relegada ao grupo das mamães.

— Eu poderia ir com você, talvez? — sugeriu Theo. — Você, eu e Ben. A gente poderia transformar isso numa viagem de fim de semana.

O coração de Carla afundou de leve no peito — já vinha imaginando as horas que passaria sozinha, deitada na banheira sem ninguém que a incomodasse, aplicando uma máscara facial, preparando um drinque com as bebidas do frigobar.

— Isso *seria* maravilhoso — respondeu ela, hesitante —, só não sei como seria visto. Sabe, eu aparecer com marido e filho pequeno a tiracolo? Ai, não faz essa cara, Theo! Você não faz *a menor ideia* de como as coisas são. Se você aparecesse com Ben numa reunião de trabalho, te dariam uma medalha de Pai do Ano. Se eu fizer isso, vão dizer "ela não consegue conciliar as coisas, a cabeça não está focada no trabalho, de jeito nenhum vai dar conta de fazer mais do que já faz".

Em vez de ceder, em vez de apenas dizer *Ah, tudo bem então, querida, vou ficar em Londres com o Ben, pode ir,* Theo sugeriu que deixassem Ben na casa dos pais dele.

— Em Northumberland? Como é que eu vou levar o Ben até Alnmouth antes de sexta-feira?

— Meus pais poderiam vir buscar o Ben. Os dois iriam adorar, Cee, você sabe como minha mãe é apaixonada por ele...

— Ai, pelo *amor de Deus*. Se você insiste mesmo em ir comigo, ele vai ter que ir para a casa da minha irmã. E não faz essa cara. Angie também é apaixonada por ele, ela mora a cinco minutos daqui, e eu não tenho tempo para combinar nada diferente disso.

— Mas...

— Deixa a Angie ficar com ele dessa vez, e depois, da próxima, ele pode ir para a casa da sua mãe.

Não houve uma próxima vez.

Na manhã do domingo, eles receberam um telefonema no quarto do hotel. Estavam fazendo as malas, se aprontando para retornar a Londres, discutindo sobre qual seria o melhor caminho para a volta. O homem do outro lado da linha pediu que fossem até a recepção, então pareceu mudar de ideia, falou com outra pessoa e em seguida disse que na verdade deveriam aguardar no quarto, que alguém iria até eles.

— O que foi que aconteceu? — perguntou Carla, mas não obteve resposta.

— Aposto que algum merdinha arrombou nosso carro — disse Theo.

Havia dois policiais, um homem e uma mulher. Houve um acidente, eles disseram, na casa da irmã de Carla. Ben havia caído da sacada do primeiro andar em cima dos degraus que levavam ao jardim.

— Mas ela sempre deixa a porta do escritório fechada — disse Carla, sem entender. — As grades da sacada estão quebradas, então a porta fica sempre fechada.

Mas a porta não estava fechada, e o pequeno Ben havia saído por ela com seus passinhos vacilantes e passado pelo buraco entre as grades, caindo nos degraus de pedra de uma altura de seis metros. O primo de oito anos, que brincava no jardim, o encontrou; ele havia chamado a ambulância logo depois.

— Ele vai ficar bem? Ele vai ficar bem? — Carla repetia a pergunta sem parar, mas Theo já estava de joelhos no chão, uivando como um animal ferido. A policial tinha lágrimas nos olhos e as mãos tremiam. Ela fez que não com a cabeça e disse que lamentava muito; os paramédicos tinham chegado em questão de minutos, mas não houve nada que pudessem fazer para salvá-lo. — Mas ele vai ficar bem? — perguntou Carla mais uma vez.

Depois que a mãe de Carla e Angela morreu, muito nova, de câncer de mama, o pai continuou morando na labiríntica casa de três andares da família na Lonsdale Square, embora fosse evidente que era grande demais para ele, sua subida do escritório no primeiro andar para os quartos no segundo demorando cada vez mais, se tornando cada vez mais precária. As plantas no jardim cresceram de modo descontrolado e desordenado, as calhas não eram limpas, o telhado tinha uma infiltração, as esquadrias das janelas começaram a apodrecer. E as grades de ferro forjado na pequena sacada *à la* Julieta no escritório dele enferrujaram por completo.

O pai se mudou para uma casa de repouso seis meses antes de falecer e, como Carla já estava morando com Theo naquela época, Angela ficou com o lugar. Ela tinha grandes planos para a casa, previa anos de reforma minuciosa, projetou murais que planejava pintar nos corredores e acima da escada. Antes de tudo, porém, havia os consertos essenciais, a prioridade máxima sendo o telhado. Isso, é claro, consumiu todo o dinheiro que ela possuía para gastar, de modo que o restante precisou ser postergado.

As grades enferrujadas não foram uma preocupação até o nascimento de Daniel. Quando ele aprendeu a engatinhar, Angela trancou a porta do escritório e a manteve daquele jeito. A regra era que a porta do escritório permanecesse fechada. O tempo inteiro, a porta do escritório ficava fechada.

— Onde Angela estava? — Carla e Theo estavam sentados no banco de trás de uma viatura de polícia; nenhum dos dois em condições de dirigir. — Onde ela estava? — A voz de Carla era pouco mais que um sussurro, os olhos bem fechados. — Eu só... eu não entendo. Onde Angela estava?

— No quarto — disse a policial. — No andar de cima.

— Mas... por que foi o Daniel que teve que chamar a ambulância? O que minha irmã estava fazendo?

— Parece que ela estava dormindo na hora do acidente — respondeu a policial.

— Ela não estava dormindo — retrucou Theo. — Estava apagada de tão *bêbada*. Não estava?

— Nós não temos como saber — disse Carla, pegando a mão dele.

Ele tirou a mão da dela como se tivesse se queimado.

— Não mesmo?

A polícia levou os dois diretamente para o Whittington Hospital. Eles foram recebidos por uma agente que faz a ponte entre a polícia e a família, e que tentou convencê-los a não ver o corpo.

— Seria muito melhor lembrar de seu garotinho em seus momentos mais felizes. Andando de um lado para o outro, pedalando o velocípede... — disse a mulher.

Eles não deram ouvidos a ela. Nenhum dos dois conseguia sequer considerar a possibilidade de nunca mais vê-lo; era algo absurdo de se pedir.

Eles ficaram sentados numa sala fria e muito iluminada por mais de uma hora, passando o filho de um para o outro. Beijaram seus dedos gorduchos, a sola dos pés. Aqueceram a pele fria dele com suas mãos e suas lágrimas.

Depois disso, os policiais os levaram de volta para a casa deles na Noel Road, onde os pais de Theo os aguardavam.

— Onde ela está? — foi a primeira pergunta de Theo para a mãe.

Ela inclinou a cabeça em direção à escada.

— Lá em cima — respondeu, o rosto e a voz tensionados como um tambor. — Ela está no quarto de hóspedes.

— Theo — disse Carla —, por favor.

Ela o ouviu gritando.

— Você estava apagada de tão bêbada, não estava? Estava de ressaca, não estava? Você deixou o Ben sem supervisão, você deixou o Ben sozinho, você deixou a porta aberta, você deixou o Ben sem supervisão. Você deixou o Ben sozinho. — Angela chorava copiosamente, em agonia, mas Theo não se compadeceu. — Sai da minha casa agora! Você nunca mais vai botar os pés aqui! Não quero ver você nunca mais na vida.

Carla ouviu a voz de Daniel, que também chorava.

— Deixa ela em paz! Tio Theo! Por favor! Deixa ela em paz!

Os dois desceram a escada, Angela e Daniel, de mãos dadas. Angela tentou dar um abraço na irmã, mas Carla se recusou; ela deu as costas, curvou os ombros e se agachou no chão, encolhendo o corpo como um caracol, como um animal se protegendo de um predador.

Assim que eles foram embora e a porta se fechou, a mãe de Theo se virou para Carla e perguntou:

— Por que você não o deixou lá em casa? Eu teria tomado conta dele.

Carla se levantou, fechou as mãos em punho, atravessou a cozinha, foi até o jardim dos fundos, onde o velocípede do filho estava jogado de lado no meio do gramado, e começou a gritar.

Carla e Theo culpavam a si mesmos e um ao outro sem parar; toda frase começava com um *se*.

Se você não tivesse ido à convenção...

Se você não tivesse insistido em ir junto...

Se você não estivesse tão preocupada com as *aparências*...

Se nós o tivéssemos levado para a casa dos meus pais...

Os dois estavam com o coração partido, para sempre despedaçado, e não havia amor — não importando quão grande, quão intenso — capaz de colar os cacos.

8

Vinte e três horas depois de eles a terem levado para a delegacia, Laura foi informada de que poderia ir para casa. Foi Ovo quem deu a notícia.

— É bem provável que precisemos falar com você de novo, Laura — disse ele —, então não vá a lugar nenhum.

— Ah, tá, não tem problema, eu vou cancelar aquela viagem pra Disney que eu tinha planejado, não precisa se preocupar — retrucou Laura.

Ovo assentiu.

— Faça isso — disse ele e abriu aquele seu sorriso triste, do tipo que indicava para Laura que algo ruim estava por vir.

Já passava das dez quando ela saiu da delegacia e foi recebida por um chuvisco frio e constante. Pegou o ônibus de dois andares na Gray's Inn Road, afundando, exausta, no único assento disponível no andar de baixo. A mulher sentada a seu lado, os quadris largos e bem-vestida, franziu o nariz, chegando mais para perto da janela numa tentativa de minimizar o contato com aquela recém-chegada fedida e molhada de chuva. Laura apoiou a cabeça no encosto do banco, fechando os olhos. A mulher emitiu um ruído de desaprovação. Laura a ignorou, virando a cara para o outro lado. A mulher suspirou. Laura sentiu as mandíbulas trincando e os punhos retesando. *Conta até dez*, seu pai costumava dizer, e então ela tentou, *Um dois três um dois três um dois três* — ela não conseguia passar do três, não conseguia sair daquilo de jeito nenhum, e a mulher deu outro suspiro, ajeitando o traseiro gordo no banco, e Laura sentiu vontade de gritar para ela: *Não é culpa minha não é culpa minha não é culpa minha porra.*

Ela ficou de pé.

— Eu sei — vociferou ela, olhando de cara feia para a mulher. — Eu tô *fedendo*. Sei disso. Passei quase vinte e quatro horas numa delegacia e antes disso eu tava fazendo minhas compras de mercado e antes disso eu fiz um expediente de oito horas no trabalho, então não tomo banho há uns, tipo, dois dias. Não é culpa minha. Mas, sabe de uma coisa? Daqui a meia hora, eu vou cheirar a rosas e você vai continuar sendo uma vaca gorda e burra, não vai?

Laura se virou e saltou do ônibus três pontos antes do seu. Durante todo o caminho de volta para casa, ela não conseguia tirar da cabeça a expressão magoada da mulher, o rosto vermelho de vergonha, e teve de morder a parte interna da bochecha para não chorar.

O elevador continuava em manutenção. Ela se arrastou pelos sete lances de escada, lutando contra as lágrimas durante toda a subida: cansada, a perna doendo, o corte no braço latejando, *morrendo de fome*. Tinham dado comida para ela na delegacia, mas estava tão ansiosa que não conseguiu engolir nem uma garfada inteira. Estava faminta, a cabeça anuviada pela fome, ao enfiar a chave extra na fechadura, virar, fazer a porta abrir. A cozinha parecia que tinha sido saqueada — e tinha *mesmo* sido saqueada, ela presumiu, pela polícia —, com gavetas e armários abertos, panelas e pratos espalhados. No meio de tudo estava a comida descongelada que ela havia comprado no mercado com o último dinheiro que tinha.

Ela deu as costas para tudo aquilo. Apagou as luzes e foi para o quarto sem tomar banho nem escovar os dentes. Subiu na cama, chorando baixinho, tentando se acalmar ao acariciar a própria nuca, do jeito que seu pai fazia para ajudá-la a dormir quando estava com algum problema ou dor.

Ela teve muito disso, problemas e dor. Sua primeira infância, passada na zona sul de Londres, com suas ruas e paredes encardidas, foi tranquila. Tão tranquila que ela quase não se lembrava de nada daquela época, a não ser por um ou outro rasgo de memória em tons de sépia de uma casa geminada numa rua estreita, a sensação da grama seca e piniquenta sob seus pés no verão. Suas lembranças pareciam desabrochar em cores apenas por volta dos nove anos, quando ela e os pais se mudaram para um vilarejo em Sussex. Onde todos os problemas começaram.

    Não que houvesse algo de errado com o vilarejo. Laura gostava de lá, era pitoresco e bonito, com casas de pedra em estilo *cottage* e jogos de críquete no campo comunitário, vizinhos educados com seus filhos loiros e labradoodles. A mãe de Laura, Janine, chamava o lugar de *embotador*, o que, aparentemente, era algo ruim. Laura gostava. Gostava da escola do vilarejo, onde só havia quinze alunos por turma, onde os professores diziam que ela estava num estágio avançado de leitura. Gostava de andar de bicicleta, sem a supervisão de adultos, pelas estreitas estradinhas campestres à procura de amoras.

    O pai de Laura, Philip, tinha arrumado um emprego numa cidadezinha próxima. Ele havia abandonado seu sonho de uma vida como cenógrafo de teatro e agora trabalhava como contador, algo que fazia com que Janine revirasse os olhos toda vez que o cargo era mencionado.

    — *Contador* — sibilava ela, tragando o cigarro com força, arregaçando as mangas de sua bata. — Não parece sinônimo de diversão?

    — A vida não pode ser só diversão, Janine. Às vezes, é preciso ser adulto.

— E Deus nos livre de um adulto que se divirta, não é mesmo, Philip?

Seus pais não foram sempre assim, na percepção de Laura. Ela se lembrava vagamente de a mãe ser mais feliz. Ela se lembrava de uma época em que a mãe não se sentava à mesa de jantar com os braços cruzados, quase não tocando na comida, respondendo com um tom de voz rabugento a todas as perguntas do pai. Houve uma época em que a mãe ria o tempo todo. Em que ela cantava!

— A gente podia voltar pra Londres — sugeria Laura, e a mãe sorria por um instante e acariciava os cabelos dela, e então ficava com um olhar perdido e melancólico.

Mas seu pai sempre respondia — animado demais, com um vigor exagerado.

— Não podemos voltar, amorzinho, eu tenho um emprego aqui agora. E nós temos uma casa tão bonita, não temos?

Certa noite, Laura ouviu os dois discutindo.

— Você tem um *emprego* — sussurrou a mãe de um jeito aterrorizante — como consultor financeiro! Pelo amor de Deus, Philip, é isso *mesmo* o que você quer fazer com a sua vida? Ficar contando o dinheiro dos outros o dia inteiro?

E:

— É essa mesmo a vida que a gente vai levar? Essa vidinha *medíocre*? No *campo*? Em *Sussex*? Porque, sabe, não foi para isso que eu embarquei nessa.

E:

— *Embarquei?* Isso é um casamento, Janine, não um navio.

Laura, uma criança esperançosa, fingia não ouvir as discussões deles, convencida de que se estudasse com afinco e se comportasse muito bem, seja lá o que estivesse deixando sua mãe infeliz seria esquecido. Laura se esforçava bastante para agradá-la, repassava a ela os elogios dos professores e lhe mostrava os desenhos que tinha feito na escola.

Em casa no período da tarde, Laura ficava sempre ao lado da mãe. Ajudava quando era a hora da limpeza, ou ficava sentada a seu lado enquanto ela lia, ou a seguia em silêncio de cômodo em cômodo enquanto se deslocava pela casa. Ela tentava interpretar as expressões faciais da mãe, tentava imaginar o que estava pensando que a tinha feito suspirar de um jeito ou afastar a franja dos olhos com um sopro de outro, tentava descobrir o que fazer para merecer um sorriso, o que às vezes ela conseguia, mas outras vezes a mãe gritava: "Pelo amor de Deus, Laura, me dá um minuto, por favor? Só um minuto de paz?"

No outono, Janine começou a fazer um curso de artes plásticas. E quando o Natal chegou, alguma coisa tinha mudado. Um vento gelado soprava do leste, trazendo com ele céus azuis lindos de morrer, um frio cortante e, do nada, o degelo familiar. Aparentemente, uma trégua tinha sido declarada. Laura não fazia a menor ideia do motivo, mas alguma coisa tinha mudado, pois as discussões acabaram. O pai não parecia mais deprimido, exausto. A mãe sorria enquanto lavava a louça, se aninhava a Laura quando viam televisão à noite, em vez de se sentar longe dela, na poltrona, lendo um livro. Os três até fizeram passeios a Londres; uma vez para ir à loja de brinquedos Hamleys e outra para ir ao zoológico.

O novo ano começou radiante de otimismo, a mãe se despedindo dela na hora de ir para a escola de manhã com um sorriso nos lábios. Havia até a promessa de uma viagem em família para andar de trenó no fim de semana se nevasse.

E nevou, mas eles não foram andar de trenó.

Naquela sexta-feira, seis centímetros de neve haviam caído em menos de uma hora, o bastante para que o treino de futebol fosse cancelado. Passava pouco das três da tarde quando, na volta para casa, Laura desceu a ladeira de bicicleta a toda a velocidade, andando no meio da pista onde a neve tinha derretido com o peso do tráfego, mas já estava escurecendo, e ela não viu nem ouviu o carro que se materializou na rua. Ele pareceu surgir do nada.

Ela foi lançada mais de três metros no ar, caindo de costas no chão, a pancada do capacete no asfalto sendo ouvida pela mãe, que estava parada no acesso de veículos diante da casa. Seu crânio foi fraturado, a perna e a pelve gravemente quebradas. O motorista do carro que a atropelou não parou para socorrê-la.

Aí vieram os problemas, além da dor. Seis operações, meses e meses no hospital, horas e horas agonizantes e exaustivas de fisioterapia, fonoterapia e ajuda psicológica pós-trauma. Em algum momento, tudo sarou. Mais ou menos. Porém uma semente podre havia sido plantada, e, então, mesmo tudo tendo melhorado, Laura ficou pior. Mais lenta, mais irritadiça, menos simpática. Uma amargura brotava dentro de si conforme via, com um desespero impotente, seus horizontes, antes ilimitados, se estreitando.

De manhã, Laura enfiou toda a comida descongelada no micro-ondas e misturou tudo. Comeu o máximo que conseguiu botar para dentro, jogou o que sobrou na lixeira e se arrumou para ir trabalhar.

— O que você pensa que está fazendo? — perguntou Maya, a chefe de Laura na lavanderia, ao vir dos fundos da loja e dar de cara com Laura tirando o casaco, pendurando-o no gancho atrás do balcão.

— É meu dia hoje — respondeu Laura. — Quarta.

— É, e ontem foi terça, e também era seu dia, só que você não apareceu, apareceu? — Laura começou a dizer alguma coisa, mas Maya ergueu a palma da mão. — Não, eu não estou interessada. Sinto muito, mas não estou nem um pouco interessada, Laura. Não me importa qual seja a sua desculpa desta vez, eu já não aguento mais...

— Maya, foi mal...

— Você sabe que dia foi ontem? Sabe? Foi o aniversário de cinco anos do meu neto, e a mãe dele ia levar o menino para um passeio especial no zoológico e eu também ia e tudo mais, só que eu não fui, fui? Porque fiquei *aqui*, no *seu* lugar, e você não teve sequer a consideração de me ligar.

— Eu não pude, Maya. Sinto muito, de verdade, sinto muito por deixar você na mão...

— Você não pôde me *ligar*? Por quê? Estava atrás das grades, estava? — Laura baixou a cabeça. — Ah, mas isso só pode ser a porra de uma piada! Desculpe o palavreado, mas você foi presa *de novo*? — Maya ergueu as mãos num gesto de rendição. — Sinto muito, querida, mas não dá mais para mim. Não dá. Já chega. Já aguentei demais esses seus absurdos. E você já tinha sido avisada, não tinha? Várias vezes. Atrasada, irresponsável, grosseira com os clientes...

— Mas, Maya, não foi...

— Eu sei! Já sei o que você vai dizer. Não foi culpa sua. Nunca é culpa sua. Talvez não seja. Talvez não seja sua culpa, mas com certeza não é minha, é?

Laura vomitou na calçada em frente à lavanderia. Palitos de peixe empanados e pizza por toda parte.

— Não foi de propósito! — gritou ela pela vitrine da loja para Maya, que a observava boquiaberta, horrorizada.

Ela não fez aquilo de propósito. Não é como se ela conseguisse vomitar com hora marcada — foi só que ela tinha enfiado o cartão do banco no caixa eletrônico ao lado da lavanderia e confirmado que tinha 7 libras e 57 centavos na conta, o que, somados às 4 libras em moedas que tinha na carteira, esse era todo o dinheiro que tinha no mundo. E agora havia sido demitida. Foi aí que a realidade a atingiu, como um soco na boca do estômago — ser despedida significava que sofreria uma sanção. Eles podiam suspender seu auxílio-moradia; já tinham feito isso com pessoas que ela conhecia, às vezes por meses. Ela viraria uma sem-teto, pensou, a não ser que fosse presa por assassinato. Foi nesse momento que vomitou. Ela limpou a boca e andou para longe dali, mordendo o lábio inferior, tentando aplacar o frio na barriga de puro pânico.

Assim que chegou em casa, ela ligou para a mãe, pois, não importava o quanto a mãe a havia desapontado, nem quantas vezes a tinha deixado na mão, Laura parecia incapaz de deixar de amá-la, de acreditar que daquela vez seria diferente.

— Mãe? Você tá me ouvindo? — Havia uns estalidos na linha, um ruído ao fundo. — Mãe?

— Laura! Tudo bem, querida?

— Mãe... Eu não tô muito bem. Você poderia vir me ver? — Uma longa pausa. — Mãe?

— Pode repetir, querida?

— Eu disse, você poderia vir me fazer uma visita?

— Nós estamos na Espanha, então vai ser um pouco complicado! — Ela riu, uma risada baixa e gutural que deixou Laura com um aperto no coração. — Mas retornaremos daqui a algumas semanas, então talvez na volta.

— Ah. Algumas semanas? Eu... Onde você tá exatamente?

— Sevilha. Você sabe, da laranja-de-sevilha.

— É, eu já ouvi falar em Sevilha. — Ela engoliu em seco. — Então, mãe, aconteceu uma merda e eu tô meio encrencada...

— Ai, Laura! De novo não.

Laura mordeu o lábio.

— Pois é, *de novo*. Foi mal. Mas... Eu tava me perguntando, será que você podia me emprestar algum dinheiro, me dar uma ajuda? Eu dei azar desta vez, não foi culpa minha, de verdade.

— Laura... — Ela ouviu outro estalido na linha.

— Eu bem que tava sentindo falta disso, mãe.

— O que eu quero dizer é que agora não é um bom momento, as coisas estão meio apertadas para o nosso lado.

— Em Sevilha?

— É, em Sevilha. O Richard está com algumas peças numa feira de arte daqui, mas é um daqueles negócios em que você tem que pagar ao expositor pelo espaço, então...

— Ele não vendeu nenhuma peça?

— Ainda não.

— Entendi.

Houve uma longa pausa, outro estalido. Laura ouviu a mãe suspirar e, naquele momento, algo se partiu. Ela sentiu sua decepção se fechar como um punho em volta do coração.

— Laura, você está chorando? Ai, Laura, não chora. *Por favor.* Não faz isso. Você sabe que eu não suporto quando as pessoas tentam me manipular emocionalmente.

— Não tô chorando — disse Laura, mas já estava aos soluços. — Não tô.

— Escute aqui — disse sua mãe, o tom brusco, pragmático. — Você vai chorar bastante e depois me ligar de novo, tá? Vou falar com o Richard sobre o dinheiro, tá? Laura? E vê se se cuida.

Laura chorou por um tempo e, quando acabou, depois de botar tudo para fora, ligou para o pai, que não atendeu a ligação. Deixou uma mensagem.

— Oi, pai. Então, eu fui presa ontem, suspeita de assassinato, eles me liberaram sem me acusar de nada, mas fui demitida porque faltei ao trabalho porque estava sob a custódia da polícia e toda a comida que eu comprei acabou e não tenho mais porra de dinheiro nenhum, então você podia me ligar? Valeu. Ah, é a Laura.

Aquela que escapou

Quando acorda naquela manhã, ele não imagina como vai ser o dia, não imagina como vai terminar, todos aqueles altos e baixos. Não imagina, enquanto faz a barba no espelho sujo do banheiro dos fundos, a água ferrosa na pia, o cheiro de merda por toda parte, não imagina que vai conhecer uma menina tão encantadora.

Como poderia imaginar aquele desenrolar? O jeito como ela iria provocá-lo, flertar com ele, ferir seus sentimentos e então voltar correndo, o polegar levantado, pedindo ajuda, pedindo a companhia dele, a mão dele em sua linda coxa macia no banco da frente do carro.

Quando acorda naquela manhã, ele não imagina a confusão que vai rolar mais tarde, a euforia, a expectativa.

9

Quatro dias por semana, Miriam trabalhava na Books on a Boat, uma livraria flutuante no canal, logo depois da Broadway Market. A loja, um misto de livros novos e usados, estava à beira da falência havia anos. Nos últimos tempos, Nicholas, o proprietário, foi forçado a depender — em suas próprias palavras — da bondade de hipsters (financiamento coletivo) para pagar as dívidas, continuar funcionando, mantendo o barco à tona. (Isso era literalmente verdade: eles tinham acabado de fazer uma campanha de financiamento coletivo para consertar danos no casco quando começou a fazer água.)

A função de Miriam era, em grande medida, administrativa — ela fazia a contabilidade, mantinha a maior parte da papelada em dia, abastecia as estantes e conservava o lugar arrumado. Não a deixavam mais atender clientes (muito grosseira), nem escrever cartões de indicação — as descrições sobre os novos lançamentos nas quais os livreiros também davam sua opinião (muito cáustica). Além disso, ela era repugnante. Nicholas nunca disse isso, mas nem precisava. Miriam sabia muito bem que não era uma pessoa agradável de se ver, que não atraía as pessoas, que, seja lá qual fosse o antônimo de magnetismo, ela o tinha de sobra. Ela tinha consciência dessas coisas e estava preparada para lidar com elas. Afinal de contas, por que não estaria? Qual seria a alternativa? Não fazia muito sentido fingir que as coisas eram diferentes do que eram, que *ela* era diferente de quem era.

Às quartas-feiras, Nicholas ia para a sessão de terapia, portanto era Miriam quem abria a loja. Sempre pontual, nunca atrasada, nem por um minuto, não podia se dar a esse luxo. Nesta manhã, passou por baixo da Cat & Mutton Bridge exatamente quinze minutos antes das nove e ficou surpresa ao ver que já havia um cliente na frente da loja, as mãos em concha ao redor dos olhos, tentando espiar por uma das janelas. Um turista, ela pensou, e então o homem deu um passo atrás e olhou em sua direção. Miriam ficou paralisada, a adrenalina tomando conta. Theo Myerson.

Recompondo-se, ela lembrou a si mesma: este jogo estava virando. Respirou fundo, esticou o corpo, estufou o peito e andou confiante em direção a ele, do alto de seu 1,57 metro.

— Posso ajudá-lo? — perguntou ela.

A expressão em seu rosto se fechando, ele se virou e foi até ela.

— Na verdade, pode, sim — respondeu ele.

Por um azar do destino, houve uma pausa momentânea no tráfego de pessoas e os dois se viram sozinhos no caminho de pedestres à margem do canal. A ponte atrás dela, o barco à sua frente, Theo Myerson em seu caminho.

— Nós não abrimos ainda — disse ela e deu um passo ao lado em direção à água, tentando circundá-lo. — A loja abre às nove. Você vai ter que voltar depois.

Myerson se deslocou seguindo a mesma trajetória dela, bloqueando seu caminho mais uma vez.

— Eu não estou aqui para dar uma olhada nos livros — disse ele. — Estou aqui para advertir você: não se meta na minha vida. Deixe minha família em paz.

Miriam enfiou as mãos trêmulas nos bolsos.

— Eu não cheguei nem perto da sua família — replicou ela. — A menos que... você está se referindo ao seu sobrinho? — Ela olhou bem dentro dos olhos dele. — Uma coisa horrorosa. — Tirando a chave da livraria de dentro da bolsa, ela forçou passagem e finalmente o transpôs. — Sou testemunha, eles te contaram isso? A polícia veio me ver, me fizeram várias perguntas, e eu respondi.

Ela se virou para olhar para Theo, um sorriso tenso no rosto.

— Você preferiria que eu tivesse agido de outra forma? Pensando bem... — Ela enfiou a mão na bolsa e pegou o celular. — Talvez fosse melhor eu ligar para a polícia? Gravei o número do detetive nos meus contatos; ele disse que eu deveria ligar se me lembrasse de alguma coisa, ou se notasse algo fora do comum. Devo ligar para ele agora? Devo dizer a ele que você veio aqui me ver? — Miriam viu quando o pavor encobriu o rosto dele como uma sombra, e a onda de prazer que ela sentiu foi intensa e um tanto inesperada. — Sr. Myerson?

Então isso é que é sensação de poder, pensou Miriam.

Quando Miriam voltou para casa do trabalho naquela noite, antes mesmo de preparar seu chá ou lavar as mãos, pegou a caixa de madeira, aquela onde guardava suas quinquilharias, da prateleira que ficava no alto da estante ao lado da pequena lareira de ferro fundido e a colocou na mesa da cozinha. Ela abriu a caixa e examinou o conteúdo, um ritual que costumava realizar de vez em quando para aliviar a ansiedade, uma maneira de se acalmar, de pôr os pensamentos em ordem, de se concentrar no que era realmente importante para ela.

Ela era uma pessoa estranha e sabia disso, sabia o que era e sabia como as pessoas a viam. As pessoas olhavam para Miriam e enxergavam uma mulher gorda de meia-idade sem dinheiro, sem marido e sem poder. Elas viam alguém à margem da sociedade, morando num barco, usando roupas do brechó beneficente, cortando o próprio cabelo. Algumas pessoas olhavam para ela e fingiam que ela não existia, outras olhavam para ela e achavam que podiam pegar o que quisessem, imaginando que ela fosse fraca e que não faria nada a respeito.

Da caixa à sua frente Miriam tirou um papel, uma folha A4 dobrada ao meio e depois em quatro; ela a desdobrou, colocou-a aberta diante de si, passou a base da mão no timbre no papel. Ela leu tudo de novo, palavras que havia lido tantas vezes que achava que seria capaz de recitá-las, ou pelo menos as partes mais ofensivas, de cor.

Cara sra. Lewis,
Escrevo como representante do departamento jurídico da Harris Mackey, a editora de Theo Myerson, em resposta à sua carta de 4 de fevereiro. Escrevo em nome da empresa e do sr. Myerson, que aprovou o conteúdo desta carta. De antemão, queremos evidenciar que o sr. Myerson nega veementemente as alegações de violação de direitos autorais feitas na sua carta; sua reclamação é totalmente infundada.

Sua reivindicação de que *Aquela que escapou*, o romance escrito pelo sr. Myerson e publicado sob o pseudônimo Caroline MacFarlane, copia "temas e partes significativas da trama" de sua autobiografia é falha por vários motivos.

Para estabelecer uma alegação válida de violação de direitos autorais é preciso haver uma relação de causalidade entre a obra do reclamante e a obra que supostamente violou os direitos; a senhora precisa comprovar que sua autobiografia foi usada pelo sr. Myerson na criação de *Aquela que escapou*.

O sr. Myerson admite que a senhora pediu a ele que lesse o seu manuscrito e que, apesar da agenda lotada e das demandas consideráveis do tempo dele, concordou em fazê-lo. Como o sr. Myerson lhe explicou quando a senhora foi até a casa dele no dia 2 de dezembro, ele colocou o manuscrito na mala quando viajou para Cartagena como autor convidado do Hay Festival; infelizmente, sua bagagem foi extraviada pela

British Airways e não recuperada. Sendo assim, o sr. Myerson não conseguiu ler o seu manuscrito.

As semelhanças que a senhora alega existirem entre *Aquela que escapou* e sua autobiografia não passam de temas e ideias genéricos...

Não consideramos nem razoável nem necessário abordar cada frágil comparação que a senhora tenta fazer...

A senhora fez alegações sérias e falsas contra o sr. Myerson...

Qualquer ação judicial impetrada pela senhora seria descabida e despropositada, além de veementemente combatida pelo sr. Myerson; ele buscaria recuperar todos os gastos processuais com a senhora, o que, tendo em vista o que foi exposto aqui, não duvidamos de que o tribunal concederia.

Ali estava, registrado por escrito. Mesmo com todos os insultos lançados contra ela, com todas as acusações ofensivas e desagradáveis, com toda a minimização de suas reivindicações como sendo *inteiramente infundadas, falhas, frágeis, falsas, descabidas, despropositadas*, o fundamento do argumento deles, resumido em sua essência, podia ser encontrado naquela última frase: nós temos dinheiro e, portanto, poder. A senhora não tem nada.

Com as mãos trêmulas, Miriam voltou a dobrar a carta e enfiou-a de novo no fundo da caixa, pegando agora o caderninho preto em que registrava as idas e vindas no canal. Ela morava neste barco fazia seis anos, e havia aprendido que era preciso ser vigilante. Havia todo tipo de gente na área: pessoas boas, decentes, trabalhadoras e generosas misturadas com bêbados, drogados, ladrões e todo o restante. Você tinha que ficar esperta. De olhos bem abertos. Alerta para predadores. (Miriam sabia disso mais que a maioria.)

Sendo assim, tomava nota das coisas. Havia, por exemplo, anotado a hora na sexta à noite em que Laura, a Louca da lavanderia, aparecera com Daniel Sutherland; tinha anotado, também, o dia em que Carla Myerson, a tia do rapaz, com o seu belo corte de cabelo, casaco elegante e dentes perfeitos, batera à porta dele. Quarta-feira passada, foi. Dois dias antes da morte de Daniel. Garrafa de vinho na mão.

Em seguida, ela pegou a chave — a chave de Laura, a Louca, aquela que tinha pegado do chão do barco do morto — e a revirou entre os dedos, sentindo as bordas, ainda grudentas por causa do sangue. Miriam tinha a sensação de que, seja lá o que a menina pudesse ter feito, Laura deveria ser protegida. Afinal de contas, ela era outra sem poder, não era? Ah, ela era bonita, magra e tinha os olhos claros, mas era pobre também, e problemática. Havia alguma coisa errada com ela: andava puxando de uma perna, e tinha algum problema de saúde mental. Algo fora de lugar. As pessoas podiam se aproveitar de alguém assim, uma criatura jovem, pequena e sem poder como Laura, assim como haviam se aproveitado de Miriam.

Mas o poder muda de mãos, não muda? Às vezes, de forma inesperada. O poder muda de mãos e o jogo vira.

E se, contrariamente ao que havia escrito no caderninho, Miriam não tivesse visto Laura? E se, como dissera para a polícia, ela só tivesse visto Carla Myerson com Daniel Sutherland? E se, agora que pensava no assunto, ela tivesse visto Carla Myerson mais de uma vez? O detetive havia pedido que ela entrasse em contato caso se lembrasse de mais alguma coisa, não havia? Se ela se lembrasse de algo, não importava se fosse um pequeno detalhe, que pudesse ser relevante? E se — ah, agora tudo voltava à sua mente! — ela se lembrasse de ter ouvido algo — tons de voz alterados, que a princípio pensara que fossem de animação, mas quem sabe não era outra coisa, quem sabe não era uma discussão?

Miriam preparou para si uma caneca de chá e pôs os pés de molho, comendo metodicamente metade de um pacote de biscoito doce enquanto refletia sobre o que precisava contar ao detetive-

-inspetor. Será que deveria mencionar, por exemplo, seu encontro com Myerson pela manhã? Ou será que seria melhor guardar aquela carta na manga, para jogar em outra rodada? Ela tinha plena consciência de que precisava tomar cuidado com a maneira como tratava do assunto, de que não devia ser imprudente, não devia deixar que esse seu novo poder lhe subisse à cabeça.

Ela ligou para o celular do detetive, ouviu a saudação da caixa postal.

— Alô, detetive Barker? É Miriam Lewis. Você disse que eu deveria ligar se me lembrasse de alguma coisa? Bem, é só que... acabou de me ocorrer que aquela mulher que eu vi, aquela de quem lhe falei, a mulher mais velha? Acabei de me lembrar que a vi na noite de sexta-feira. Sabe, eu estava achando que havia sido na quinta, porque eu tinha acabado de voltar do trabalho quando a vi passar; ela carregava uma garrafa de vinho, sabe, não que isso seja importante, mas o caso é que eu tinha acabado de voltar do trabalho, só que não fui trabalhar na quinta passada porque estava mal do estômago, o que é bem raro, já que em geral tenho uma saúde de ferro, mas, enfim, eu não estava me sentindo bem na quinta e então fui trabalhar na sexta-feira...

Miriam finalizou a ligação. Ela inclinou o corpo à frente para pegar mais um biscoito do pacote e então se recostou, apoiando as pernas no banco. Como era gratificante ter Myerson na mão! Por um instante, imaginou o grande homem, de pé em seu escritório, segurando o telefone — uma ligação dos detetives, talvez, dizendo a ele que iriam levá-la para ser interrogada, sua amada Carla. Imaginou o seu pânico. O que uma provação dessas faria com ele? E pense só em toda a publicidade negativa!

Aquilo lhe ensinaria, não ensinaria, a não pegar o que não lhe pertencia? A não tratar Miriam como se ela não fosse nada, como se fosse *material de inspiração*, para ser usada e descartada a seu bel-prazer.

E se Carla também sofresse com isso, bem, não era o ideal, mas, assim como o inimigo do meu inimigo é meu amigo, às vezes, o amigo do meu inimigo é meu inimigo também, e não havia como evitar, era assim que o mundo funcionava. Era desse modo que esse tipo de coisa acontecia; não era justo. Em qualquer tipo de conflito, era provável que houvesse vítimas inocentes.

Miriam fechou o caderninho. Ela o guardou de novo dentro da caixa e colocou a chave de Laura bem em cima, aninhada no mogno junto ao brinco de argola de ouro de Lorraine, o crucifixo de prata que o pai lhe deu no dia da crisma quando ela tinha quatorze anos, e a plaquinha de identificação de uma coleira de cachorro gravada com o nome *Dixon*.

Aquela que escapou

O choro parou. Há barulhos diferentes agora.

A menina aproveita a cobertura dada por esses novos barulhos para quebrar a janela. Então, agindo depressa, retira o máximo de vidro que consegue antes de tentar sair. Mesmo assim, ela se corta feio, nos ombros, no tórax, nas coxas, conforme força a passagem da carne sólida pelo pequeno quadrado da moldura da janela.

Agachada, ela se senta, as costas na parede. O sangue escorre dos ferimentos, empapando a terra dura e seca. Quando correr, vai deixar uma trilha. Sua única salvação vai ser chegar à cidade antes que ele vá atrás dela: se partir agora, talvez tenha uma chance.

Está escuro, sem lua. A não ser pelo coaxar ritmado de um sapo, a noite está silenciosa. Mas ela ainda consegue ouvi-los lá dentro. Os ruídos que ele faz, os ruídos que ela faz.

Ela fecha os olhos, admite a verdade para si mesma. Há outra chance de salvação: ela poderia voltar para dentro da casa, pela porta da frente, seguir até a cozinha, ela poderia pegar uma faca. Surpreendê-lo. Cortar sua garganta.

Ela imagina, por um instante, o alívio da amiga. Como elas se apoiariam uma na outra. Ela se imagina contando à polícia o que aconteceu, imagina a recepção de heroína na escola, o quão grata a família da amiga ficaria!

O quão gratos eles ficariam?

Ela visualiza o rosto bonito da amiga, as pernas longilíneas, os pais simpáticos, as roupas caras. É dominada pela lembrança da vida dela, de sua felicidade.

A menina se imagina entrando no quarto, a faca erguida, imagina o homem se virando, pegando a mão dela, dando um soco em sua garganta. Ela o imagina se agachando sobre ela, os joelhos esmagando seu peito, ela imagina o peso dele em cima dela, imagina a lâmina sendo pressionada na clavícula, na bochecha, nos lábios.

Ela nem sabe se há uma faca na cozinha.

Podia tentar ajudar, podia lutar. Ou podia se aproveitar da preferência dele pela sua bela amiga. Podia sair correndo.

Isso não é culpa dela. Ela nem queria entrar no carro.

Ela sente muito. De verdade. Ela sente muito, mas sai correndo.

10

O detetive Barker, a careca brilhando como uma moeda nova sob a luz clara do sol da manhã, ficou olhando enquanto a policial fardada enfiava uma haste flexível na boca de Carla, esfregando-a na parte interna da bochecha, retirando-a de lá, largando-a dentro de um saco plástico transparente. Assim que ela terminou, ele assentiu, satisfeito. Ele pediu à policial que aguardasse na viatura. O barco no qual Daniel vinha morando, Barker já havia explicado a Carla, era alugado e uma pocilga. Havia vestígios de no mínimo doze pessoas nele, provavelmente mais, de modo que eles estavam coletando o DNA e as impressões digitais de todo mundo, disse ele, para descartar o máximo de pessoas possível.

Carla, sentada à sua mesa de jantar, limpou a boca com um lenço.

— Bem — disse ela, girando os ombros para trás para aliviar a tensão na parte de cima da coluna —, existe uma chance enorme de vocês encontrarem as minhas. — O detetive Barker arqueou as sobrancelhas, cruzando os braços. — Eu menti — continuou Carla — quando disse que não sabia que Daniel estava morando num barco. Menti quando disse que não o vi. — Barker não falou nada; ele atravessou a sala e se sentou à mesa diante de Carla, entrelaçando os dedos. — Só que você já sabe disso, não sabe? Alguém lhe contou alguma coisa, não contou? Foi por isso que você veio aqui, não foi? Alguém me viu? — Barker permaneceu em silêncio. Aquele velho truque de novo, fazer você falar, pressionar você a preencher o silêncio.

Aquilo era irritante em sua obviedade, mas Carla estava cansada demais para resistir — não tinha dormido mais que uma ou duas horas seguidas desde a última vez que os detetives estiveram ali, cinco dias atrás. Ela ficava vendo coisas, se assustando com sombras, pontos escuros se deslocando em sua visão periférica. Naquela manhã ela tinha passado por um espelho e sido surpreendida ao ver o rosto da irmã olhando para ela, as faces encovadas, a expressão de medo no rosto.

— Daniel me disse que tinha alugado um barco quando veio buscar as coisas dele. Me disse para fazer uma visita. E para não esperar que fosse grande coisa. E eu fui. Duas vezes. Não me pergunte exatamente quando, porque, sinceramente, eu não saberia dizer. — Ela fez uma pausa. — Menti para você porque não queria admitir para o Theo que tinha ido lá.

Barker se recostou ligeiramente na cadeira.

— E por que não? — perguntou ele, estalando os dedos de um modo repulsivo.

Carla fechou os olhos por um instante. Ficou ouvindo o som da própria respiração.

— Você sabe o que aconteceu com o meu filho? — perguntou ela ao detetive.

Ele assentiu, uma expressão séria no rosto.

— Sei — respondeu ele. — Li a respeito na época. Uma tragédia.

Carla fez que sim com a cabeça, num gesto curto e tenso.

— Pois é. Minha irmã estava tomando conta dele quando aconteceu, não sei ao certo se isso foi noticiado. Enfim, ela deveria estar tomando conta dele. Theo nunca a perdoou. Ele nunca mais falou com ela, desde o dia em que o nosso filho morreu até o dia em que ela morreu. Ele proibiu que ela fizesse parte da nossa vida. Ou pelo menos da vida *dele*, que, na época, também era *minha*. Entende o que estou querendo dizer? Eu via minha irmã e Daniel às escondidas. É claro que o Theo suspeitava que eu a visse de vez em quando, e nós discutimos algumas vezes por causa disso, mas depois nos separamos, eu me mudei para cá, e isso não pareceu importar muito mais. Mesmo assim, eu nunca mencionava os dois para ele. Então é isso, acho. Venho mentindo para o Theo há tanto tempo sobre esse lado da minha vida que às vezes esqueço quando a mentira é necessária e quando não é. Não queria que ele soubesse que eu tinha visitado Daniel no barco.

O detetive franziu a testa.

— Quer dizer que a senhora mentiu para nós, para a polícia, *durante uma investigação de assassinato* só porque não queria que seu ex-marido soubesse que tinha se encontrado com seu sobrinho? — Ele espalmou as mãos para ela, os dedos bem separados. — Isso me parece algo fora do normal, parece... — Ele arqueou as sobrancelhas. — A senhora tem medo do seu ex-marido, sra. Myerson?

— Não. — Carla fez que não com a cabeça, num movimento rápido. — Não, eu só... eu não queria chateá-lo — disse ela baixinho. — Eu faço de tudo para não chatear o Theo, e o fato de eu manter um relacionamento com Daniel o chatearia.

— O sr. Myerson tem um temperamento difícil?

Carla fez que não com a cabeça outra vez.

— *Não* — insistiu ela, exasperada —, não é... não é assim.

— Então como é? — perguntou Barker. Ele parecia verdadeiramente *interessado*, olhava para ela como se fosse um espécime raro. — O sr. Myerson achava que a senhora estava tentando substituir o filho perdido? Pelo seu sobrinho? É por isso que seu relacionamento com Daniel o chatearia? — perguntou ele.

Carla balançou a cabeça mais uma vez, mas não disse nada. Ela virou o rosto para o outro lado e ficou olhando para o triste quintal pavimentado nos fundos, com sua casinha de madeira trancada a cadeado e suas plantas mortas nos vasos.

A casinha estava vazia, exceto pelo pequeno velocípede vermelho, as franjas azuis ainda presas ao guidão. Tinha sido o presente de aniversário de três anos de Ben. Eles tinham dado uma festa na casa deles da Noel Road, só para a família — os pais de Theo, Angela e Daniel, o irmão mais velho de Theo com a esposa e os filhos. Depois de soprarem as velinhas do bolo, eles levaram o velocípede até o caminho à margem do canal, o coração de Carla cheio de ternura enquanto via Ben experimentando o brinquedo, as pernas gorduchas subindo e descendo conforme ele pedalava o mais rápido que conseguia. O rosto de Theo! Seu *orgulho*. "Ele tem talento para a coisa, viu?" E Angela, fumando, uma sobrancelha arqueada: "É um *velocípede*, Theo. Qualquer um consegue andar de velocípede." E, na volta para casa, de noitinha, com pouca gente na rua, Daniel empurrando Ben pelo caminho. A mãe de Theo dizendo: "Cuidado, Daniel, não vá rápido demais", enquanto Ben e Daniel a ignoravam completamente, os dois rindo às gargalhadas conforme faziam uma curva, quase capotando.

Depois que Ben se foi, que o funeral acabou e os malditos pranteadores finalmente foram embora, Carla foi para a cama e lá ficou. Theo quase nunca ia para a cama. Ele permanecia acordado de forma obstinada e furiosa; com a mente anuviada pelo calmante, Carla ouvia Theo andando de um lado para o outro no escritório junto ao patamar da escada, pisando firme ao descer os degraus e atravessar a cozinha em direção ao jardim para fumar e depois voltar pisando firme de novo. Ela o ouvia ligar e desligar o rádio, mudar de canal na televisão, tocar metade de uma música de um disco na vitrola antes de fazer a agulha deslizar pelo vinil.

Às vezes ele subia a escada e ficava parado na porta, não olhando para ela, mas pela janela em frente, a mão no rosto, os dedos roçando a barba por fazer. Às vezes dizia coisas, fazia afirmações que pareciam levar a perguntas às quais eles nunca chegavam. Às vezes falava sobre Angela, sobre como tinha sido na infância. "Você disse que ela era geniosa", ele dizia, ou: "Você sempre mencionava a imaginação fértil dela. *Sanguinária*, você dizia. Ela tinha uma imaginação sanguinária".

Vez ou outra ele fazia perguntas diretas: "Você acha que ela tinha inveja? De como o Ben era?"

Os dois haviam conversado, quando Ben ainda estava vivo, sobre como devia ser difícil, para Angela, não comparar o filho deles com o dela. Ben estava adiantado em todas as etapas do desenvolvimento, era falante e ágil, empático e capaz de fazer contas simples antes do terceiro aniversário. "Ele vai aprender a ler antes dos quatro", Theo gostava de dizer às pessoas. Carla tinha de pedir a ele que parasse de se gabar.

Daniel não havia sido assim. Ele foi um bebê que dava trabalho, dormia mal, demorou muito para aprender a engatinhar, já tinha dois anos e meio quando começou a falar. Era um garotinho frustrado e desastrado, propenso a pirraças épicas.

— Você acha que isso a incomodava — perguntou Theo —, o modo como Ben era especial? Porque o Dan é um garoto meio esquisito, não é? Sei que não sou imparcial, acho que ninguém é, não quando se trata dos próprios filhos, mas mesmo assim, nesse caso, acho, falando objetivamente, Ben era um garotinho maravilhoso. Ele era...

— O que você está dizendo? — A voz de Carla parecia pertencer a outra pessoa, a uma idosa. — O que você está tentando dizer?

Ele se aproximou da cama, os olhos arregalados, o rosto ruborizado.

— Estou perguntando se você acha que a Angela tinha inveja. Se, de alguma forma, ela...

Carla se agarrou aos lençóis e, com alguma dificuldade, se sentou na cama.

— Você está perguntando se eu acho que a minha irmã deixou aquela porta aberta de propósito? Porque achava que o nosso filho era mais especial que o dela? Você está perguntando se eu acho que ela queria que o Ben morresse?

— Não! Meu Deus, não. Não que ela *quisesse* que ele morresse, não. Meu Deus. Não estou dizendo que ela fez nada de propósito, só estou me perguntando se, num nível inconsciente, ela...

Carla se deitou de novo, de lado, puxando o edredom sobre os ombros, sobre a cabeça.

— Me deixa em paz, Theo. Por favor, me deixa em paz.

Demorou um ano para Carla retomar o hábito de se levantar da cama todos os dias, tomar banho, se vestir. E dezoito meses para ver a irmã de novo, às escondidas. Disse a Theo que tinha resolvido fazer uma aula de ioga, cobriu o corpo fraco e flácido com uma calça de moletom e uma camisa de malha e foi a pé até a casa da irmã, na Hayward's Place. Quando Angela abriu a porta, Carla se retraiu, perplexa: a irmã não estava dezoito meses mais velha, e sim décadas. Ela estava macilenta, a pele amarelada retesada sobre o crânio. Parecia oca, desidratada.

Os cabelos de Angela ficaram brancos da noite para o dia. Pelo menos foi o que ela disse. As duas irmãs tinham ficado grisalhas jovens, mas Angela alegava que tinha ido dormir de cabelos castanhos na terça-feira e acordado quase completamente grisalha na quarta. Simples assim. Ela mantinha os cabelos compridos e sem pintar.

— Pareço uma bruxa de conto de fadas, não pareço? — perguntou ela. — Assusto as criancinhas no supermercado. — Ela estava brincando, mas Carla não achou engraçado. Ela também não pintava os cabelos, tinha feito um corte joãozinho quando começaram a embranquecer. — Você tem sorte — Angela disse a ela, e Carla se retraiu de novo. — Você tem uma cabeça bonita. Se eu cortar tudo, vou ficar parecendo uma alienígena.

Era um elogio, mas Carla ficou incomodada. Não gostou do som da palavra *sorte* na boca da irmã, e muito menos entendia como podia ser aplicada a ela.

— Ninguém fica grisalho da noite para o dia — disse ela, irritada. — Eu pesquisei isso. É um mito.

Verdade, embora também fosse verdade que ela tinha lido a respeito de algumas mulheres, muito mais jovens que ela e a irmã, mulheres soviéticas que lutaram pela pátria durante a Segunda Guerra Mundial, que tinham enfrentado um horror tão inominável que ficaram com os cabelos brancos da noite para o dia. Ela havia lido sobre mulheres do Camboja que testemunharam tamanho horror que perderam a visão.

— Aconteceu comigo — retrucou Angela. — Você não pode dizer que não passei pelo que eu passei. Você não teria como saber, você não estava aqui.

As "aulas de ioga" se tornaram semanais, um exercício de determinação da parte de Carla. Ela era defensora do trabalho árduo; na verdade, ela acreditava que os objetivos que mais valiam a pena eram geralmente os mais difíceis de realizar. Acreditava que se você se empenhasse bastante para atingir um objetivo, na maioria das vezes, conseguiria alcançá-lo. Considerando a teoria das dez mil horas: se ela passasse dez mil horas tentando perdoar a irmã, será que conseguiria? Não dava para saber, mas parecia uma estratégia razoável. Afinal de contas, seus pais tinham morrido, seu filho tinha morrido. Não havia sobrado muita coisa para ela no mundo: apenas Angela, o pequeno Daniel, e Theo, claro, embora ela soubesse, na parte mais triste de seu coração, que ela e Theo não sobreviveriam ao que havia acontecido com eles.

Certa vez, quando foi visitar Angela, Carla ouviu alguns barulhos ao se aproximar da porta da casa, vozes alteradas. Mal tinha acabado de bater quando a porta se abriu de supetão, a irmã dando um puxão na porta como se estivesse tentando arrancá-la das dobradiças.

— Ai, meu Deus — disse ela quando viu Carla. — Esqueci que era o nosso dia. Daniel não foi para a escola. Ele está... — Ela parou de falar, deu de ombros. — Ele só... não foi para a escola.

As duas se sentaram na sala de estar como sempre faziam e, depois de algum tempo, Daniel desceu para cumprimentar a tia. Durante os dezoito meses de separação, Angela havia envelhecido uma década, mas Daniel não tinha mudado nada. Aos nove anos, ainda era pequeno para a idade, taciturno e instável. Ele tinha a mania de se esgueirar, aparecendo de repente e sem aviso, torcendo as mãos na frente da barriga.

— Como um animalzinho — comentou Carla com um sorriso.

— Um pequeno selvagem — disse a mãe.

Naquele dia, quando ele apareceu à porta, como se surgisse do nada, e disse "Oi, tia Carla", exibiu sua boca metálica para ela.

— Meu Deus, Daniel, não faça essa cara! — vociferou Angela.
— É a merda do aparelho dele — explicou ela. — Ele não consegue mais sorrir de um jeito normal. A maioria das crianças, quando bota aparelho, tenta esconder os dentes. Mas ele não. Ele faz essa careta horrorosa o tempo todo.

— Angela — sussurrou Carla enquanto Daniel se esgueirava para longe dali tão de fininho quanto havia chegado —, ele consegue te ouvir.

Seu coração, o pedacinho que havia sobrado, se partiu por ele.

Na visita seguinte, ela comprou para o sobrinho um conjunto completo de lápis de cor, que levou até o quarto dele. Seus olhos brilharam quando viu o presente.

— Ah — arfou ele, tão encantado que nem sabia o que dizer.
— Tia Carla! — E abriu aquele sorriso medonho, abraçando-a pela cintura com seus bracinhos magros.

Carla ficou imóvel. Não estava preparada para o modo como reagiu àquilo, a sensação do corpo de uma criança colado ao dela pela primeira vez depois de tanto tempo; ela quase não conseguia respirar, mal podia suportar olhar para aquela cabecinha dele, para aqueles cabelos castanhos, para aquela nuca, na qual viu dois hematomas. Mais ou menos do tamanho de um dedo indicador e um polegar, como se alguém o tivesse pegado por ali e dado um beliscão com força. Quando ergueu o olhar, Carla flagrou a irmã observando os dois.

— Ele se mete em briga o tempo todo na escola — disse ela, virando as costas.

Carla a ouviu descendo a escada, com passos estranhamente pesados para alguém tão leve. Ela deixou que o garoto a abraçasse mais um tempinho, depois tirou os braços dele delicadamente de sua cintura e se agachou de modo a nivelar seus olhos com os dele.

— É verdade, Daniel? — ela lhe perguntou. — Você anda se metendo em brigas?

Ele evitou o olhar dela por um instante. Quando a encarou, sua expressão era séria.

— Às vezes — respondeu ele baixinho. — Às vezes as pessoas não... elas não... — Ele soprou o ar com força, inflando as bochechas. — Ah, não importa.

— Importa sim, Dan. Importa sim.

— Não, não importa — retrucou ele, fazendo que não com a cabeça devagar —, porque eu vou embora. Vou para uma escola nova. Vou morar lá, não vou morar mais aqui. — Ele a abraçou de novo, dessa vez no pescoço. Ela ouvia a respiração dele, curta e rápida, como a de uma presa encurralada.

Angela confirmou: ele iria para um colégio interno.

— O pai dele vai pagar. É o mesmo colégio onde ele estudou, em algum lugar de Oxfordshire. Parece que é muito bom.

— *Em algum lugar de Oxfordshire?* Angie, você tem certeza disso?

— Você não faz a menor ideia de como as coisas estão difíceis, Carla. — Ela baixou a voz. — Como ele é uma criança difícil. — A voz dela tinha aquela dureza outra vez. — *Não.* Não me olha assim. Você não vê, você não... Você vem aqui uma vez por semana, porra, não vê como ele se comporta quando somos só ele e eu, você não... Ele ficou traumatizado. *Muito* traumatizado com o que aconteceu com ele.

Carla fez que não com a cabeça por um segundo.

— Sei que você não quer ouvir isso, mas é verdade — continuou Angela.

Ela pegou o maço de cigarros, extraindo um deles desajeitadamente. As mãos de Angela tremiam o tempo todo agora. Antigamente, suas mãos ficavam um pouco trêmulas ao acordar pela manhã, mas agora era uma constante, o tremor em mãos que estavam sempre em movimento, sempre à procura de algo para mantê-las ocupadas: um copo, um livro, um isqueiro.

— Sim, é claro que ele está traumatizado.

— A psicóloga me contou — começou Angela, acendendo o cigarro, tragando — que agora ele vem dizendo que viu... você sabe, que ele o *viu* cair, que viu o Ben cair. Ele vem dizendo que não só o encontrou, mas que, na verdade, viu acontecer. — Ela fechou os olhos. — Ele vem dizendo para ela que gritou e gritou, mas que não apareceu ninguém. Vem dizendo...

Carla ergueu a mão — Angela tinha razão, ela não queria ouvir aquilo.

— Por favor — disse ela. Levou um momento para controlar a respiração. — Mas não é possível que eles achem, que *você* ache, que a solução para o trauma dele é se separar da mãe?

— A *mãe dele* é o problema — respondeu Angela, esmagando o cigarro fumado pela metade no cinzeiro. — Ele me culpa, Carla, pelo que aconteceu. — Ela ergueu o olhar para a irmã, enxugando as lágrimas com as mãos. — Ele disse à psicóloga que a culpa foi minha.

Foi culpa sua, Carla pensou. *É claro que foi culpa sua.*

11

O *senhor poderia abrir um pouco mais a boca?* Havia uma jovem fardada e dedicada curvando-se sobre ele, inserindo uma haste flexível em sua boca; e, embora a experiência devesse ter sido intrusiva e desagradável, Theo tinha de admitir, decepcionado consigo mesmo, que achava aquilo estimulante. Ele fechou os olhos, mas só piorou as coisas. Tentou não olhar para ela enquanto coletava suas impressões digitais, mas, quando ele finalmente encarou a mulher, pôde sentir que ela tinha percebido alguma coisa, algo que a deixou desconfortável, e se sentiu um merda. Teve vontade de dizer para ela, *Sinto muito, de verdade. Não sou assim. Não sou desses. Sou homem de uma mulher só.*

Theo só amara Carla. Houve mulheres antes, e uma ou outra depois, mas não havia dúvida de que Carla era o amor da sua vida. O amor e os vários amores, ele supunha, pois havia esta Carla e a Carla de antes; parecia que, ao longo da vida, ele conhecera várias Carlas e amara todas elas, e continuaria a amá-las em qualquer encarnação onde aparecessem.

Carla era tudo que ele tinha. É claro que houve Ben, por aquele intervalo curto e glorioso, aqueles 3 anos e 47 dias de alegria, mas agora só havia Carla. Carla e o trabalho dele.

Quando Ben morreu, há quinze anos, Theo estava no meio do terceiro livro. Ele abandonou o projeto sem nem pensar muito;

simplesmente não conseguia suportar ler as palavras que havia escrito enquanto Ben brincava no gramado lá fora, ou cantava com a mãe na cozinha. Por um ou dois anos, ele não conseguiu escrever nada, mal tentava, e, então, quando tentava, não saía nada. Por meses e meses, por *anos*, não saiu nada. Como escrever, quando o coração não só tinha sido feito em pedaços, mas arrancado de dentro do peito? Escrever sobre *o quê?* Qualquer coisa, o agente literário lhe disse. Não importa. Escreva qualquer coisa. Então ele fez isso. Escreveu uma história sobre um homem que perde o filho, mas salva a esposa. Escreveu uma história sobre um homem que perde a esposa, mas salva o filho. Escreveu uma história sobre um homem que mata a cunhada. Foi horrível, tudo aquilo. "É como arrancar dentes", disse ele ao agente. "Pior ainda. É como arrancar unhas." Sem o coração, tudo o que ele fazia era imprestável, infrutífero, irrelevante. "E se eu não conseguir mais trabalhar porque o homem que escrevia livros se foi?", perguntou ele ao agente, sentado diante da tela em branco do computador, apavorado.

Durante esse tempo todo Carla se esvaía. Ela estava lá, mas não estava, uma assombração na casa, saindo de fininho dos cômodos assim que ele entrava, fechando os olhos quando ele cruzava seu campo de visão. Ela ia para as aulas de ioga e não voltava nem um pouco zen, e sim inquieta, com raiva, atravessando a casa e indo para o quintal nos fundos, onde se sentava, coçando a pele dos antebraços até começarem a sangrar. Mais tarde, ele percebeu que as tentativas de se aproximar dela foram desajeitadas e impensadas. A ideia de que eles deveriam tentar engravidar de novo foi recebida com uma fúria gélida.

Theo começou a passar cada vez menos tempo em casa. Ele viajava para festivais literários, dava palestras em universidades longínquas. Teve um caso breve e insatisfatório com a assessora de imprensa muito mais nova que ele. Por fim, Carla o deixou, mas sem muita convicção. Ela comprou uma casa a cinco minutos a pé dali.

Theo flertou com a não ficção; tentou escrever sobre o pouco valor dado à paternidade, questionando as verdades do movimento de libertação das mulheres, refletindo sobre um retorno aos valores mais tradicionais (sexistas). Ele se *odiava*. E não conseguia encontrar as palavras certas para descrever a extensão da sua perda, a profundidade da sua raiva.

Sem o filho, a mulher e o trabalho, Theo ficou desesperado.

Depois que a polícia foi embora, Theo saiu para andar. Ele tinha o costume de dar uma volta rápida pela vizinhança naquele horário, pouco antes do almoço, para evitar comer cedo demais. Tinha uma tendência a ser glutão. No hall de entrada, ele esticou a mão para pegar o casaco e, de modo instintivo, a guia da coleira do cachorro, mas recolheu a mão vazia. O estranho não foi tentar pegar a guia — ele ainda fazia aquilo dia sim dia não; não tinha se acostumado com a ausência de Dixon. Não. O estranho era a guia da coleira de Dixon não estar lá. Ele procurou, mas não a encontrou em lugar nenhum. A faxineira devia ter trocado de lugar, ele pensou, embora não conseguisse imaginar por quê.

Geralmente, ele seguia para o caminho de pedestres que margeava o canal, mas, como ainda estava isolado pela polícia, acabou passando por cima da ponte da Danbury Street. Havia um policial fardado ali também — um jovem com a pele do pescoço irritada depois de fazer a barba, que sorriu quando viu Theo, erguendo a mão para cumprimentá-lo antes de recolhê-la timidamente.

Theo viu uma abertura.

— Continuam procurando, não continuam? — perguntou ele, andando até o jovem. — Procurando pistas?

O rosto do policial enrubesceu.

— Humm... é, bem. Procurando uma arma, na verdade.

— É claro — disse Theo. — É claro. A arma. Bem... — continuou ele, olhando de um lado para o outro do canal como se fosse conseguir avistar a faca de cima da ponte. — É melhor eu deixar que você prossiga com o seu trabalho. Boa sorte!

— Para o senhor também! — respondeu o policial, ficando vermelho como um pimentão.

— O que foi que você disse?

— Ah, é só... com o seu livro e tudo mais. Sinto muito. Eu...

— Não, tudo bem.

— Sou fã do senhor, só isso. É. Sou um grande fã de *Aquela que escapou*. Achei tão interessante o modo como o senhor inverteu tudo, sabe, contando a história de trás para a frente e vice-versa, deixando a gente entrar na mente do assassino... aquilo foi tão genial! No começo, a gente não sabe o que está acontecendo, mas depois é tipo... *uau*. Tão maravilhoso. Adorei o modo como o senhor virou tudo de cabeça para baixo, brincando com a nossa compaixão, empatia e aquela coisa toda...

— *Sério?* — Theo riu, fingindo incredulidade. — Pensei que todo mundo achasse que tinha sido uma péssima ideia!

— Bem, eu não. Achei que foi muito inteligente. Um jeito novo de contar uma história daquela, faz você pensar, não faz? O senhor acha que vai escrever outro? Outro romance policial, digo. Outro livro assinado por... — Ele deu uma pausa para abrir as aspas com os dedos no ar. — *"Caroline MacFarlane"*?

Theo deu de ombros.

— Não sei. Venho pensando a respeito, claro. — Ele abriu o braço vagamente em direção à água. — Eu bem que podia tirar alguma inspiração dessa confusão toda, né? *O rapaz no barco* podia ser o título do livro.

Os dois riram meio sem jeito.

— Quer dizer que é daí que o senhor tira as suas ideias? — perguntou o policial. — Da vida real?

— Bem, essa é uma pergunta... — disse Theo, deixando o pensamento no ar, na esperança de que o policial não esperasse de verdade uma resposta para aquela indagação.

Houve um instante de silêncio constrangedor antes que o jovem retomasse a palavra.

— Porque, veja bem, se algum dia o senhor quisesse, sabe, conversar sobre algumas ideias para romances policiais, tipo, talvez alguns aspectos do trabalho da polícia, ou investigação forense, ou qualquer coisa assim... — O policial estava falando com ele, Theo se deu conta, então devia prestar atenção. — Pode ser que eu consiga ajudar o senhor com coisas assim. Por exemplo...

— É muito gentil da sua parte — interrompeu Theo, o rosto sorridente. — Muito gentil mesmo. Eu, humm... bem, por enquanto acho que eu só estava me perguntando, sabe, sobre o progresso que vocês estão fazendo? Neste caso, no caso do meu, humm... sobrinho? — O policial comprimiu os lábios. Theo deu um passo atrás, abrindo os dedos das mãos, as palmas para cima.

— Olha — disse ele —, eu compreendo que você não possa me dar *detalhes*. Eu só estava me perguntando porque, você sabe, isso tudo tem sido tão inquietante para nós, para minha esposa, para Carla, ela vem passando por muita coisa ultimamente, e se uma prisão estivesse prestes a acontecer, bem, seria um grande alívio para nós dois, claro...

O policial puxou o ar por entre os dentes.

— Beeem... — disse ele, baixando a cabeça de leve. — Como o senhor disse, eu não posso dar detalhes...

Theo assentiu compreensivamente, uma expressão de pesar no rosto. Ele enfiou a mão no bolso do casaco e extraiu dele um maço de cigarros. Ofereceu um ao policial, que aceitou.

— Olha, o que eu posso contar — disse o policial ao inclinar o corpo para que Theo acendesse seu cigarro — é que estão sendo feitos alguns testes forenses no momento e, como aposto que o senhor sabe, essas coisas levam tempo, não recebemos os resultados da noite para o dia, não como no *CSI* ou em qualquer outra dessas séries fajutas...

— Testes forenses...? — incitou Theo.

— Roupas — respondeu o jovem, a voz baixa. — Roupas ensanguentadas.

— Ah. — Aquilo era tranquilizador. — Roupas ensanguentadas que pertencem a... àquela menina? Aquela que vocês interrogaram? Porque, sabe, eu a vi. Fugindo da cena do crime. Naquela manhã, eu a vi, e não fiz nada. Fui tão burro. Achei que, sabe, ela fosse uma bêbada ou algo assim.

— Sr. Myerson. — O policial adotou uma expressão de profunda preocupação. — O senhor não poderia ter feito nada. Ninguém poderia ter feito nada para ajudar o sr. Sutherland, os ferimentos dele eram muito graves.

Theo assentiu.

— Sim, é claro. É claro. Mas, voltando a essa menina, ela é a principal suspeita, não é, no momento? Não existe nenhuma... ah, sei lá, relação com uso de drogas, ou roubo ou...?

O jovem balançou a cabeça tristemente.

— Ainda não posso afirmar isso — respondeu ele. — Estamos seguindo várias pistas.

— É claro — disse Theo, assentindo vigorosamente, pensando em como *seguindo várias pistas* era na verdade um código para *não fazemos a menor ideia do que está acontecendo*. Ele fez menção de se afastar, mas, ao fazê-lo, pôde ver que o policial, esse jovem sardento, estava desesperado para lhe fornecer *alguma informação*, provar sua importância, seu valor, então Theo perguntou: — Você pode me dizer alguma coisa a respeito dela? Da menina? Não o nome dela, claro. Eu só estava me perguntando, sabe, porque suponho que ela seja daqui da região; nos jornais eles disseram que ela residia em Islington, e agora ela está à solta, andando por aí, e é claro que como eu sou... como sou uma pessoa pública, não é difícil descobrir quem eu sou e quem é a minha esposa, e o negócio é que, bem, talvez eu esteja sendo paranoico, mas o que eu queria saber é, ela é perigosa, essa pessoa? Bem, é claro que ela é perigosa, mas será que representa algum perigo para mim? Para nós?

O jovem, num desconforto nítido e extremo, e ao mesmo tempo morrendo de vontade de compartilhar informações confidenciais, se inclinou para Theo.

— Ela tem histórico — disse ele baixinho.

— Histórico?

— De violência.

Theo se encolheu, horrorizado.

— Olha, não há motivo para entrar em pânico. Ela é só... ela é instável. É tudo o que vou lhe contar. É tudo o que posso dizer. Olha, eu quero tranquilizá-lo, quero mesmo... nós vamos dragar o canal de novo hoje à tarde. Ainda estamos procurando a arma, e assim que a encontrarmos, pronto. Assim que a tivermos, uma prisão deverá ser iminente.

De volta à mesa de seu escritório, se sentindo relativamente tranquilizado, Theo examinou a correspondência, incluindo algumas cartas de fãs encaminhadas para ele por sua agência literária. Já se foi a época em que havia dezenas dessas cartas todos os dias, quando eram respondidas por um dos funcionários de seu agente, mas o fluxo havia diminuído bastante com o passar dos anos. Theo não estava nas redes sociais, não respondia a e-mails, mas se alguém se desse ao trabalho de escrever uma carta de próprio punho, ele tendia a responder pessoalmente.

Caro(a) sr. Myerson/sra. MacFarlane,
Espero que não se importe de eu estar lhe escrevendo, sou um grande fã do seu livro *Aquela que escapou*, e estava me perguntando de onde tira as suas ideias?

Theo soltou um gemido de exasperação. *Meu bom Deus.* Será que era tão difícil assim ter *ideias*? Colocá-las em palavras, no papel, isso era outra história, mas as ideias vinham aos baldes, não vinham?

Mais precisamente, de onde tirou a ideia para este livro? De uma reportagem nos jornais ou de uma conversa com a polícia? Estou pensando em escrever um romance policial eu mesmo, e gosto muito de ler relatórios de crimes na internet. Às vezes você pede a ajuda da polícia com as tramas, com crimes específicos, com a resolução dos casos etc.?

Também fiquei me perguntando por que as personagens não têm nome em *Aquela que escapou*. Isso é meio incomum, não é?

Você poderia, por favor, me responder por e-mail, pois estou ansioso para ouvir suas respostas às minhas perguntas.

Atenciosamente,

Henry Carter

henrycarter759@gmail.com

P.S.: Discordo das críticas de que o livro era "misógino" e "pretensioso". Acho que eles não entenderam a história direito.

Theo riu daquilo e colocou a carta no topo da pilha de pendências, prometendo a si mesmo que cuidaria dela no dia seguinte. Ele se levantou, estendendo o braço sobre a mesa para pegar o maço de cigarros, e, ao fazer isso, olhou pela janela, seu olhar transpondo o jardim e alcançando o caminho de pedestres à margem do canal, onde, parada completamente imóvel e olhando diretamente para ele, estava Miriam Lewis.

— Meu Deus! — Ele deu um pulo para trás, quase caindo por cima da cadeira, de susto.

Praguejando, ele desceu a escada às pressas, percorreu o jardim como um raio e abriu o portão dos fundos, olhando freneticamente para todos os lados. Ela tinha desaparecido. Theo andou de um lado para o outro pelo caminho de pedestres por alguns minutos, as mãos fechadas em punho ao lado do corpo, os transeuntes se desviando dele com expressões nervosas no rosto. Será que ela tinha estado mesmo ali? Ou será que ele estava vendo coisas? Teria ele chegado a esse ponto?

Sem a esposa, o filho, o trabalho, Theo havia ficado desesperado e, em seu desespero, escreveu um romance policial. Foi uma sugestão de seu agente literário. "Quando disse para você escrever qualquer coisa", disse ele, "eu estava falando sério. *Qualquer coisa*, só para retomar o hábito. Tenta escrever ficção científica, romance romântico, sei lá... Você não acreditaria no tipo de porcaria que é publicada como literatura comercial. Não importa se é bom ou não, não precisa ter valor nenhum. A gente bota um pseudônimo nele. Só escreve *alguma coisa*." E então ele tentou. Romance romântico era um fiasco, e ele não era inteligente o bastante para escrever ficção científica, mas uma história policial? Isso ele conseguia ver funcionando. Adorava os livros do inspetor Morse, já tinha lido Dostoiévski. Quão difícil poderia ser? Tudo o que precisava era do gancho certo, do conceito certo, e então estaria no caminho. Foi quando uma ideia bateu à sua porta, e ele a deixou entrar e seguiu com ela, trabalhou com ela, a aperfeiçoou, transformou-a em algo único.

Aquela que escapou, publicado sob o pseudônimo de Caroline MacFarlane, era um livro incrivelmente experimental, a trama se desenrolando de trás para a frente em alguns capítulos, e seguindo a ordem cronológica em outros, com o ponto de vista girando 180 graus de vez em quando, de modo que os pensamentos mais íntimos do assassino eram revelados para os leitores. Era um livro que demonstrava o modo como as emoções dos leitores podiam ser manipuladas, revelando quão precipitadamente chegamos a conclusões sobre culpa e inocência, poder e responsabilidade.

O experimento não foi um sucesso *total e absoluto*. Embora Theo tenha ocultado cuidadosamente sua identidade, usando um nome de mulher como pseudônimo ("As mulheres adoram romances policiais!", o agente disse a ele. "Elas gostam da catarse da vitimização."), o segredo não se manteve guardado a sete chaves. Alguém deu com a língua nos dentes, o que fez com que o livro se transformasse num sucesso de vendas instantâneo, claro, mas também levou os críticos a afiarem as garras (algumas das resenhas foram bastante cruéis), e trouxe à tona todo tipo de gente maluca querendo aparecer ("Você roubou a minha história!"). No entanto, o objetivo principal foi atingido. Fez com que Theo voltasse a escrever. Aquela era a questão: quando a musa se calou, Theo se recusou a desistir, aproveitou um pedaço de uma história e fez dela algo seu. Essa era a verdade daquilo.

Aquela que escapou

Expectativa. Às vezes é a melhor parte, pois nem sempre as coisas saem como você gostaria, mas pelo menos você deveria se sentir grato, pelo sol quente nas suas costas e pelas meninas saindo de minissaia e top na rua, não deveria?

No pub, ele vê uma menina sentada com a amiga feia, e ela está de saia, não de top, mas com uma camisa de malha branca sem sutiã, e ela é linda.

Ela levanta um pouco a saia para lhe oferecer uma visão melhor, e ele fica grato por isso, então sorri para ela, mas, em vez de retribuir o sorriso, ela faz uma careta e diz, para a amiga feia, até parece.

Até parece.

Ele se sente todo errado, como se suas entranhas estivessem sendo esvaziadas, como se algo o corroesse por dentro, e sente um desejo tremendo, uma ânsia deixada pelo lugar onde o sorriso dela deveria ter estado.

12

Miriam achou que talvez não fosse conseguir voltar para o barco. Achou que acabaria desmaiando ali no meio do caminho; ela já podia sentir a onda de pânico se quebrando, seu campo de visão se estreitando, a escuridão tomando conta, a dor no peito, a respiração ofegante, o coração disparado. Ela desceu os degraus que levavam à sua cabine às pressas e desabou no banco, a cabeça pendendo para a frente, o queixo no peito, os cotovelos nos joelhos, tentando controlar a respiração, tentando desacelerar as batidas do coração.

Burra, burra, burra. Ela nunca devia ter ido lá para vê-lo — quem sabe o que poderia ter acontecido? Ele poderia ter chamado a polícia, poderia ter alegado que ela o estava assediando — ela poderia ter posto a perder tudo pelo qual vinha trabalhando.

Ela havia cedido ao seu desejo, seu desejo impaciente de ver Myerson, só dar uma espiada nele. Não havia nenhuma notícia que lhe trouxesse satisfação na imprensa: dois dias haviam se passado desde sua ligação para o detetive Barker, e ela ainda estava na expectativa de ouvir algo sobre alguém novo sendo interrogado em conexão com a morte de Daniel.

Miriam tinha começado a se perguntar — talvez eles não a tenham levado a sério? Não seria a primeira vez que alguém teria parecido agir em seu interesse, fingido dar atenção ao que ela dizia e depois a ignorado por completo. Talvez Myerson tenha dito alguma coisa sobre ela, algo que a desacreditasse? Fora por isso que ela tinha sentido necessidade de vê-lo, de ver a cara dele, ver estampado nela medo, preocupação ou infelicidade.

E ela sabia exatamente para onde direcionar o olhar: para a janela que dava vista para o jardim. Aquela era a janela do escritório dele, diante da qual havia uma robusta mesa de mogno à qual Theo Myerson labutava, a cabeça curvada sobre o laptop, o cigarro ardendo no cinzeiro quadrado de cristal enquanto elaborava frases e evocava imagens. Enquanto, numa afronta que dava a sensação de ser um ato de violência, ele apagava Miriam da sua própria história.

Quando Miriam visualizava Myerson dentro de casa, à mesa do escritório, descendo até a cozinha para preparar um lanche, parando, talvez, diante da foto emoldurada no quadro pendurado na parede do hall de entrada, dele com a esposa, jovens, cheios de vitalidade, todo sorrisos, ela não estava evocando esses detalhes do nada. Ela havia visitado a bela casa vitoriana de Theo na Noel Road, tinha atravessado o hall de entrada e seguido pelo corredor escuro, pintado num tom estilizado de cinza ou de pedra, cor de elefante ou de peixe morto. Ela havia admirado os quadros na parede, o tapete persa da cor de pedras preciosas disposto sobre o piso original de tacos de madeira, a sala de estar ladeada de estantes de livros que gemiam sob o peso dos belos exemplares de capa dura; ela havia notado, com uma pontada de pena, a fotografia no porta-retratos de moldura prateada sobre a mesa do hall de entrada de um menininho sorridente de cabelos castanhos.

Não fazia nem seis meses que Miriam estava trabalhando na livraria quando Myerson apareceu pela primeira vez, passeando pelo caminho à margem do canal com o cachorro, um pequeno terrier de latido incessante que ele prendia à estrutura para amarração de cabo de barcos enquanto olhava os livros. Myerson e Nicholas, o chefe de Miriam, ficavam fofocando sobre os livros que estavam vendendo bem e os que estavam encalhados, sobre os escritores que estavam sendo criticados impiedosamente nas páginas do *London Review of Books* e aqueles que estavam concorrendo ao Booker Prize. Em meio às sombras atrás de uma estante, Miriam ouvia tudo sem ser vista.

Ela lera os livros dele — a maioria das pessoas os tinha lido. O primeiro, publicado em meados dos anos noventa, vendeu razoavelmente bem e recebeu boas críticas; o segundo foi um sucesso de vendas instantâneo. Depois disso ele sumiu, não só das listas dos mais vendidos, mas das livrarias em geral; seu nome às vezes aparecia em uma reportagem no caderno especial de sábado dos jornais, a grande história de sucesso literário dos anos noventa desfeita por uma tragédia pessoal.

Miriam sempre havia achado que as pessoas davam um valor para a escrita dele muito maior do que merecia. Mas descobriu que nem mesmo ela era imune ao glamour de conhecer uma celebridade — era estranha a rapidez com que se começava a reavaliar a qualidade da obra de alguém quando o seu criador deixava de ser uma abstração, uma foto na orelha de um livro, e passava a ser uma pessoa em carne e osso com um sorriso tímido e um cachorro fedorento.

Certo dia, uma manhã de quarta-feira no início do verão, cerca de uns seis meses depois que começou a visitar a livraria, Myerson apareceu quando Miriam estava cuidando da loja sozinha. Ele prendeu o cachorro como de costume, e Miriam levou para o bichinho um pote de água. Ele agradeceu a ela educadamente, perguntando se eles tinham algum exemplar do livro novo de Ian Rankin. Miriam verificou e descobriu que ainda não tinha sido lançado, estava previsto para chegar na semana seguinte. Ela reservaria um exemplar para ele, se quisesse? Ele respondeu que sim, e os dois começaram a conversar. Ela perguntou se ele estava trabalhando em algo novo, e ele disse que sim, que, na verdade, estava pensando em tentar dar uma chance para o romance policial.

— Sério? — Miriam ficou surpresa. — Eu nunca teria imaginado que essa fosse a sua praia.

Ele balançou a cabeça de um lado para o outro, com um sorriso irônico no rosto.

— Beeem — disse ele —, para falar a verdade, não é, mas eu pareço estar preso num impasse. — Era verdade, fazia mais de uma década que ele não publicava nada significativo. — Estava pensando em tentar escrever algo completamente diferente — continuou ele, batendo na têmpora com o dedo indicador. — Ver se consigo alguma inspiração.

Na semana seguinte, quando o livro novo de Rankin chegou pontualmente, Miriam reservou um exemplar para ele. Só que Theo não apareceu para buscá-lo, não naquele dia, nem no seguinte, nem no outro. Ela tinha o endereço dele — a livraria já havia enviado alguns livros para a casa dele — e sabia exatamente onde ele morava, não muito longe de seu barco, menos de dois quilômetros adiante no canal, então ela decidiu entregar o livro em mãos.

Ela não sabia muito bem se aquilo seria inconveniente, mas, na verdade, quando abriu a porta, ele pareceu genuinamente feliz em vê-la.

— É muita gentileza sua — disse ele, convidando-a a entrar. — Eu ando meio indisposto. — E parecia mesmo. Olheiras profundas, o branco dos olhos amarelado ao redor das pupilas, o rosto vermelho. A casa fedia a fumaça. — Difícil para mim — disse ele, a voz falhando — esta época do ano. — Ele não se aprofundou, e Miriam não insistiu no assunto. Meio sem jeito, ela pousou a mão em seu braço, e ele se desvencilhou, sorrindo, constrangido. Miriam havia sentido tanta ternura por ele, quando teve a oportunidade de conhecer melhor Theo Myerson.

Os dois levaram suas canecas de chá para o pequeno pátio localizado além da cozinha e ficaram conversando sobre livros. Era o início do verão, quando as noites se alongavam, o aroma das glicínias era abundante no ar, havia música tocando baixinho num rádio em algum lugar. Recostada na cadeira, de olhos fechados, Miriam teve uma sensação imensa de contentamento, de privilégio. Por estar sentada ali, naquele precioso jardim londrino, bem no meio da cidade, conversando sobre uma grande variedade de assuntos com este escritor renomado a seu lado! Ela teve o vislumbre, descortinando-se à sua frente, da possibilidade de uma vida bem diferente da que ela levava, uma vida muito mais rica (no sentido cultural) e com *mais gente*. Não que imaginasse algo romântico, não com Theo. Não era burra. Ela tinha visto fotos da esposa dele, sabia que nem se comparava a ela. Mas ali estava ele, tratando-a de igual para igual. Como uma amiga. Quando ela foi embora naquela tarde, Theo a cumprimentou com um aperto de mão caloroso.

— Apareça quando quiser — disse ele com um sorriso.

E, tolamente, ela levou a sério o que ele disse.

Da próxima vez que foi visitá-lo, ela levou um presente. Algo que achou que pudesse aproximar os dois. Um livro, o livro *dela*, contando sua história, uma autobiografia que vinha escrevendo havia anos, mas que nunca teve coragem de mostrar a ninguém, pois nunca tinha confiado em ninguém a ponto de revelar esse seu segredo. Até que conheceu o sr. Myerson, um escritor de verdade, um homem que também convivia com uma tragédia. Ela o escolheu.

Escolheu mal.

Ela acreditava que estava confiando sua história a um homem íntegro, de bom caráter, quando, na verdade, estava desnudando a alma para um charlatão, um predador.

Era de esperar que ela já soubesse reconhecer um deles a essa altura do campeonato.

O primeiro predador que Miriam conheceu se chamava Jeremy. Jez era o apelido. Numa tarde abafada de sexta-feira, em meados de junho, ele pegou Miriam e sua amiga, Lorraine, em seu Volvo azul-claro. As duas estavam pedindo carona — as pessoas costumavam fazer isso nos anos oitenta, mesmo em Hertfordshire. Elas tinham matado as duas últimas aulas do dia e estavam indo à cidade para passear, fumar cigarros, experimentar roupas que não tinham dinheiro para comprar.

Assim que o carro parou, Lorraine se sentou no banco da frente; por que não? Ela era a mais magra e bonita das duas (embora, honestamente, nenhuma das duas fosse lá muito bonita). Foi por causa dela que ele parou. Por isso ficou com o banco da frente. Miriam entrou no banco traseiro, sentando-se atrás de Lorrie. O motorista disse oi, falou seu nome, perguntou o delas, mas nunca chegou a olhar para Miriam, nem uma única vez.

No assoalho do carro, latas de cerveja e uma garrafa de uísque vazias chacoalhavam ao redor dos pés de Miriam. Havia um cheiro estranho sob a fumaça dos cigarros de Jez e Lorraine, alguma coisa azeda, como leite estragado. Miriam teve vontade de sair do carro quase no mesmo instante em que entrou. Sabia que não deviam estar fazendo aquilo, sabia que era uma má ideia. Ela abriu a boca para falar, mas o carro já estava em movimento, acelerando. Miriam ficou se perguntando o que aconteceria se ela abrisse a porta — será que ele desaceleraria? Era mais provável que achasse que era louca. Ela abriu o vidro da janela, respirou o ar quente do verão.

Uma música começou a tocar no rádio, uma música lenta, e Jeremy estendeu a mão para mudar de estação, mas Lorraine tocou no braço dele.

— Não — disse ela. — Eu gosto dessa música. Você não gosta? — E começou a cantar.

"For the time I had with her, I won't be sorry
What I took from her, I won't give back."

Não vou me arrepender dos momentos que passei com ela. Não vou devolver o que tirei dela.

Jez não levou as duas para a cidade, ele as levou para a casa dele, para "fumar".

— A gente já tem cigarro — disse Miriam, e Lorrie e Jez deram uma risada.

— Não esse tipo de cigarro, Miriam.

Jez morava em uma casa de fazenda caindo aos pedaços a alguns quilômetros de distância da cidade. A casa ficava no fim de uma estrada estreita e comprida, uma pista sinuosa para lugar nenhum, o asfalto estreitando cada vez mais até que, quando finalmente alcançaram o portão, ele já havia desaparecido por completo, e os três seguiram aos solavancos por uma trilha de terra batida. Miriam estava em cólicas; achou que podia acabar cagando nas calças de verdade. Jez saiu do carro para abrir o portão.

— Acho que a gente devia ir embora — disse Miriam para Lorraine, sua voz vacilante, ansiosa. — Isso é muito esquisito. Ele é esquisito. Não gosto nada disso.

— Não seja tão medrosa — retrucou Lorrie.

Jez dirigiu o carro pelo acesso de veículos e o estacionou ao lado de outro carro, um velho Citroën branco; assim que Miriam o viu, seu coração deu um pulo dentro do peito. A mãe dela tinha um carro igual àquele. Era o tipo de carro que mulheres de meia-idade possuíam. Talvez a mãe *dele* estivesse em casa, ela pensou, e então percebeu que os pneus do carro estavam vazios, com o chassi encostado no chão. Apesar do calor, ela sentiu um calafrio.

Jez saiu do carro primeiro, seguido por Lorraine. Miriam hesitou por um instante. Talvez devesse simplesmente ficar dentro do carro? Lorraine olhou para ela, os olhos arregalados. *Vamos logo!*, balbuciou ela, gesticulando para que Miriam a seguisse.

Ela desceu do carro, as pernas bambas enquanto andava em direção à casa. Quando saiu do ambiente externo iluminado pelo sol e entrou na penumbra, viu que a casa não estava só caindo aos pedaços, estava abandonada. As janelas dos quartos do segundo andar estavam quebradas, e as do primeiro andar, fechadas por tábuas.

— Você não mora aqui! — disse Miriam, o tom de voz indignado.

Jez se virou e olhou para ela pela primeira vez, com o rosto impassível. Ele não disse nada. Ele se virou, puxando Lorraine pelo braço. Lorraine olhou de relance sobre o ombro para Miriam, e Miriam pôde ver que ela também estava assustada.

Eles andaram casa adentro. Estava imunda, com garrafas, sacos plásticos e maços de cigarro espalhados pelo chão. Havia um cheiro forte de merda, e não era de animal. Miriam cobriu o nariz e a boca com a mão. Ela queria dar meia-volta, sair correndo lá para fora, mas algo a impediu de fazer isso; algo a fez continuar seguindo em frente, um passo atrás do outro, andando atrás de Lorraine e Jez, por um corredor, passando por uma escada, até chegar ao que um dia devia ter sido uma sala de estar, pois havia um sofá quebrado encostado numa parede.

Miriam achou que, se agisse de um jeito normal, então talvez tudo *seria* normal. Ela podia forçar as coisas a serem normais. Só porque aquilo *parecia* o tipo de coisa que acontecia num filme de terror não significava que *seria* como um filme de terror — pelo contrário. Nos filmes de terror, as meninas nunca se davam conta do que estava prestes a acontecer. Elas eram tão burras.

Elas eram tão burras.

Aquela que escapou

Ela acorda.

Com as articulações rígidas, os quadris doendo, meio cega, sem conseguir respirar. Sem conseguir respirar! Ela se sobressalta, ajeita o corpo até ficar sentada, o coração disparado no peito. Está tonta por causa da adrenalina. Ela inspira profundamente pelo nariz. Ela consegue respirar, mas tem algo na sua boca, algo macio e molhado, uma mordaça. Ela força o vômito, tenta cuspir o pano. Com as mãos atrás das costas, ela luta, forçando os movimentos apesar da dor. Por fim, ela solta a mão direita, tira a mordaça da boca. Uma camisa de malha, ela vê, de um azul desbotado.

Em outro cômodo, não muito longe dali, alguém chora.

(Ela não pode pensar nisso agora.)

De pé. O olho direito não abre. Com a unha, a menina retira com cuidado uma crosta de sangue dos cílios. Aquilo ajuda, um pouco. Abre o olho, um pouco. Agora consegue ver melhor.

A porta está trancada, mas há uma janela, e ela está no térreo. Tudo bem que a janela é pequena, e ela não é magra. Ainda não escureceu totalmente. Na direção do horizonte, a oeste, uma nuvem de pássaros se forma, se dissipa e se forma outra vez. O céu se enche de pássaros, se esvazia, se enche novamente, e é tão bonito. Se ela ficar ali, a menina pensa com seus botões, exatamente naquele lugar, se ela ficar observando, o céu nunca vai escurecer, e ele nunca virá atrás dela.

O choro aos soluços fica mais alto e ela se afasta da janela. Não consegue mais ver os pássaros.

Assim como a porta, a janela está trancada, mas o vidro é fino, quebrável. Quebrável, mas não silenciosamente quebrável — será que ela terá tempo de sair antes de ele chegar? Será que vai conseguir espremer sua carne através daquela abertura pequena? Sua amiga conseguiria fazer isso. Sua amiga é magra, ela fez balé até os treze anos, seu corpo se dobra de maneiras que o da menina não dobra.

(Ela não pode pensar em sua amiga agora, na maneira como o corpo dela dobra, até onde é capaz de dobrar antes de quebrar.)

O choro para, recomeça, e ela ouve uma voz, dizendo, por favor, por favor. O engraçado (não engraçado, não de verdade) é que a voz não é da sua amiga, é a voz dele. É ele quem está implorando.

13

Laura acordou no sofá, totalmente vestida, a boca seca. Rolou o corpo e caiu no chão, pegando o celular. Tinha perdido algumas ligações: de Irene, de dois números diferentes que não reconheceu e do pai. Ela ligou para a caixa postal para ouvir a mensagem dele.

— Laura — disse uma voz que não pertencia ao pai —, aqui é a Deidre, estou ligando do celular do Philip. Humm... — Entre as muitas coisas extremamente irritantes a respeito de Deidre estava o hábito de pontuar a fala com um zumbido estranho, como se estivesse prestes a cantar uma música se ao menos conseguisse encontrar a nota certa. — Nós recebemos a sua mensagem, e a questão, Laura, a questão é que já tínhamos concordado, não é, que não iríamos lhe dar dinheiro toda vez que você se metesse em encrenca. Você tem de aprender a resolver essas coisas sozinha. Humm... Minha Becky vai se casar neste verão, como você sabe, de modo que as nossas finanças já estão bastante comprometidas. Temos que estabelecer prioridades. Humm... Tudo bem, então. Tchau, Laura.

Laura ficou se perguntando se o pai teria chegado a ouvir sua mensagem, ou se Deidre escutou primeiro e filtrou aquelas que não considerava importantes. Esperava que fosse o caso; era menos doloroso assim, imaginar que ele nem sabia que ela estava encrencada. Ela *podia* ligar para ele. Podia descobrir a verdade. Mas não tinha certeza se conseguiria fazer isso.

Com o coração na boca, ela procurou no site da BBC News por alguma reportagem sobre a morte de Daniel, mas ficou desapontada. Não havia nenhuma atualização desde ontem, a polícia estava seguindo diversas linhas de investigação, estavam fazendo apelos para que testemunhas se apresentassem. Ela ficou se perguntando quantas testemunhas existiriam, quantas pessoas a tinham visto naquela manhã, seguindo pelo caminho de pedestres à margem do canal com sangue nos lábios?

Ela se distraiu mandando uma mensagem de texto para Irene.

Mil desculpas eu tive alguns problemas 😔
tô indo agora prepara a lista de compras te vejo daqui a pouco 😊

Geralmente, ela pedia que Irene mandasse a lista por mensagem de texto para que pudesse fazer as compras no caminho até a casa dela, mas dessa vez ia ter que pegar o dinheiro antes.

Uma mulher, vagamente familiar, abriu a porta da casa de Irene quando Laura bateu.

— Ah — disse Laura. — A... a sra. Barnes está em casa? Eu sou a Laura, eu...

Ela não terminou a frase, pois a mulher já tinha se virado.

— Sim, sim, pode entrar — ela foi dizendo para Laura, com um tom de voz que indicava irritação. — Parece que sua ajudante apareceu, no fim das contas — continuou, para Irene.

Laura enfiou a cabeça pela porta da sala.

— Tudo beleza, gângster? — perguntou ela, sorrindo para Irene, que costumava rir sempre que ela dizia aquilo, mas não dessa vez. Ela parecia bem ansiosa.

— Laura! — exclamou ela, erguendo as mãozinhas tortas no ar. — Eu estava tão preocupada. Por onde você *andou*?

— Ah, foi mal, cara. — Laura atravessou a sala para dar um beijo na bochecha de Irene. — A semana que eu tive, tipo, você não ia *acreditar*. Vou te contar tudo o que aconteceu, vou sim, mas como você tá? Tá tudo bem, tá?

— Já que a sua *amiga* está aqui — falou a outra mulher, a voz cortante, cristalina —, acho que vou embora. Tudo bem? — perguntou ela, inclinando a cabeça para o lado. — Irene? — Ela pendurou o que Laura julgou ser uma bolsa muito cara no ombro, pegou duas sacolas que estavam no vão da porta e jogou um papel para Laura. — A lista dela — explicou, lançando a Laura um olhar fulminante. — Você vai cuidar disso, não vai?

— Vou, sim — respondeu Laura e olhou de relance para Irene, que fez uma careta.

— Já vou indo — anunciou a mulher e saiu elegantemente da sala, batendo a porta da casa ao passar.

Um instante depois, Laura ouviu outra porta batendo.

— Quem é *essa*? — perguntou ela.

— É a Carla — respondeu Irene, arqueando uma sobrancelha. — Carla Myerson, a irmã da minha amiga Angela.

— Um doce de pessoa, ela, hein? — comentou Laura, dando uma piscadela para Irene.

Irene bufou.

— Por algum motivo, a Carla sempre me olha de cima a baixo, e não porque é alta. Ela fala comigo como se eu fosse abobada. Uma velha abobada. Ela me deixa fula da vida. — Fez uma pausa, balançando de leve a cabeça. — Mas eu não deveria ser tão dura. Ela pode não ser a melhor pessoa do mundo, mas vem passando por maus bocados. Primeiro, a morte da irmã, e depois a do sobrinho...

— Ah, *tá* — disse Laura, quando a ficha caiu. Era por *isso* que ela parecia tão familiar. Ela tinha uns traços dele. Alguma semelhança nos olhos, na posição da boca, no modo como erguia um pouco o queixo quando falava. — Ai, nossa. Eu nem pensei nisso. Então ela é a tia dele?

— Isso mesmo — concordou Irene, unindo as sobrancelhas.
— Presumo que você ficou sabendo o que aconteceu com o Daniel então? — perguntou ela, e Laura assentiu.

— Sim. Sim, pode-se dizer que sim.

— A notícia saiu em todos os jornais, não foi? E ainda não pegaram quem fez isso...

— Ainda é cedo, acho — comentou Laura, desviando o olhar de Irene, examinando agradecida a lista que a mulher tinha lhe dado, franzindo a testa assim que leu. — Essa é a sua lista? Foi ela que escreveu isso?

Irene assentiu.

— Pois é, ela não teve a paciência de esperar que eu pensasse nas coisas de que precisava, só entrou na cozinha, vasculhou meus armários e *deduziu*.

Laura revirou os olhos.

— *Muesli?* Você não gosta de muesli, você gosta de Crunchy Nut Cornflakes.

— Eu disse isso para ela — falou Irene —, mas ela não quis nem saber.

— Arroz selvagem? Mas que... Meu *Deus*. — Laura rasgou a lista, lançando os pedacinhos de papel no ar como se fossem confete. — O que você devia fazer, sabe, quando lembrar de alguma coisa que precisa, é registrar no celular...

— Ah, eu não consigo digitar nessas coisas, é tudo tão pequeno e eu não consigo enxergar nada nem de óculos, e na metade do tempo o maldito celular muda as palavras contra a sua vontade, então você acaba escrevendo um monte de coisa sem sentido.

— Não, não — protestou Laura —, você não precisa *digitar* nada. O que eu faço, sabe, é gravar as coisas. Eu tenho uma péssima memória, então assim que me lembro de alguma coisa que preciso fazer ou comprar, ou seja lá o que for, eu uso o gravador de voz. Você não precisa digitar, mas só dizer as coisas em voz alta.

Irene fez que não com a cabeça.

— Ah, não, acho que não. Eu não faço a menor ideia de como isso funciona. Nem sei se tenho isso no meu celular.

— É claro que tem. — Laura pegou o aparelho de Irene e deslizou o dedo pela tela. Localizou o aplicativo de gravação de voz e clicou nele. — Crunchy Nut Cornflakes — pronunciou ela em alto e bom som. — Nada daquela porcaria de muesli. — Ela piscou para Irene. — Depois, olha aqui, você bota para tocar.

— *Crunchy Nut Cornflakes. Nada daquela porcaria de muesli* — entoou o celular.

— Ah, parece fácil mesmo. — Irene deu uma risada. — Me mostra de novo.

Depois que as duas fizeram uma lista nova, Irene disse para Laura pegar uma nota de vinte libras da sua carteira para pagar as compras. Irene dava a ela cinco libras toda vez que ia fazer as compras, o que era bem generoso, já que a tarefa não levava mais de quinze minutos, mas dessa vez Laura pegou duas notas de vinte. Ela gastou quatorze libras e embolsou o resto, jogando fora o recibo no caminho de volta.

Enquanto guardava as compras, contou a Irene o que tinha acontecido — como perdeu a chave e teve de entrar em casa pela janela, como machucou o braço e depois perdeu o emprego, ainda por cima. Deixou a parte sobre Daniel de fora. Irene não ia querer ouvir nada daquilo, não ia querer ouvir sobre a transa, a discussão e a ida para a delegacia.

— Foi mal mesmo por eu não ter entrado em contato antes — disse Laura a ela depois que terminou de guardar tudo, preparar uma caneca de chá para as duas e colocar alguns biscoitos de chocolate num prato. — Eu estava toda atarantada, sabe? — Irene estava sentada em sua poltrona favorita e Laura estava recostada no radiador da calefação sob a janela, as pernas estendidas à frente.

— Eu não te deixei na mão de propósito.

— Ah, Laura. — Irene balançou a cabeça. — Você não me deixou na mão, eu só estava preocupada com você. Se alguma coisa assim acontecer de novo, precisa me avisar. Pode ser que eu consiga ajudá-la.

Laura pensou no dinheiro que tinha pegado e se odiou. Deveria devolvê-lo. Deveria colocar a nota de volta na carteira de Irene e então pedir a ela, sem rodeios, como uma pessoa normal faria, como um empréstimo. Como uma ajuda, do jeito que Irene tinha dito. Mas agora já era tarde demais, não era? A bolsa da Irene estava bem ali do lado da poltrona, não dava para colocar o dinheiro de volta agora, de jeito nenhum ela conseguiria fazer isso sem que Irene visse. E, de qualquer modo, se em algum momento tinha havido uma hora certa para pedir ajuda, ela acabara de passar, alguns segundos atrás, quando Irene ofereceu ajuda.

Ela ficou mais algum tempo, o suficiente para outra caneca de chá e mais alguns biscoitos, mas quase não tinha fome; sua desonestidade talhava dentro dela, azedando tudo.

Ela deu uma desculpa. Foi embora.

Ao sair pelo portão de ferro, Laura reparou que a porta da casa número três — a casa de Angela Sutherland, a vizinha — estava entreaberta. Ela a empurrou com muito cuidado. Espiando lá dentro, viu o casaco de Carla Sutherland dobrado sobre a balaustrada, a bolsa cara pendurada na base do corrimão, e as outras bolsas, a sacola de compras e a sacola de pano, simplesmente assim, jogadas no chão. Bem ali, no alcance de uma porta aberta! Gente rica dos infernos. Elas pediam para ser roubadas, às vezes.

De volta em casa, ela esvaziou o conteúdo da sacola de pano no chão da sala, o coração acelerado quando, junto com a echarpe velha e encardida e a jaqueta Yves St. Laurent decente, mas antiga, caíram duas caixinhas de couro. Ela pegou a primeira, uma roxa, e a abriu: um anel de ouro, incrustado com o que parecia ser um enorme rubi. Na segunda, uma caixa de couro marrom um pouco maior, havia uma medalhinha de São Cristóvão, também de ouro, com as iniciais *BTM* gravadas na parte de trás, junto com uma data: *24 de março de 2000*. Um presente de batismo, talvez? Não para Daniel, as iniciais não batiam. Alguma outra criança. Ela fechou a caixa. Era uma pena que tivesse algo gravado atrás, ela pensou, seria mais difícil vender a medalhinha. Mas o anel, se fosse verdadeiro, esse devia valer algum dinheiro.

Que merda de pessoa ela era.

Na cozinha, ela esvaziou os bolsos e contou todo o dinheiro que tinha: 39 libras e 50 centavos, dos quais tinha roubado 26 de sua amiga, Irene.

Que canalha mentirosa e ladra.

Laura ouviu os recados na caixa postal do celular, ouviu a própria voz se lembrando de ligar para a administração municipal para falar sobre o auxílio-moradia, de entrar em contato com o pessoal da manutenção do prédio para consertar o boiler (de novo), de telefonar para a enfermeira que trabalha no consultório do seu médico e falar sobre pegar novas receitas, e de comprar leite, queijo, pão, absorvente...

Ela pausou a gravação, exausta só de pensar em tudo o que tinha para fazer, nos obstáculos que já via se erguendo à sua frente. Deu uma olhada rápida nas mensagens de texto, de caras com quem vinha conversando, pretendentes que vinha cultivando, pelos quais não tinha mais interesse e para os quais não tinha a menor energia agora. Ouviu as mensagens de voz: uma chamada de telemarketing sobre seguro, a outra um recado de sua psicóloga.

— Você faltou a duas consultas, Laura, então, sinto dizer que, se faltar à próxima, vamos ter que excluir você do serviço, está entendendo? Eu não quero fazer isso, porque acho que estamos progredindo bem e mantendo você em equilíbrio, e não queremos que todo esse trabalho vá por água abaixo, queremos? Então espero você na segunda-feira, às três da tarde. Se não puder vir, me retorne hoje mesmo, por favor, para reagendar a consulta.

Laura afundou ainda mais na cadeira; devagarinho, ela massageou o couro cabeludo com a ponta dos dedos, fechando os olhos com força, as lágrimas escorrendo sob os cílios e descendo pelas bochechas. *Para para para*, ela disse baixinho para si mesma. *Se ao menos isso pudesse parar.*

Ela tinha sido encaminhada para a psicóloga depois do incidente com o garfo. A psicóloga era uma mulher simpática, com um rosto pequeno e olhos grandes, que Laura associava a algum tipo de criatura da floresta. Ela disse a Laura que precisava parar de *reagir*.

— Você parece passar a vida toda apagando incêndios, Laura. Fica passando de uma crise para outra, então o que precisamos fazer é encontrar uma maneira de quebrar esse padrão de reação, precisamos ver se conseguimos criar algumas estratégias...

Os psicólogos adoravam criar estratégias: estratégias para fazer com que ela parasse de se comportar de forma inadequada, de discutir, de perder o controle. Para fazer com que ela parasse para pensar, para impedir que tomasse uma decisão equivocada. *Sabe qual é o seu problema, Laura? Você faz péssimas escolhas.*

Bem, podia ser, mas esse era apenas um modo de encarar as coisas, não era? Outro modo de encarar as coisas seria dizer: Sabe qual é o seu problema, Laura? Você foi atropelada por um carro quando tinha dez anos e bateu com a cabeça no asfalto, teve o crânio fraturado, a pelve quebrada, uma fratura composta de fêmur distal, uma lesão cerebral, passou doze dias em coma e três meses no hospital, se submeteu a meia dúzia de cirurgias dolorosas, teve de reaprender a falar. Ah, e além de tudo isso, você ficou sabendo, enquanto ainda estava deitada num leito de hospital, que tinha sido traída pela pessoa que mais amava no mundo, uma pessoa que devia amá-la e protegê-la. É de admirar, você poderia dizer, que se ofenda com tanta facilidade? Que esteja com tanta raiva?

Aquela que escapou

No lugar onde o sorriso dela deveria ter estado há uma pergunta: então, para onde nós vamos mesmo? Agora não há mais espaço onde o sorriso dela deveria ter estado, porque agora ela está sorrindo e ele não está mais com raiva, está imaginando como vai ser, está pensando em como gostaria que a amiga não estivesse no banco de trás, mas se não olhar para ela nem pensar nela então talvez fique tudo bem.

Ele não gosta do jeito como a amiga olha para ele. O jeito como olha para ele o faz se lembrar da mãe, alguém que já deveria ter esquecido, mas não esqueceu. Ela era feia também, mordida por um cachorro quando era pequena e falando o tempo todo disso desde então, a boca marcada pela cicatriz, os lábios retorcidos como se estivesse sorrindo com desprezo para você, o que geralmente era verdade.

Ferida por dentro e por fora, sempre berrando, com ele ou com seu pai, queria que ele fosse infeliz igual a ela, não suportava vê-lo rindo nem brincando nem feliz.

Veja só. Ele está pensando na mãe de novo. Por que ela não sai da cabeça dele? É culpa da outra menina, não é, a feiosa no banco de trás, ela o fez pensar na mãe, ele pensa nela quando está fazendo coisas, todo tipo de coisas — dirigindo, tentando dormir, vendo televisão, quando está com as meninas, e isso é o pior, faz com que ele se sinta vazio por dentro, como se não tivesse sangue suficiente para preenchê-lo. De um jeito que não seja capaz de fazer nada. De ver nada, exceto vermelho.

14

Irene estava muito preocupada com Laura. Na cozinha, esquentando uma panela de feijões cozidos para derramar sobre sua torrada (Carla não aprovaria), pensou em ligar para ela e se certificar de que estava tudo bem. Ela tinha dito que estava ("Ótima! Você sabe que sim!"), mas parecera distraída e ansiosa. Claro, ela havia acabado de perder o emprego, então era esperado que ficasse preocupada, não era? Mas parecia haver algo além disso. Mais cedo, Laura tinha parecido desconfortável na presença de Irene, de um jeito que Irene não tinha visto antes.

Não que a conhecesse direito. Fazia apenas uns dois meses que se conheciam e, no entanto, Irene logo se afeiçoara à menina. Havia algo tão incrivelmente puro em torno dela, tão desprotegido, que Irene temia por ela. Alguém assim parecia tão vulnerável ao pior que o mundo tinha a oferecer. E Irene tinha passado a contar com aquela jovem vulnerável, pois, sem Angela, ela ficou sozinha. Tinha consciência, claro, de que havia algum perigo em se permitir ver Laura como uma espécie de substituta para Angela.

De certo modo, as duas eram bem parecidas: engraçadas, gentis e visivelmente frágeis. A melhor coisa com relação a Angela e Laura, do ponto de vista de Irene, era que elas não prejulgavam. Laura não presumiu que Irene não conseguiria aprender a usar um novo aplicativo no celular; Angela não presumiu que Irene não se interessaria pelas palavras de Sally Rooney. Nenhuma das duas presumiu que Irene não acharia graça de uma piada obscena (ela acharia, sim, se fosse engraçada). Não presumiam que ela seria fisicamente incapaz, ou burra, ou desconectada do mundo. Não a viam, ao contrário de Carla, como uma velha abobada e enxerida.

Irene tinha oitenta anos, mas não se sentia com oitenta anos. Não só por ser, apesar do tornozelo torcido, uma mulher cheia de energia e esbelta, mas porque era impossível se sentir com oitenta anos. Ninguém se *sentia* com oitenta anos. Quando Irene parava para pensar no assunto, ela achava que provavelmente se sentia com uns trinta e cinco. Quarenta, talvez. Era uma boa idade para se sentir com ela, não era? A pessoa já sabia quem era a essa altura do campeonato. Não era mais volúvel nem indecisa, mas ainda não estava calejada, nem era cabeça-dura.

A verdade era que todo mundo se sentia de uma certa maneira por dentro, e, embora as pessoas que nos tinham conhecido durante a nossa vida inteira provavelmente ainda nos enxergassem dessa maneira, o número de pessoas *novas* que eram capazes de nos ver como aquela pessoa, aquela pessoa *lá dentro*, e não apenas uma coleção das fragilidades impostas pela idade, era limitado.

E Irene não tinha mais tantas pessoas por perto que a haviam conhecido durante sua vida inteira. Quase todos os seus velhos amigos, dela e de William, haviam se mudado da cidade, muitos deles anos antes, para ficar mais perto de filhos e netos. Naquela época, isso não tinha incomodado Irene tanto assim, pois, tendo William ao seu lado, ela nunca se sentia nem um pouco sozinha. E então, em uma bela manhã de março, seis anos atrás, William saiu para comprar o jornal e nunca mais voltou; ele teve um infarto e caiu duro no meio da banca de jornal. Irene achava que ele era forte como um touro, que viveria para sempre. No começo, ela pensou que fosse morrer por causa do choque, mas depois o choque passou e veio o luto, e foi muito pior.

* * *

Uma porta bateu e Irene deu um pulo. Foi na casa ao lado. Irene estava acostumada ao som peculiar da porta batendo. Ela se levantou com dificuldade, inclinando-se para a frente a fim de olhar pela janela, mas não havia ninguém lá. Carla, provavelmente, fazendo sabe-se lá o quê. Fazia dois meses que Angela tinha morrido e Carla ainda ia até a casa dela, todos os dias, para "organizar as coisas", embora Irene tivesse dificuldade em imaginar o que havia para organizar — Angela não possuíra muita coisa. A família das duas era abastada, a de Carla e Angela, mas por algum motivo Carla parecia ter ficado com a maior parte do dinheiro. Angela tinha a casa, é claro, mas era só isso. Ela levava uma vida modesta trabalhando com edição e preparação de texto, como freelancer. Ela tinha tido filho jovem, esse foi o problema; o pai do menino era um dos professores dela na faculdade. O que aconteceu foi um caso infeliz, uma gravidez indesejada, e a vida de Angela saiu dos trilhos. Ela havia passado por momentos muito difíceis, Irene estava ciente, por grandes apertos, por causa de dinheiro, da criação do filho e de todos os seus demônios.

As pessoas presumiam que não fosse possível ter uma vida plena sem filhos, mas estavam enganadas. Irene e William quiseram filhos. Não deu certo para eles, mas Irene tivera uma vida muito boa mesmo assim. Um marido que a amava, um emprego como recepcionista de um consultório dentário do qual gostara mais do que poderia ter esperado, o trabalho de voluntária na Cruz Vermelha. Idas ao teatro, férias na Itália. O que havia de errado nisso? Ela bem que poderia fazer mais dessas coisas, sendo totalmente sincera. Ela não estava acabada ainda, apesar do que as pessoas pensavam; não estava na sala de espera da morte. Queria conhecer a Villa Cimbrone, em Ravello, e Positano, onde filmaram *O talentoso Ripley*. Ah, e Pompeia!

Irene havia lido numa matéria de jornal que as pessoas mais felizes do mundo eram mulheres solteiras e sem filhos. Ela podia compreender o motivo; havia muitas vantagens naquele tipo de liberdade, em não ter que dar satisfação a ninguém, em viver do jeito que bem quisesse. Só que, depois que você se apaixona, nunca mais consegue ser verdadeiramente livre, consegue? Depois disso, é tarde demais.

Depois da morte de William, Irene ficou de mau humor permanente. Depressão, era como as pessoas chamavam isso hoje em dia, mas, quando ela era mais nova, isso era só mau humor. Angela dizia que ela estava acompanhada do Cachorro Preto. Irene vinha recebendo a visita do cachorro, esporadicamente, desde sua juventude. Em algumas ocasiões, ela ficava de cama; em outras, se arrastava. O mau humor a pegava de surpresa, às vezes desencadeado por uma tristeza evidente (seu terceiro aborto espontâneo, o último), embora outras vezes recaísse sobre ela, do nada, nos dias mais radiantes. Ela mantinha a cabeça fora da água e nunca afundava, pois William não deixava. William sempre a salvava. E então, quando William se foi, miraculosamente, Angela interveio.

No ano que William faleceu, 2012, o Natal pegou Irene de surpresa. De algum modo, ela tinha conseguido não notar o surgimento gradual da decoração e das comidas típicas nas vitrines das lojas, havia fechado os ouvidos para as músicas natalinas, e então, de repente, o clima estava frio, e era dezembro e as pessoas atravessavam sua rua carregando pinheiros.

Irene recebeu dois convites — um da amiga Jen, que tinha se mudado para Edimburgo com o marido, e o outro de uma prima que mal conhecia e que morava em *Birmingham*, por incrível que pareça —, mas declinou na hora. Ela não suportaria viajar em meio às festas de fim de ano, disse ela, o que não deixava de ser verdade, embora o verdadeiro motivo pelo qual achava que deveria ficar em casa era porque, se não passasse o Natal sozinha naquele ano, então o ano seguinte seria o primeiro sozinha sem o William, ou o ano posterior. Todos os Natais do resto da sua vida seriam sozinha sem o William. De modo que achou que seria melhor passar logo pelo primeiro.

Angela, que tinha bastante sensibilidade para esse tipo de coisa, disse que Irene devia pelo menos aparecer na casa dela na véspera do Natal.

— Daniel e eu vamos pedir uma comida indiana do Delhi Grill — disse ela. — Eles fazem umas costeletas de cordeiro deliciosas. Por que não se junta a nós?

Irene respondeu que parecia uma ideia muito boa. Na tarde do dia 24 ela foi para o salão arrumar os cabelos e pintar as unhas e depois saiu para comprar algumas lembrancinhas: um exemplar de *A lebre com olhos de âmbar* para Angela e um vale-presente de materiais de desenho para Daniel.

Quando voltou para casa, ela mal teve tempo de colocar as coisas em cima da mesa quando ouviu um som muito peculiar, uma espécie de lamento, um mugido, quase. Aquele som estranho e animalesco foi bruscamente interrompido por outro: algo se quebrando, de vidro ou louça. O que veio a seguir foram gritos.

— Eu não aguento mais você! São quatro da tarde e olha só o seu estado! Olha só. Meu Deus! — A voz de Daniel soava alta e esganiçada, a voz de alguém quase perdendo a paciência; a voz de Angela era a de alguém que já tinha perdido a paciência fazia tempo.

— Sai daqui! — gritava ela. — Sai daqui agora, seu... seu *bastardo*. Nossa, como eu queria...

— O quê? O que você queria? Vamos! Diz logo! O que é que você queria?

— Eu queria que você nunca tivesse nascido!

Irene ouviu o som de alguém descendo a escada depressa, a porta da casa batendo com tanta força que a rua inteira pareceu tremer. Da janela, ela viu Daniel passar em disparada, o rosto pálido, as mãos fechadas em punho ao lado do corpo. Angela foi cambaleando até a rua alguns instantes depois, caindo de bêbada. Literalmente — Irene teve que sair de casa para ajudá-la a se levantar. Ela conseguiu — do jeito que pôde, depois de muito consolar e insistir e persuadir com gentileza e depois não com tanta gentileza assim — botar Angela para dentro de casa e escada acima, até deitá-la na cama.

Angela não parava de falar, resmungando para si mesma, de modo quase ininteligível. No entanto, Irene ouviu isso: "Todo mundo me disse para me livrar dele, sabia disso? Eu não dei ouvidos. Não dei ouvidos. Ai, como eu gostaria de ter tido a sua sorte, Irene.

— A minha sorte? — repetiu Irene.

— De ser estéril.

Só no dia 26 Irene viu Angela de novo. Angela apareceu com um livro (uma coletânea dos contos de Shirley Jackson) e uma caixa de bombons, pedindo desculpas pelo jantar perdido.

— Sinto muito, Irene — disse ela. — Eu me sinto péssima, de verdade, mas... o problema é que Daniel e eu tivemos uma briga...

Ela parecia não ter a menor lembrança da queda na rua, nem do que disse depois. Irene ainda estava com raiva, considerando a possibilidade de repetir o que Angela tinha dito, contar para ela como tinha ficado magoada. Angela deve ter visto algo em seu rosto, tido algum rasgo de memória, talvez, pois enrubesceu de repente, parecendo envergonhada.

— Não sou eu, sabe? É a bebida. — Ela soltou uma exalação curta e sôfrega. — Sei que isso não é desculpa. — Ela esperou um instante por alguma resposta e, quando não ouviu nenhuma, se aproximou e deu um beijinho na bochecha de Irene. Então deu as costas para ela, indo em direção à porta. — Quando eles nascem — disse ela, a mão na maçaneta —, você os coloca no colo, imagina um futuro maravilhoso. Não estou falando de dinheiro, sucesso, fama nem nada disso, mas de felicidade. Tanta felicidade! Você ficaria vendo o mundo pegar fogo se isso significasse que eles seriam felizes.

15

Carla estava parada, distraída, na cozinha de Angela, que estava vazia, exceto por uma chaleira elétrica antiga na bancada ao lado do fogão. O celular estava vibrando; continuou vibrando, sem parar. Ela não se deu ao trabalho de olhar para a tela — devia ser Theo ou a polícia, e não estava com disposição para falar com nenhum dos dois. Já havia atendido o corretor de imóveis, querendo marcar uma hora para ver a casa para que pudessem anunciá-la antes do auge da temporada de compras de imóveis do fim da primavera. Ela havia considerado o ato de participar de um diálogo — com o corretor, e com Irene, a vizinha — algo quase insuportável.

Ela abriu os armários acima da pia e depois os fechou de novo, verificando os abaixo da pia. Estavam vazios. Ela já sabia disso. Ela mesma os tinha esvaziado. O que diabos estava fazendo? Procurava alguma coisa. Mas o quê? O celular? Não, esse estava em seu bolso. A sacola de pano! Onde será que tinha colocado a sacola de pano?

Ela saiu da cozinha e voltou para o hall de entrada, onde descobriu que tinha deixado a porta da casa aberta. Meu Deus. Estava mesmo perdendo a cabeça. Deu um belo chute na porta, fechando-a com um estrondo. Então se virou e ficou ali parada, sem fazer nada, olhando para o espaço na parede ao lado da porta da cozinha onde havia a marca de um quadro. O que havia ali antes?

Ela não conseguia lembrar. E qual era a diferença? O que ela estava fazendo? Para que tinha ido até ali?

Esses esquecimentos eram novos. Efeito da privação de sono, ela deduziu; havia um motivo para isso ser usado como forma de tortura, pois comprometia suas faculdades mentais. Ela se lembrava dessa sensação vagamente, de logo depois do nascimento de Ben. Só que, naquela época, a desorientação vinha acompanhada de prazer, como o efeito de drogas. Isso aqui era como estar sedada. Ou mantida debaixo da água. Isso era mais como se sentia depois que ele morreu.

Carla voltou para a cozinha e ficou parada diante da pia, olhando para a rua; ela se inclinou para a frente, a cabeça encostada no vidro, e teve um vislumbre da menina — aquela que havia conhecido na casa da Irene —, sumindo de seu campo de visão. Andando de um jeito estranho. Havia algo errado com aquela menina. Parecia uma fuinha. Era bonita, mas tinha os dentes afiados. Sexualmente disponível. Fazia Carla se lembrar daquela jovem que apareceu em todos os jornais uns anos atrás, dando estrela no chão da delegacia, aquela que tinha assassinado a amiga. Ou que não tinha assassinado a amiga. Em algum lugar da França? Não, da Itália. Perugia, isso mesmo. Meu Deus, *no que* ela estava pensando? Ela não sabia quase nada a respeito *dessa* menina — na verdade, a única coisa que sabia era que visitava velhinhas nas horas vagas para ajudar com as compras. E aqui estava Carla, pensando nela como uma integrante da família Manson.

Em seu bolso, o celular vibrou outra vez, como um inseto raivoso preso num pote de vidro, e ela cerrou os dentes. Ignorou o aparelho. *Chá*, ela pensou. *Vou tomar uma caneca de chá. Com muito açúcar.* Voltou para a cozinha, ligou a chaleira. Abriu o armário acima da pia. Ainda vazio. *Ai, pelo amor de Deus.*

Carla desligou a chaleira e subiu lentamente a escada; ela se sentia exausta, as pernas pesadas. No patamar da escada, ela parou, se virou e se sentou, olhando para os degraus, para a porta da casa, para o espaço no chão ao lado do radiador da calefação onde antes havia um pequeno tapete persa. Perto dela, no último degrau, havia um rasgo no carpete. Ela ficou cutucando o rasgo, deslizando o dedo pela fenda que devia ter entre três e cinco centímetros de comprimento. Desgastado pelo uso. Da ponta de seu nariz, uma lágrima caiu. *Desgastadas pelo uso, Angie*, ela pensou. *Isso nos resume.*

Enxugando o rosto, ela se levantou e foi até o antigo quarto de Daniel nos fundos da casa, vazio a não ser pela velha cama de solteiro e pelo guarda-roupa com a porta dependurada que a empresa que foi lá recolher os móveis havia rejeitado. Ela deixou o caderno que carregava em cima da pilha de papéis na base do armário e fechou a porta tão bem quanto podia. Em seguida, tirou a guia da coleira de cachorro do bolso, removendo o casaco ao fazê-lo. Ela fechou a porta do quarto e amarrou a ponta de couro da guia no gancho de pendurar casacos, dando um puxão com força. Ela a deixou pendurada ali, abriu a porta outra vez e andou devagar, sem a menor pressa, pelo corredor até o quarto da Angela, arrastando a ponta dos dedos pelo revestimento da parede.

Depois que Angela mandou Daniel para o colégio interno, Carla passou a visitá-la cada vez menos, até que um dia parou totalmente. Não havia motivo — ou, melhor dizendo, não havia apenas um motivo, ela simplesmente descobriu que não podia mais lidar com aquilo. Foi o fim da ioga de mentira.

Os anos se passaram. Então, certa noite, uns bons seis ou sete anos após a morte de Ben, Carla acordou com um telefonema, pouco depois da meia-noite, a hora destinada aos telefonemas mais temidos. Ela demorou um pouco a atender, a se livrar da névoa do sono quimicamente assistido.

— Posso falar com Carla Myerson, por favor? — perguntou uma mulher.

Carla sentiu uma pontada no peito — Theo estava na Itália, entocado em alguma casa de fazenda remota da Úmbria, tentando escrever — e as pessoas dirigiam tão mal por aquelas bandas. Até *Theo* dirigia muito mal por lá, parecendo sentir a necessidade de aderir àquilo.

— Sra. Myerson, será que a senhora poderia vir até a delegacia de Holborn? Não, não, está tudo bem, mas temos uma tal de... srta. Angela Sutherland aqui, sua irmã? Sim, ela está bem, só está... ela bebeu um pouco, se meteu em encrenca e precisa que alguém venha buscá-la. Acha que poderia fazer isso?

Carla chamou um táxi, vestiu uma roupa qualquer e foi recebida pela congelante chuva londrina sem saber ao certo se ficava apavorada ou furiosa.

A delegacia estava silenciosa e muito iluminada. Na sala de espera, uma mulher sentada sozinha chorava baixinho, dizendo para si mesma: "Eu só quero vê-lo. Só quero saber se ele está bem".

A mulher na recepção, muito provavelmente a mesma com quem havia falado ao telefone, cumprimentou Carla com um aceno de cabeça.

— Violência doméstica — disse ela, apontando para a mulher chorosa. — Ele bate nela, ela liga pra gente e depois decide que não quer prestar queixa, no fim das contas. — Ela revirou os olhos. — O que posso fazer por você, querida?

— Vim buscar Angela Sutherland. Ela é minha irmã. Me disseram que estava aqui.

A mulher verificou a tela do computador, assentiu e chamou alguém em uma sala atrás da sua mesa.

— Pode trazer a sra. Sutherland pra mim, John? É, a irmã dela está aqui. — Ela se voltou para Carla de novo. — Ela bebeu demais e fez uma cena e tanto no ponto de táxi.

— Uma cena?

A mulher assentiu outra vez.

— Ela ofendeu um homem na fila, que, segundo os relatos das testemunhas, meio que mereceu. Mas, de qualquer modo, sua irmã o xingou de tudo que é nome. Quando um dos taxistas tentou intervir, acabou sobrando pra ele também. Ele pediu ajuda, e quando dois dos nossos policiais chegaram ao local, foram xingados de vários palavrões.

— Jesus. — Carla estava horrorizada. — Meu Deus, eu sinto muito. Ela... Eu nunca a vi agir assim. Ela não é esse tipo de pessoa, de jeito nenhum, ela é... bastante civilizada, em geral.

A mulher sorriu.

— Ah, bem, a bebida faz coisas estranhas, não faz? Se servir de consolo, acho que ela está muito envergonhada. E ninguém prestou queixa... então, dos males o menor. — Ela se inclinou para a frente, baixando a voz. — Pra ser sincera, acho que ela ficou um pouco assustada.

A lembrança mais vívida de Carla daquela noite é da vergonha. A vergonha de ser chamada no meio da noite para buscar a irmã caçula bêbada e desordeira foi completamente sobrepujada pela vergonha de ver o que a irmã havia se tornado na sua ausência. Macilenta, os olhos fundos, as bochechas lisas exibindo teias de vasinhos, os ombros encurvados.

— Angela!

— Sinto muito, Cee — disse ela, os olhos baixos, a voz um mero sussurro. — Sinto muito mesmo, eu nem me lembro de ter feito nada daquilo. Eles me contaram que eu estava gritando com as pessoas, gritando e xingando e... eu não me lembro de ter feito nada disso.

Elas se sentaram lado a lado no banco de trás de um táxi preto a caminho da casa de Angela. Nenhuma das duas disse nada, mas Carla passou o braço por trás dos ombros ossudos da irmã e puxou-a para si. Aquela sensação lhe causou vergonha de novo: era como abraçar uma criança, como abraçar a irmã quando ela era uma garotinha — pequena, destemida e engraçada. Irritante. Séculos atrás. Parecia que séculos haviam se passado desde que ela a amara, desde que foram as melhores amigas uma da outra. Carla começou a chorar.

Ainda estava chorando quando chegaram à Hayward's Place. Chorou quando entregou o dinheiro ao taxista, quando seguiu a irmã até a porta da casa, quando viu a bagunça dentro da casa, sentindo o cheiro desagradável de mofo e cinzas.

— Para com isso, por favor — pediu Angela enquanto ela a acompanhava escada acima. — Pelo amor de Deus, para com isso.

Carla ouviu o barulho da água enchendo a banheira. Ela fez um chá — preto, não havia leite na geladeira para botar no chá, não havia nada na geladeira além de um queijo velho e uma garrafa de vinho branco aberta. Ela levou duas canecas para o andar de cima e se sentou na privada enquanto a irmã estava de molho na banheira.

— Eu nem queria ficar bêbada — disse Angela. Ela estava sentada, limpando os joelhos ensanguentados delicadamente com uma toalhinha. Carla podia ver as omoplatas da irmã se movendo, pareciam prestes a romper a pele. — Tomei uns dois drinques, três, talvez? E mais alguma coisa no pub logo depois? Era uma coisa do trabalho, sabe? Ninguém me viu, acho. No ponto de táxi. Ai, meu Deus, espero que ninguém tenha me visto. Foi tudo tão de repente. Em um momento eu estava bem, e então eu meio que... *acordei* e havia um homem pairando em cima de mim, me chamando de bêbada...

Pensei que você não se lembrasse de estar na fila do táxi, Carla pensou.

— Você está muito magra, Angie — disse Carla. — Você comeu alguma coisa antes de sair? — Angela deu de ombros. — Há quanto tempo... você está desse jeito?

Angela olhou para trás, sobre o ombro, uma expressão entorpecida no rosto.

— De que jeito?

Ela virou o rosto para a parede e ficou cutucando o mofo no rejunte entre os azulejos amarelados.

Carla a ajudou a sair da banheira, pegou um comprimido de paracetamol na bolsa e encontrou um antisséptico no armário do banheiro, que passou nos cortes de Angela. Ela a ajudou a subir na cama e se deitou ao seu lado, segurando a sua mão fria enquanto deslizava o polegar com delicadeza pelos dedos da irmã.

— Eu deveria ter imaginado que as coisas tinham ficado ruins assim — disse ela. — Eu deveria ter imaginado.

Eu deveria ter perdoado você, ela pensou. *Eu já deveria ter perdoado você a essa altura.*

As duas adormeceram.

Angela acordou horas mais tarde, um grito na garganta. Carla despertou do sono num pulo, assustada.

— Ele está aqui? — sussurrou Angela.

— Quem está aqui? Quem? Angie, de quem você está falando? Quem está aqui?

— Ah. Não, eu não sei. Eu estava sonhando, acho. — Ela virou o rosto para a parede, e Carla se acomodou de novo, fechando os olhos, tentando voltar a dormir. — Você sabia — sussurrou Angela — que eu estava saindo com alguém?

— Ah. Estava? Eu não sabia. Aconteceu alguma coisa? Vocês terminaram?

— Não, não. Não agora — retrucou Angela, estalando os lábios. — Naquela época. Eu estava saindo com alguém *naquela época*. Eu nunca te contei isso, contei? Ele era casado. Ia me visitar de vez em quando.

— Angie — Carla enlaçou a irmã pela cintura e a puxou mais para perto de si —, do que você está falando?

— Da casa na Lonsdale Square — respondeu Angela. Carla afastou o braço. — Quando eu morava na Lonsdale Square com o Daniel, depois que papai morreu, eu estava saindo com alguém. Na noite antes... na noite antes do acidente, nós dois estávamos juntos no escritório. Vendo um filme naquela tela de cinema, lembra? — A tela de cinema que o pai tinha instalado para verem filmes caseiros. — Nós estávamos bebendo e... *bem*. Eu achei que os meninos estivessem dormindo, mas Daniel não estava. Ele desceu a escada e nos pegou no flagra. — Ela respirava de modo lento e entrecortado. — Ele ficou tão chateado, Cee... ele ficou com tanta *raiva* que não conseguia se acalmar. Eu pedi para ele, para o meu amigo, ir embora. Pedi para ele sair e levei Daniel para cima. Demorei muito tempo para conseguir acalmá-lo e botá-lo para dormir. E depois fui para a cama. Fui direto para a cama. Não desci de novo, não fui até o escritório. Não voltei para fechar a porta...

— Angie — interrompeu Carla —, não. Não faça isso. Nós sempre soubemos... *eu* sempre soube... que você tinha deixado a porta aberta. Era...

— É — disse Angela baixinho. — Sim, é claro que você sabia. É claro.

16

Laura pressionou o celular no ouvido, encolhendo o ombro direito para mantê-lo ali e ficar com as mãos livres. Estava no banheiro, procurando algum antisséptico no armário de remédios para passar no corte do braço. Na pia, absorvendo a água e ficando com a tinta borrada, jazia uma carta que ela havia recebido naquela manhã, informando uma mudança na data da audiência sobre o lance do garfo. Conforme jogava das prateleiras para a pia os pequenos frascos, que caíam em cima da carta, ela começou a rir.

— O garfo? O garfo, o garfo, o garfo! O garfo era um sinal de que alguma coisa não cheirava bem! — Ela riu ainda mais com a conexão que sua mente havia feito. — Talvez fosse um garfo de peixe? — (Não era, ela sabia muito bem que se tratava de um garfo de coquetel.)

Ela deixou o celular cair do ombro até a mão, olhando para a tela a fim de verificar com quem mesmo vinha falando. Estava em modo de espera: era isso; estava em modo de espera com os funcionários do tribunal, pois queria dizer a eles que a data que estavam propondo agora não era conveniente. Era o aniversário da sua mãe. As duas poderiam sair para almoçar juntas! Ela riu mais ainda, só que de si mesma. Quando foi a última vez que a mãe a levou para almoçar fora?

Mas talvez ela pudesse explicar. Talvez pudesse explicar o lance do garfo para quem quer que, eventualmente, surgisse do outro lado da linha. Talvez pudesse contar a história toda, talvez eles entendessem. Era uma história bem simples, que ela já tinha contado várias vezes, com versões variadas: para a polícia, para o defensor público, para a psicóloga (*Precisamos criar estratégias, Laura, para ajudá-la a controlar sua raiva*) e para Maya, da lavanderia.

Era só contar de novo!

Aconteceu num bar, não muito longe de onde estava naquele exato instante. Era muito tarde, ela estava *muito* bêbada e dançava, devagar, sozinha. Encorajada talvez pelo pequeno grupo de pessoas que havia se juntado para vê-la, improvisou um lento *strip-tease*, parecendo quase uma profissional. No meio dessa performance, e sem pedir permissão, um rapaz de barba farta, de uns vinte e poucos anos — bêbado também, mas menos bêbado que ela —, deu um passo à frente, esticou o braço e segurou com força seu seio esquerdo.

Os amigos dele aplaudiram e o restante das pessoas riu, exceto por uma menina, que exclamou: *Que porra é essa?!*

Laura perdeu o ritmo; cambaleou para trás, se apoiando no balcão para não cair. As pessoas riram ainda mais. De repente, cega pela fúria, ela se lançou sobre o bar, tateando à procura de algo que pudesse usar como arma. Encontrou um garfo de coquetel, o talher com dois dentes usado para espetar azeitonas, que segurou, avançando à frente. O homem baixou o ombro, se esquivou para a direita, perdeu o equilíbrio, tentou se apoiar agitando a mão esquerda no ar enquanto segurava o balcão com a direita, e, bem ali, ela enfiou o garfo, no meio da mão dele. O garfo entrou, mas entrou *de verdade*, afundando na carne da mão como se fosse manteiga, e ali se quedou.

O que se seguiu foi um tumulto danado, cheio de empurra-empurra, enquanto o rapaz berrava de dor. Os seguranças entraram, um deles cobrindo uma Laura seminua com seu paletó e a guiando para os fundos do bar.

— Aquele cara fez isso com você, querida? — perguntou ele.
— Ele te atacou? Tirou a sua roupa?

Laura fez que não com a cabeça.

— Eu tirei a roupa — respondeu ela —, mas aí ele me agarrou. Agarrou meu peito!

A polícia foi chamada, e, enquanto esperavam, os dois protagonistas da briga — o homem com o garfo enfiado na mão e a mulher seminua com o paletó do segurança nos ombros — foram forçados a ficar sentados praticamente lado a lado.

— Maluca de merda — o homem não parava de resmungar.
— Ela é uma *maluca* de merda. Quer ir pra cadeia.

Ele tentava tirar um cigarro do maço com uma das mãos, mas ficava derrubando o maço no chão, o que fazia os seguranças rirem.

— Você não pode fumar aqui dentro mesmo... — disse o segurança sem paletó.

Durante todo esse tempo, Laura havia permanecido calada — o surto da confusão a deixara sóbria e assustada —, até que o homem disse:

— Você vai ser presa por agressão, sua puta maluca, sabia disso? Você vai pra cadeia.

Nesse momento, ela se virou para encará-lo e retrucou:

— Não vou, não. Eu só me defendi.
— Você fez *o quê*?
— Quando foi que eu disse que você podia encostar a mão em mim? — perguntou Laura. — Foi você que me agrediu — disse ela. — Você botou a mão em mim.

O homem ficou de queixo caído.

— Você tirou a blusa, sua puta maluca!

— É, tô sabendo, mas quando foi que eu disse que *você podia* botar a mão *em mim*?

— Ela tem razão — comentou o segurança.

O rapaz do garfo guinchou, incrédulo. Laura abriu um sorriso simpático.

— Obrigada — disse ela.

— Então — continuou o segurança —, esse é um bom argumento, querida, mas, ainda assim... Você não pode sair por aí enfiando garfos na mão das pessoas. É uma reação desproporcional, não é?

Laura sustentou seu olhar no espelho. Ainda estava no banheiro, ainda segurando o telefone no ouvido. Não havia nenhum som do outro lado da linha. Ninguém dizia nada. Ninguém escutava. Laura afastou o aparelho da orelha, clicou na tela e deslizou o dedo até encontrar o número do telefone da mãe. Ouviu um bipe familiar, seguido por uma voz de mulher que dizia *Você não tem crédito suficiente para completar essa ligação*. Ela pousou o celular na beirada da cuba da pia. Tentou sorrir para si mesma no espelho, mas seus músculos faciais não pareciam estar funcionando direito. Ela só conseguiu fazer uma careta para sua feiura, para sua solidão.

17

Theo bateu na porta da casa de Angela de novo, mais alto dessa vez.

— Carla? Você está aí?

Havia uma tensão na voz dele; seu humor vinha se alternando a manhã inteira entre a irritação e o pânico. Fazia dois dias que não conseguia falar com Carla — ela não havia respondido suas mensagens e, se estava em casa, não tinha aberto a porta para ele. Então, de um lado, a irritação: porque ela fazia aquilo de vez em quando, saía de circulação sem pensar nas consequências, sem se importar se os outros — ele, basicamente — poderiam estar preocupados. Certa vez, desapareceu uma semana inteira. No fim das contas, estava na França, mas não disse com quem.

Por outro lado, o pânico. A irmã dela tinha morrido. Daniel também. E dali a uma semana seria o aniversário de Ben. Ou, melhor, ele estaria fazendo aniversário se tivesse continuado vivo. Dezoito anos. O garotinho deles, um adulto. Um adulto de verdade. Falando em ir para a faculdade, levando namoradas para casa. Ou namorados. Doía pensar nisso — na pessoa que ele poderia ter sido, nas pessoas que eles poderiam ter sido, não fosse pelo acidente.

Não fosse por Angela.

Theo tinha ido à casa de Carla, tinha ido ao cemitério, tinha telefonado para as amigas dela. Se não a encontrasse aqui, talvez tivesse que ligar para a polícia. Já havia passado pela sua cabeça, mais de uma vez, que ela já poderia estar com a polícia. Que poderia estar sentada numa sala, neste exato instante, sendo interrogada. Porque se eles já tinham ido coletar as impressões digitais dele, o DNA dele, então também teriam feito a mesma coisa com ela, não teriam? E o que poderiam ter encontrado?

Ele bateu de novo, ainda mais alto, e gritou, desesperado:

— Pelo amor de Deus, Carla, me deixa entrar!

A porta da casa ao lado se entreabriu. Uma mulher idosa enfiou o rosto enrugado pelo vão.

— Não tem ninguém aí — disse ela secamente. — A casa está vazia.

A vizinha enxerida. Carla havia falado dela; Theo não conseguia lembrar o nome. Ele sorriu.

— Ah, oi. Sinto *muito* por incomodar a senhora — disse ele, se afastando da porta da casa de Angela e indo até a velha. — Estou procurando minha esposa, Carla Myerson. Ela é a irmã da Angela. Fiquei me perguntando se a senhora a teria visto. — Ela semicerrou os olhos. — Carla! — repetiu ele, mais alto, falando mais devagar. A mulher franziu o cenho. Ele teve a sensação de que ela não batia muito bem da cabeça. — Tudo bem — disse ele, abrindo outro sorriso. — Não tem problema, deixa pra lá.

— *Você* — disse a anciã de repente, abrindo a porta por completo e apontando o dedo nodoso para o peito dele. — Foi você. Mas é claro! Eu deveria ter reconhecido você.

— O que foi que a senhora disse? — perguntou Theo.

— Espere um pouco — disse ela. — Não saia daí. — E então ela se foi, desaparecendo pelo corredor, deixando a porta escancarada.

Theo ficou parado ali por um instante, sem saber o que fazer. Olhou de um lado para o outro da rua.

— Oi! — chamou ele. — Senhora... humm...

Qual era *mesmo* o nome dela? *Velhinha senil*, era como se lembrava de ouvir Carla chamando a mulher. Ele deu um passo à frente no hall de entrada escuro da casa dela, olhando de relance para os quadros pendurados nas paredes: gravuras baratas, cenas marítimas. Talvez o marido gostasse de navios. Ele deu mais um passo para dentro da casa.

De repente, do meio da penumbra, ela reapareceu, e ele deu um pulo. Com os óculos empoleirados na pontinha do nariz, ela o espreitou, semicerrando os olhos mais uma vez.

— É *você mesmo*! Você já esteve aqui. Era você lá na calçada, com a Angela.

— Humm, não... Eu...

— Sim, sim, era você. A policial me perguntou quem era o homem e eu não soube dizer, não reconheci você naquele dia, ou então não me lembrei disso, sei lá, mas era você. Você esteve aqui, com a Angela. Você a fez chorar.

— Não fiz, não — retrucou Theo, enfático. — A senhora está me confundindo com outra pessoa — disse ele e se virou, voltando rapidamente por onde havia entrado.

— Tinha um cachorro com você! — gritou a velha senhora atrás dele. — Um cãozinho.

Theo andou depressa pela rua, virou a esquina, seguiu até o Sekforde Arms e adentrou o pub. Pediu uma dose de uísque. Bebeu de um gole só e saiu para fumar. Infringindo as regras: nada de bebidas destiladas antes das seis da tarde, cigarro só naquelas ocasiões previamente estabelecidas. Enfim. Circunstâncias atenuantes, ele pensou, esmagando o cigarro fumado pela metade num cinzeiro, virando para trás a fim de olhar para a Hayward's Place, como se a idosa pudesse estar seguindo seus passos.

Será que ela contaria para Carla?, ficou se perguntando. Será que contaria a Carla que o tinha visto hoje, ou que o tinha visto antes? *Meu Deus*. Ele entrou de novo no pub e, levantando o dedo indicador para a jovem atrás do balcão, pediu outra dose. A *bartender* arqueou uma sobrancelha, quase de modo imperceptível. Quase. *Toma conta da sua vida*, ele teve vontade de dizer. Ela colocou a segunda dose na frente dele com um sorriso.

— Prontinho.

Pode ser que ele tenha imaginado a sobrancelha arqueada. Talvez estivesse sendo paranoico.

Talvez estivesse paranoico a respeito da velha também. E daí se ela contasse alguma coisa para Carla? Será que Carla acreditaria nela, para começo de conversa? Só podia ser paranoia pensar que sim; não era Carla que achava que a velha estava ficando gagá? Não foi isso o que ela disse?

Enfim. Mas e se Carla *acreditasse* nela? O que pensaria? Se soubesse que ele tinha estado com Angela, em que direção aquilo a levaria? Era impossível saber. Theo conhecia Carla fazia quase trinta anos, mas ainda não sabia muito bem de que jeito, em qualquer situação, ela poderia reagir. De uma coisa sabia: ele havia perdoado todas as transgressões dela e continuaria perdoando, sempre. Mas não fazia a menor ideia se a recíproca seria verdadeira.

Ele tirou o celular do bolso e ligou para Carla outra vez. Ela continuou sem atender. Ficou tentado a pedir mais uma dose, mas o efeito da primeira já estava se misturando à névoa perigosa da segunda, e se ela *atendesse* a ligação? O que ele diria? O que contaria para ela?

Da última vez que viu Angela, isso aconteceu na calçada da Hayward's Place, no mesmo lugar onde tinha acabado de conversar com a vizinha. O dia estava cinzento, o céu repleto de nuvens carregadas, uma Londres toda monocromática. Theo procurava Daniel, mas, em vez dele, encontrou Angela. A velha estava certa: Angela havia chorado mesmo, embora ele não soubesse se era correto afirmar que *ele* a tinha feito chorar. Ela simplesmente caiu no choro no instante em que o viu. Ela o havia convidado para entrar, mas ele tinha preferido conversar na calçada. Não podia ficar a sós com ela num lugar fechado, não confiava em si mesmo para isso.

A aparência dela era chocante: extremamente magra, o traçado de veias aracnídeas roxas visível sob a pele fina como papel. Com os cabelos grisalhos e muito compridos, ela se parecia com a bruxa má de um conto de fadas, parecia oca, uma casca. Theo tentou ignorar a aparência e o choro dela, tentou falar sem rodeios, explicar o motivo de estar ali do modo mais direto possível. Contar que Daniel tinha ido à casa dele, pedindo dinheiro; que tinha dito que perdeu o emprego e que não tinha ninguém mais a quem recorrer. Não queria incomodar Carla, dissera ele. Theo imaginou que aquilo devia ser mentira, presumiu que houvesse algo mais em jogo, mas não quis saber o quê. Theo fez um cheque de mil libras para ele. Duas semanas depois, Daniel voltou. Theo não estava em casa, mas Daniel havia deixado um recado.

— Posso ouvir? — perguntou Angela.

— Não foi um recado na caixa postal — disse Theo. — Ele enfiou um bilhete por baixo da porta.

— Que tipo de bilhete? O que estava escrito nele? — Os olhos de Angela estavam arregalados, a parte branca amarelada no tom da icterícia. *Ela está doente*, Theo pensou. *Deve estar com o pé na cova, até.*

— Não importa o que estava escrito — retrucou Theo. — Só preciso falar com ele sobre o assunto.

Angela disse que não sabia onde Daniel estava, mas que, se o visse, conversaria com ele.

— Não vai adiantar muito — completou ela, balançando a cabeça de um lado para o outro. — Ele não me dá ouvidos. Só escuta a Carla. — Seus olhos se encheram de lágrimas de novo. — Ele costuma fazer o que a Carla pede.

Theo ficou ali, por um tempo, vendo-a chorar; tentou sentir pena dela, mas não conseguiu. Ela já sentia uma pena enorme de si mesma, então a dele parecia desnecessária. Ele foi embora antes que pudesse dizer algo de que se arrependeria depois.

Aquela não foi a última vez que a viu, na verdade. Foi a penúltima.

18

Nos cantos do quarto se formavam corpos de sombras reunidas, sem rosto, em deslocamento constante, se aproximando e recuando, se dissipando de novo até desaparecer. Irene estava deitada mas acordada, ouvindo a respiração curta e irregular no tórax, o ruído de sangue abafado nos ouvidos, o pavor tomando conta, pressionando o corpo para baixo na cama.

Alguma coisa a havia acordado. Uma raposa no adro da igreja? Ou algum bêbado na rua lá fora, berrando para o nada, ou — aí! Não, aqui, um barulho de novo. Um rangido na escada? Irene prendeu a respiração, com muito medo de estender a mão e acender a luz. Alguns segundos se passaram, outros mais. Será que tinha imaginado aquilo? Será que tinha sonhado? Ela soltou o ar devagar, deitando de lado. Aí! De novo! Passos. Não havia a menor dúvida, e não era — felizmente — na sua escada, mas na casa ao lado. Ela conhecia bem aquele som, tinha ouvido Angela subindo e descendo aqueles degraus o dia inteiro por anos. As paredes dessas casas geminadas eram finas como papel.

Seria um eco dos passos de Angela que ela ouvia? Seria essa uma reação normal à tristeza da perda? Assim como suas visões de William percorrendo a rua à noite, assoviando, ou parado diante da janela quando ela acordava, sempre prestes a se virar, sempre prestes a perguntar: *Quer um chá, Reenie?*

Em sua visão periférica, algo se moveu; Irene segurou as cobertas com tanta força que os dedos doeram.

Como Angela se comportaria, Irene ficou se perguntando, se fizesse uma aparição? Seria ela mesma, sempre um pouco ansiosa, a perna fina cruzada sobre a outra balançando o tempo todo quando estava sentada, falando sobre o livro que tinha acabado de ler, as mãos sempre ocupadas com alguma coisa, enrolando um cigarro ou puxando um fio da blusa de linho? Apareceria como si mesma ou como outra coisa? Viria com o corpo torto, o pescoço quebrado, o hálito doce de vinho misturado com putrefação?

Nesse momento — não havia a menor dúvida agora —, Irene ouviu alguém andando pelo patamar da escada atrás da parede do quarto. Um andar suave, não como o da trôpega e inebriada Angela, nem um barulho abafado, indistinto e *imaginado*, mas passos. Cuidadosos e inconfundíveis.

Havia alguém na casa vizinha, e não era um fantasma. Era um intruso.

Mais que a maioria das coisas, Irene tinha pavor de intrusos. Tinha pavor do instante em que o intruso se daria conta de que havia alguém em casa, uma testemunha com quem ele teria de lidar. Tinha pavor da hora H, de quando ela, a idosa frágil deitada na cama sozinha, descobriria de que categoria de intruso se tratava: um oportunista, atrás de roubar uma carteira ou um laptop, ou outro tipo. Alguém à procura de um joguete. Aquelas histórias tristes e horríveis que se ouvia de velhinhas espancadas, agredidas, os olhos roxos, a camisola suja.

Aí, de novo! Outro barulho, alguém andando de um lado para o outro, talvez, pelo corredor. Procurando alguma coisa? *Myerson*, Irene pensou. O homem que tinha feito Angela chorar. O homem que tinha mentido a respeito de nunca ter estado ali. Ela não fora com a cara dele, não gostara do jeito como a olhava de cima a baixo, subestimando-a durante todo o tempo. *Velha caduca*, ele pensara. Ela quase podia ouvi-lo resmungando. *Velhinha enxerida*.

Então. Ela bem que podia cumprir seu destino de bisbilhoteira, não podia? Tateou no escuro à procura do interruptor e acendeu a luz, piscando enquanto os olhos se acostumavam com a claridade. Erguendo o tronco para se sentar, ela estendeu a mão e pegou os óculos. Como era de esperar, seu celular não estava ao lado da cama. O maldito telefone nunca estava onde ela precisava que ele estivesse, não importando o lugar da casa onde se encontrasse ou o que fizesse, o aparelho sempre estava em outro cômodo.

Ela desceu a escada no escuro, pé ante pé, sem querer chamar atenção acendendo as luzes do andar de baixo.

— Burra — resmungou para si mesma. — Dando sorte para o azar no escuro. Torcer o tornozelo não é nada, você vai fraturar o quadril.

Assim que Irene chegou ao último degrau, enquanto confirmava com o pé de pantufa que havia mesmo alcançado o piso do térreo, ouviu um barulho mais alto vindo da casa ao lado, um repentino *pá!*, como se alguém tivesse tropeçado, e então gritou:

— Quem está aí? Eu consigo te ouvir. Vou chamar a polícia! A polícia já vai chegar! — Ela soava risivelmente indignada, até para si mesma. — Está me ouvindo?

O silêncio foi sua resposta.

Dois policiais — um rapaz atarracado com cara de criança, uma mulher na faixa dos trinta anos com cara de cansada — estavam diante da casa de Angela, as mãos na cintura.

— A porta está trancada — disse o atarracado para Irene. Ele mexeu na maçaneta de novo, só para lhe mostrar. — Não há nenhum sinal de que alguém a tenha danificado. Nenhum sinal de qualquer dano nas janelas também... — Ele encolheu os ombros, desconsolado. — Não há nenhum sinal de invasão.

— Tem alguém lá dentro — insistiu Irene, encolhida sob o portal da própria casa. — Eu ouvi. Ouvi alguém andando de um lado para o outro...

— E a senhora afirma que a casa está vazia? Tem certeza de que não foi alugada?

— Não, está vazia, com certeza, eles ainda nem terminaram de tirar todas as coisas de lá. E tem uma coisa: veio um homem aqui hoje, e ele mentiu sobre nunca ter vindo aqui antes, e eu só... Eu só...

A policial comprimiu os lábios.

— Então quer dizer que alguém vem rondando a propriedade?

— Bem... não, não é isso o que eu estou dizendo, mas uma mulher morreu aí dentro. Uns dois meses atrás, uma mulher morreu, e vocês... não vocês, outros policiais, disseram que foi acidente, só que eu não sei se isso é verdade, porque agora o filho também morreu, e isso não parece estranho?

A mulher piscou lentamente.

— Perdão — disse ela. — A senhora está dizendo que houve duas mortes suspeitas na propriedade?

— Não, não, só uma, o filho morreu em outro lugar. Eu só... eu vou direto ao ponto — disse Irene. — Mas tem alguém aí na casa, e... para ser sincera, estou com medo.

O policial atarracado assentiu.

— Se está... — disse ele, sorrindo para Irene.

Ele ergueu o punho e bateu com firmeza na porta. Todos ficaram esperando. Ele bateu de novo. E então uma luz se acendeu.

Irene quase caiu, na pressa de se afastar da porta.

— Tem *sim* alguém aí! — gritou ela, ao mesmo tempo apavorada e triunfante.

Alguns instantes depois a porta se abriu, e Carla surgiu, uma expressão furiosa no rosto.

* * *

Mais tarde, depois que tudo foi resolvido com a polícia, depois que Carla explicou quem era e por que tinha todo o direito de estar ali, ela aceitou o convite de Irene para tomar um chá às três da madrugada.

— Você não devia ficar andando de um lado para o outro e fazendo tanto barulho lá dentro — disse Irene para ela, aflita. — Não no meio da noite.

— Com todo respeito, Irene. — Ao receber a caneca de chá da mão de Irene, Carla ergueu o queixo de leve, o que fez com que ficasse olhando por cima da ponte do nariz enquanto falava. — Eu posso ir lá quando quiser. A casa é minha. Quer dizer, vai ser minha. Então vou entrar lá sempre que precisar.

— Mas...

— Sinto muito por ter incomodado você — continuou Carla, o tom de voz não demonstrando nem um pingo de arrependimento —, mas tenho dormido mal nos últimos dias, isso quando consigo dormir, e, às vezes, em vez de ficar deitada na cama olhando para o teto, eu me levanto e fico fazendo coisas, seja verificar minha correspondência, limpar a casa, ou, nesse caso, vir aqui para procurar um negócio que perdi mais cedo.

— O quê? — perguntou Irene de pronto, enfurecida com a atitude de Carla, com sua total falta de consideração pela paz de espírito dela. — Do que é que você precisava com tanta urgência às duas da madrugada?

— Não é da sua conta! — Carla bateu a caneca na bancada da cozinha, derramando chá no chão. — Perdão — disse ela, pegando uma folha de papel-toalha e se agachando para enxugar o chá derramado. — Meu Deus! — Ela ficou ali, encurvada para a frente, os braços estendidos ao lado do corpo, o rosto encostado nos joelhos. — Eu sinto muito — murmurou ela. — Me desculpa.

Irene estendeu a mão, pousou-a no ombro de Carla com delicadeza.

— Está tudo bem — disse ela, um tanto desconcertada com aquela demonstração de fraqueza. — Vamos nos levantar, vamos.

Carla se levantou. Ela chorava — não alto nem ostensivamente, mas do *jeito Carla* de chorar, com discrição e dignidade, as lágrimas deslizando elegantemente pelas bochechas, caindo da linha do maxilar na gola da blusa branca impecável. Ela fechou os olhos e pressionou a base das mãos nas maçãs do rosto.

— Vamos lá — disse Irene gentilmente, persuadindo-a, como se Carla fosse um bicho de estimação ou uma criança pequena. — Pegue seu chá, isso, muito bem — disse ela, levando Carla da cozinha para a sala, onde as duas se sentaram, lado a lado, no sofá.

— Eu tinha algumas coisas dentro de uma bolsa — disse Carla depois de um tempo. — Umas roupas e duas caixinhas de joias. Estava com elas quando vim aqui hoje; quer dizer, ontem... não sei mais. Eu tenho certeza de que elas estavam comigo.

— E agora não sabe onde estão?

Carla assentiu.

— Eram valiosas?

Carla deu de ombros.

— Não muito. Não sei... O anel de noivado da minha mãe deve valer alguma coisa, mas a medalhinha de São Cristóvão... Era do meu filho.

— Ah, Carla.

— Não posso perdê-la, não posso. Nós a compramos para o batizado dele, gravamos as iniciais... — Ela balançou a cabeça, piscando os olhos para se livrar das lágrimas. — Ele nunca a usou, claro, era muito pequeno, mas *adorava* olhar para ela, tirá-la da caixa, queria brincar com ela, você sabe como as crianças são. Mas eu sempre dizia que ele não podia ficar com ela, que era valiosa, que tinha de guardar, que eu cuidaria dela por ele, eu a manteria em segurança para ele... Eu prometi que iria cuidar da medalhinha para ele, e cuidei, por todos esses anos, e agora... — Ela parou de falar, virando o rosto.

— Ah, eu sinto muito — disse Irene. — Mas por que trazer isso para a casa? Você estava indo para outro lugar? Parou em algum lugar, talvez? Uma loja, talvez tenha colocado as coisas no chão...

— Não, não. Eu não fui a nenhum outro lugar. Eu só... eu só as queria perto de mim, aquelas coisas. Queria estar com elas quando... — Ela virou a cabeça para o lado.

— Quando o quê? — Irene não compreendeu.

— Eu estava... Eu estava desesperada — disse Carla. Ela se virou, e as duas se entreolharam.

Irene levou a mão à boca. Compreendia agora.

— Ah, Carla — disse ela. — Ah, *não*.

Carla balançou a cabeça de novo.

— Não importa — disse ela. — Não importa.

— Importa sim. É claro que importa. — Irene pousou a mão com delicadeza na de Carla. — Seu filho, depois sua irmã e Daniel, tão próximos... parece demais para suportar.

Carla sorriu, recolhendo a mão, enxugando as lágrimas do rosto.

— Não tivemos muita sorte — disse ela.

— Você está sofrendo com a sua perda — disse Irene. — É difícil pensar direito quando se está sofrendo com perdas. Também fiquei assim quando perdi meu marido. Pensei nisso, em dar um fim à minha vida. Não parecia haver muito sentido em continuar, só eu, sabe, e mais ninguém. Sua irmã me tirou disso, sabe? Ela continuou vindo me visitar, trazendo aqueles doces de confeitaria que ela adorava, os de amêndoas, suecas? Dinamarquesas, isso. Ou às vezes sopa, ou só café, o que fosse, e ficava falando sem parar, sobre o que estava lendo, sabe, esse tipo de coisa. Ela salvou minha vida, a Angie.

O rosto de Carla pareceu se anuviar; ela virou a cabeça para o outro lado.

— Sei que as coisas nem sempre foram boas entre vocês duas, mas ela a amava — continuou Irene. — E... bem, eu sei que você amava o Daniel, não é? Ele significava muito...

Carla se pôs de pé.

— Você precisa voltar para a cama — disse ela apressadamente, levando sua caneca de volta para a cozinha. — Eu a mantive acordada por muito tempo.

— Ah, eu não durmo lá muito bem de qualquer jeito — disse Irene. — Tudo bem se você quiser descansar aqui, se...

— Ah, não — disse Carla, como se a ideia fosse absurda. Ela tinha voltado da cozinha, todos os vestígios de emoção apagados do rosto. Ficou parada na porta, ereta, o queixo empinado, a boca uma linha reta. — Não se levante, Irene, por favor — disse ela. — Obrigada pelo chá. E sinto muito pela confusão. Vou para casa agora, para não a incomodar de novo.

— Carla, eu... — Irene fez uma pausa. Ela queria dizer algo que a tranquilizasse, algo que lhe desse esperança, algo conciliatório. Não conseguiu pensar em nada. Em vez disso, perguntou: — Você vai ficar bem, não vai?

Por um instante, Carla pareceu não entender a pergunta, mas então enrubesceu.

— Ai, meu Deus. Sim, é claro. Não precisa se preocupar com isso. Nem sei se teria sido capaz de levar a ideia a cabo. Imaginar a cena é uma coisa, não é mesmo, mas a realidade... — Ela ficou reticente. — Eu trouxe a guia da coleira do cachorro — explicou ela.

Irene estremeceu, um calafrio percorrendo sua espinha ao pensar naquilo, em *outro* corpo na casa ao lado, esperando para ser descoberto atrás daquelas paredes finas como papel.

— Não do meu cachorro, claro — dizia Carla. — Eu não tenho um. Meu marido tinha, na verdade, e acho que, em algum lugar do meu subconsciente, eu estava me certificando de que não levaria isso adiante. — Ela abriu um sorriso estranho e íntimo. — Acho que no fundo eu sabia que olharia para a guia da coleira e pensaria no cãozinho dele, pensaria no quanto ele amava o cachorro, e no quanto me amava, e isso me impediria de seguir em frente. — Ela encolheu os ombros, uma expressão leve no rosto. — Pelo menos é o que eu acho agora.

— Ah! — exclamou Irene, lembrando de repente. — Eu esqueci de contar. Seu ex-marido, ele veio procurar você. Ele esteve aqui...

— *Aqui?*

— Bem, lá fora, na calçada, batendo na porta da casa da Angela. A princípio, eu não o reconheci, mas então me lembrei que ele já tinha vindo aqui antes; eu o tinha visto conversando com a Angela na calçada, então...

Carla balançou a cabeça.

— Não, não pode ter sido o Theo.

— Era, era ele, com certeza...

— Você está enganada, Irene, é impossível que o meu marido...

— Eu o vi com ela — insistiu Irene. — Vi os dois lá fora, na calçada. Ela estava chorando. A Angela estava chorando. Acho que eles estavam brigando.

— Irene — Carla ergueu o tom de voz, duas manchas escuras aparecendo nas bochechas —, Theo não falava com a minha irmã. Ele nunca...

— Ele estava com o cachorrinho. Um terrier desses, preto e marrom.

Carla piscou lentamente.

— Você o viu com a Angela? — perguntou ela. Irene assentiu.

— Quando?

— Não sei muito bem, foi...

— Quantas vezes?

— Só aquela vez, acho. Eles estavam lá fora, na calçada. A Angela estava chorando.

— Quando, Irene?

— Uma ou duas semanas antes de ela morrer — respondeu Irene.

De volta à cama, Irene ficou deitada, os olhos abertos, observando uma luz cinza entrar pelo vão das cortinas. Era quase de manhã. Ela havia retornado para a cama se sentindo exausta, sabendo que seria improvável que voltasse a dormir. Era verdade o que tinha dito a Carla sobre a dificuldade de dormir; as poucas horas de sono eram mais um dos efeitos colaterais da velhice. Mas duvidava de que teria conseguido pegar no sono de qualquer jeito, não importando quantos anos tinha nem como vinha se sentindo; a expressão aflita no rosto de Carla quando Irene mencionou a visita de Theo Myerson a teria mantido acordada, independentemente de qualquer coisa.

19

— Porra! Só me deixa entrar!
Nove e meia da manhã, uma chuva torrencial, e Laura estava na calçada em frente à lavanderia, a respiração ofegante, só vagamente consciente dos "escravos de salários" que passavam apressados sob guarda-chuvas, mantendo distância da doida varrida na rua, a mesma que agora girava a mochila no ar, que a arremessava contra a porta da lavanderia com toda a força que tinha.

— Não é por causa do emprego — gritou ela. — Não tô nem aí pra isso, pode ficar com a porra do seu emprego! Eu só quero falar com a Tania! Maya, que diabos, por favor! Me deixa entrar!

Do outro lado da porta de vidro, Maya olhava, o corpo ereto e impassível, os braços cruzados.

— Laura — berrou ela —, você precisa se acalmar. Eu vou te dar trinta segundos, certo, para você se acalmar e ir embora. Se não fizer isso, vou chamar a polícia. Entendeu, Laura?

Laura se agachou e mordeu o lábio com força. Sentiu uma onda de náusea tomar conta de si quando a adrenalina inundou seu organismo, a boca se enchendo de saliva, o coração prestes a explodir. Ela pegou uma garrafa vazia de cerveja na sarjeta e ergueu a mão.

Alguém a segurou, puxando seu braço bruscamente para trás das costas. Ela sentiu uma torção dolorosa no ombro e deu um berro, largando a garrafa. A pessoa a soltou.

— O que diabos você pensa que está fazendo? — perguntou uma voz de mulher.

Laura se virou, esfregando o ombro direito dolorido com a mão esquerda e descobrindo que tinha sido detida pela hobbit.

Era assim que a chamavam na lavanderia, porque era baixinha, peluda e tinha cara de quem morava numa toca, num buraco ou algo assim, embora, na verdade, morasse num barco, o que em si já era bastante estranho.

— E então? — A mulher olhava para ela com a testa franzida, mais confusa que com raiva. Como quando o pai ficava chateado com ela, mas tentava negar, dizendo *Eu não estou com raiva, amorzinho, estou decepcionado*.

— Eles não me deixam entrar — respondeu ela fracamente, a névoa de ira se dissipando tão rápido como havia se formado. — Ela não me deixa entrar, e eu nem queria começar nenhuma confusão, só queria falar com a Tania sobre uma coisa. Não é nem nada a ver com a loja, não é nem... — Laura parou de falar. Não adiantava nada. Nada daquilo adiantava. Ela afundou no meio-fio, os joelhos encostados no queixo. — Eu não queria causar problemas.

A hobbit se apoiou pesadamente no ombro de Laura ao se sentar a seu lado.

— Bem — disse ela rispidamente —, não sei se ficar jogando garrafas por aí é a melhor forma de não causar problemas.

Laura olhou de relance para ela, e a hobbit sorriu, mostrando uma boca cheia de dentes tortos e amarelados.

— Não lembro seu nome — disse Laura.

— Miriam — respondeu a mulher. Ela deu um tapinha no joelho de Laura. — Pelo jeito você não está mais trabalhando aí, não é? Andei reparando na sua ausência.

— Fui demitida — respondeu Laura tristemente. — Faltei dois dias seguidos, e não foi a primeira vez que fiz isso, e não liguei pra Maya pra avisar, então ela perdeu o aniversário do neto, o que é uma bosta, mas a questão é que eu não tive a intenção de fazer isso, não tive a intenção de fazer nada disso. Não foi culpa minha.

Miriam deu outro tapinha no joelho dela.

— Sinto muito. Isso é horrível. É horrível perder o emprego. Sei como é. Você quer ir a algum lugar, tomar um chá? Eu gostaria de ajudá-la. — Laura se afastou ligeiramente dela. — Eu mesma já precisei contar com a bondade de desconhecidos, uma ou duas vezes — disse Miriam. — Sei como é. É meio desconcertante de início, não é? — Laura assentiu. — Mas acho — continuou Miriam, abrindo um sorriso benevolente —, acho que você vai descobrir que nós somos bem parecidas, você e eu.

Não somos porra nenhuma, Laura pensou, mas conseguiu não dizer nada, pois podia ver que a mulher só estava tentando ser gentil.

— Então, quatro anos depois que eu fui atropelada, minha mãe se casou com o homem que me derrubou da bicicleta. — Laura fez uma pausa, acrescentando leite às canecas de chá que havia preparado. Entregou a caneca menos lascada para Miriam. — Isso te fode, esse tipo de coisa, sem dúvida. Digo, obviamente, ser atropelada por um carro te fode *fisicamente*, te deixa com dor, com cicatrizes e com todo tipo de *deficiência*, não deixa? — Ela apontou para baixo, para a perna esquerda estropiada. — Mas tem uma parte que é pior. O lado emocional é pior, o lado mental. É o que te fode pra sempre.

Miriam bebericou o chá e assentiu.

— Concordo plenamente — disse ela.

— Então — disse Laura, afundando na cadeira —, eu faço umas coisas, umas burrices, de vez em quando, como hoje de manhã, ou tipo... toda hora, e não é nem minha intenção, ou às vezes *é*, só que é como se alguma coisa tivesse sido posta em movimento e eu não conseguisse mais parar o avanço dela, e tudo que consigo fazer é reagir, tentar minimizar os danos pra mim mesma, e às vezes, quando a gente faz isso, acaba machucando outras pessoas, mas não é *de propósito*. Não é premeditado. — A hobbit assentiu de novo. — As pessoas zombam de mim, sabe? Pessoas como a minha madrasta, ou os meus professores, ou a polícia, ou a Maya, ou sei lá mais quem, quando digo que não é culpa minha. Elas ficam assim, tipo, de quem é a culpa então?

Janine, a mãe de Laura, estava no acesso de veículos em frente à casa, olhando para os comedouros de pássaros na macieira. Precisavam ser reabastecidos. Ela não sabia se havia ração em casa, mas não queria ir à loja agora; vinha nevando fazia algum tempo, e as ruas estariam péssimas. Ela fechou os olhos e respirou fundo, apreciando a entrada do ar frio em seus pulmões e o silêncio quase perfeito — que foi interrompido súbita e violentamente pelo barulho de freios. O que se seguiu foi um silêncio longo e pesado, e depois um estalo horrível e apavorante. O acesso de veículos tinha cerca de cento e oitenta metros de comprimento e era arborizado, e havia uma cerca viva nos limites do terreno, de modo que era impossível ver o que tinha acontecido na rua, mas Janine soube. Ela disse aos policiais, assim que eles chegaram, que ela simplesmente soube que algo terrível tinha acontecido.

    O carro havia desaparecido. Laura estava estirada na rua com as pernas retorcidas num ângulo esquisito. Quando Janine caiu de joelhos ao lado da filha, viu um gotejar lento de sangue escorrendo da parte de trás do capacete de Laura e pingando no asfalto escorregadio e úmido. Ela enfiou a mão no bolso para pegar o celular e se deu conta de que ele não estava lá, então começou a gritar e a gritar, mas ninguém apareceu, porque a casa vizinha mais próxima ficava a uns oitocentos metros de distância.

    A polícia quis saber o que ela tinha visto e ouvido; ela tinha certeza mesmo de não ter tido nem um vislumbre do carro, talvez um borrão de cor? Janine fez que não com a cabeça.

    — Isso foi minha culpa. Foi culpa minha.

— Não é culpa sua, sra. Kilbride. É culpa do motorista do carro que atropelou a Laura — disse a policial para ela. A policial colocou o braço nos ombros de Janine e a apertou. — Nós vamos encontrar o culpado. Ou a culpada. Vamos encontrar quem quer que tenha feito isso. Não se preocupe, essa pessoa não vai se safar. — Janine se desvencilhou dela, olhou para a policial com uma expressão de pavor no rosto pálido, sem conseguir dizer nada.

A polícia encontrou o culpado. Uma câmera de segurança a menos de um quilômetro de distância capturou dois veículos passando em questão de minutos do acidente de Laura: o primeiro pertencia a uma idosa, cujo carro se encontrava em perfeito estado, sem nenhum sinal de qualquer colisão. O segundo pertencia a Richard Blake, um negociante de arte e antiguidades que morava a poucos quilômetros dali, em Petworth, e cujo carro, disse ele quando a polícia foi procurá-lo no trabalho, havia sido roubado na noite anterior. Ele não tinha dado parte do roubo. No momento em que os policiais estavam saindo, Richard perguntou, com a voz embargada:

— Ela vai ficar bem?

E a policial perguntou:

— *Quem* vai ficar bem?

— A menininha! — ele deixou escapar, torcendo as mãos diante do corpo.

— Eu mencionei uma criança, sr. Blake. Não disse que era do sexo feminino. Como o senhor sabia que a vítima era uma menina?

Um gênio do crime Richard Blake não era.

Foi assim que aconteceu. Foi nisso que Laura acreditou. Foi o que disseram para ela, então — ela tinha dez anos, lembra? — era isso que ela acreditava que tinha acontecido.

No começo, claro, ela não acreditou em coisa alguma, porque estava em coma. Doze dias inconsciente e, então, quando finalmente acordou, encontrou um mundo novo, um no qual ela possuía uma fratura de pelve, uma fratura composta de fêmur e um crânio quebrado; um mundo no qual, aparentemente, alguém tinha realizado uma reinicialização de retorno às configurações de fábrica, e a mandado de volta à estaca zero. Ela precisou reaprender a falar, a ler, a andar, a contar até dez.

Ela não guardava memória alguma do acidente, nem dos meses que o antecederam — a escola nova, a casa nova, a bicicleta nova: nenhum vestígio de nada. Ela possuía uma vaga lembrança da antiga casa deles em Londres, do gato da vizinha. Depois disso, era tudo um borrão só.

Gradualmente, no entanto, com o passar do tempo, certas coisas começaram a voltar à sua mente. Algumas semanas antes de sair do hospital, ela perguntou ao pai:

— A casa onde a gente mora agora, ela fica na base de uma ladeira. Não fica?

— Fica! — Ele sorriu para ela. — Boa menina. Você se lembra de mais alguma coisa?

— É uma casa de um andar só — disse ela, e ele assentiu. Ela franziu o cenho. — O carro. Verde.

O pai balançou a cabeça, um sorriso triste nos lábios.

— Vermelho, amorzinho, sinto muito. Eu tenho um Volvo vermelho.

— Não, não o *nosso* carro. O carro que me atropelou. Era verde. Ele saiu do acesso de veículos — disse ela. — Ele tava saindo da nossa casa quando eu tava chegando.

O sorriso sumiu do rosto do pai.

— Você não se lembra do acidente, amorzinho. É impossível você se lembrar do acidente.

Alguns dias depois, quando a mãe foi visitá-la (o pai e a mãe nunca mais a visitaram juntos, o que foi muito estranho), Laura perguntou sobre o carro que a atropelou.

— Era verde, não era? — perguntou ela. — Tenho certeza de que era verde.

A mãe se ocupou em ajeitar os cartões de desejos de melhoras no parapeito da janela.

— Sabe, eu não tenho como ter certeza. Não cheguei a ver o carro.

Mentirosa.

Janine, a mãe de Laura, estava no acesso de veículos em frente à casa, tremendo, as botas Ugg nos pés e enrolada num roupão de seda verde-limão. Sua pele estava ruborizada pelo sexo. Eles tinham perdido a noção do tempo; ainda estavam nos braços um do outro quando ela olhou para o relógio do marido na mesinha de cabeceira e disse:

— Merda, a Laura vai chegar em casa já, já.

Richard tinha se vestido às pressas; quase caiu ao botar as calças, os dois rindo, fazendo planos para o próximo encontro. Ela o acompanhou até lá fora e o beijou quando ele entrou no carro; ele disse a ela que a amava. Ela ficou no acesso de veículos, a cabeça inclinada para trás, vendo a neve cair, abrindo a boca para sentir os flocos na língua. As palavras dele ecoavam em sua mente quando ela escutou aquilo e soube: algo terrível tinha acontecido com Richard.

Ela correu em disparada até a rua. A primeira coisa que viu foi o carro dele, o Mercedes verde-escuro parado num ângulo inusitado no meio da pista, e, então, à frente do carro, o próprio Richard. Ele estava ajoelhado de costas para ela, os ombros subindo e descendo, e, quando ela o alcançou, viu que ele chorava aos soluços, as lágrimas caindo no corpo destroçado da filha dela.

— Ai meu Deus ai meu Deus ai por favor Deus não, por favor Deus não. Ela estava na rua, Janine, ela estava no meio da rua. Ai por favor Deus não, por favor Deus.

Janine segurou o braço dele e começou a puxá-lo para que ficasse em pé.

— Você precisa ir — dizia ela, seu tom de voz soando estranhamente pragmático até para si mesma. — Você precisa entrar nesse carro e ir embora, vai embora daqui agora. Vai, Richard, eu cuido dela. Vai!

— Ela está sangrando, Janine. É grave. Ai, meu Deus, é grave.

— Você precisa ir — repetiu ela, e, como ele não se mexeu, ela começou a gritar. — Agora, Richard! Vai embora! Vai embora agora. Você não estava aqui. Você nunca esteve aqui.

Mentirosa, mentirosa.

Tudo isso viria à tona depois. Todo mundo dizia para Laura (todo mundo sendo seus pais, o médico e sua psicóloga) não pesquisar no Google o que tinha acontecido, que não ajudaria em nada, que só a deixaria chateada, assustada, que faria com que tivesse pesadelos. O que Laura, que podia até ter acabado de fazer onze anos, mas não tinha *nascido ontem*, achou que fosse bobagem, além de muito suspeito, e ela estava certa quanto a isso, não estava?

A primeira coisa que encontrou quando fez uma busca digitando seu nome no Google foi uma reportagem intitulada "HOMEM PRESO POR ACIDENTE COM OMISSÃO DE SOCORRO" e uma foto dela parecendo uma imbecil com o uniforme da escola, sorrindo como uma pateta para a câmera. Ela começou a ler:

O negociante de artes Richard Blake foi sentenciado ontem a quatro meses de prisão pelo acidente com omissão de socorro que deixou a estudante Laura Kilbride, de 11 anos, gravemente ferida.

Laura leu aquela frase mais uma vez. *Richard?*

Não podia ser. Ela conhecia o Richard. Richard era o homem que dava as aulas de arte que sua mãe frequentava, Richard era legal. Tinha um rosto franco e amigável, estava sempre rindo. Laura gostava do Richard, ele era legal com ela, os dois tinham jogado futebol juntos no estacionamento, certa vez, quando ela estava esperando que a mãe terminasse de fazer compras no supermercado. Richard não teria feito isso com ela. Ele nunca teria ido embora sem chamar uma ambulância.

A revelação a respeito de Richard Blake foi logo esquecida, porém, diante do choque do que estava por vir:

> O sr. Blake, de 45 anos, que se declarou culpado dos crimes de fuga do local do acidente e omissão de socorro, mantinha um relacionamento com a mãe da menina, Janine Kilbride, na época do acidente. A sra. Kilbride, de 43 anos, que chegou à cena do crime logo depois do atropelamento, chamou uma ambulância para socorrer a filha, mas disse à polícia que não viu o veículo que a atingiu. Janine Kilbride recebeu uma multa de oitocentas libras por dar informações falsas à polícia.

Quando Laura pensava nesse período de sua vida, identificava o momento da leitura daquele parágrafo como o princípio do fim. Seu corpo já estava quebrado, claro, suas funções cerebrais já afetadas, só que uma pessoa pode se recuperar desse tipo de dano. Mas *aquilo*? Ficar sabendo que tinham mentido para ela — os próprios pais, todo mundo que estava cuidando dela — foi como ser nocauteada, foi como receber um golpe que te derruba de vez, o tipo de golpe do qual você não consegue se levantar. Saber daquilo, a sensação de traição que veio junto, isso a mudou. Isso a deixou marcada.

Aquilo a deixou com *raiva*.

20

Miriam conseguia reconhecer de longe uma pessoa traumatizada. Muitos defendiam que dava para ver pelos olhos, pela expressão ressabiada, pelos olhares assombrados, esse tipo de coisa. Pode ser, Miriam pensou, mas tinha mais a ver com o deslocamento, com a forma como você se movimentava. Ela não conseguia ver aquilo em si mesma, claro, mas sentia — ela podia até estar velha, pesada e lenta agora, mas ainda andava na ponta dos pés. Ainda cautelosa. Pronta para aquele fluxo de sangue subindo à cabeça.

Miriam viu Laura causando um rebuliço em frente à lavanderia e aproveitou a oportunidade. Ela interveio rapidamente, pegou a mochila de Laura, pediu desculpas à exasperada proprietária e escoltou a menina para bem longe dali. Ela sugeriu que fossem tomar um chá no barco, mas Laura recusou o convite. Compreensível, dadas as circunstâncias; quando se levava em consideração a confusão na qual ela havia se metido da última vez que estivera por aquelas bandas.

Em vez disso, as duas foram para o apartamento de Laura. Uma provação, para dizer o mínimo. Laura morava no sétimo andar de um prédio subsidiado pelo governo, perto do parque Spa Fields, e o elevador não estava funcionando. Miriam teve suas dúvidas de que conseguiria chegar lá em cima; precisou parar várias vezes, ofegante e suando em bicas. Na escada, algumas criaturas desprezíveis davam risadas, fazendo piadas. *"Caralho, mana, sua vó tá tendo um ataque cardíaco."*

Ao chegar lá em cima, porém, a subida quase pareceu ter valido a pena. Uma brisa forte, nem traço do fedor do canal, e uma vista — uma vista magnífica! A agulha da igreja de St. James em primeiro plano, atrás dela os enormes prédios em estilo brutalista do complexo Barbican, o esplendor pacífico da catedral de St. Paul e, mais adiante, as fachadas de vidro resplandecentes dos prédios do centro financeiro. Londres, em toda a sua glória, algo que você esquecia quando vivia com o nariz tão perto do chão.

Laura nem parecia notar. Estava acostumada, Miriam supôs, e nitidamente com dor — o coxear pareceu piorar a cada andar que transpunham. Quando finalmente chegaram à porta do apartamento de Laura, Miriam perguntou sobre aquilo, com toda a educação, numa simples demonstração de preocupação, esperando receber uma resposta trivial — um tornozelo torcido, uma queda quando estava bêbada —, mas, em vez disso, ouviu uma história tão triste que era quase difícil de acreditar. Pais medonhos, um acidente terrível, praticamente abandonada à própria sorte. Miriam sentiu pena dela. Um começo de vida assim? Não era à toa que fosse tão estranha.

O dó que teve dela aumentou quando viu seu apartamentinho deplorável. Mobília feia e de quinta categoria sobre um carpete sintético cinza, paredes do tom amarelado da nicotina. Este era o lar de uma menina *sem nada*: sem mantas nem almofadas coloridas, sem decorações nem troféus, sem livros nas estantes, sem pôsteres nas paredes — nada além de uma única foto, emoldurada num quadrinho, de uma criança com os pais. Um oásis naquele deserto até você se aproximar, como Miriam fez, passando por cima de uma pilha de roupas no chão da sala, e ver que a foto havia sido vandalizada, os olhos da criança riscados com um X, os lábios pintados de vermelho-sangue. Miriam olhou para aquilo e se retraiu. Quando se virou, Laura olhava para ela, uma expressão estranha no rosto. Miriam ficou toda arrepiada.

— Vamos tomar aquele chá, então? — perguntou, com uma animação forçada.

(Traumatizada, estranha — quem sabia o que estava acontecendo por trás daqueles belos olhos?)

Na cozinha, depois de tomarem o chá, e com um silêncio desconfortável pairando sobre elas, Miriam decidiu se arriscar, abrir o verbo.

— Eu conheço você, sabe? — disse ela. No bolso, mexeu na chave, aquela que tinha pegado no chão do barco, presa ao chaveiro.

Laura lançou um olhar para ela.

— É. Da lavanderia. Dã.

Miriam balançou a cabeça, um sorrisinho nos lábios.

— Não é só isso. Eu sei por que você não quis ir até o canal. — Ela viu a expressão no rosto da menina mudar de tédio para pavor. — Não há nada com que se preocupar — continuou Miriam. — Eu estou do seu lado. Sei que é com você que a polícia vem falando sobre ele. Daniel Sutherland.

— Como é que você sabia disso?

E lá estava: o corpo da menina se retesou, pronto para o início do confronto. Luta ou fuga.

— Fui eu que o encontrei — explicou Miriam. — Meu barco, aquele verde bonito com uma listra horizontal vermelha, o *Lorraine*, você deve ter visto, está atracado a poucos metros do dele. — Ela sorriu para Laura, esperando até que absorvesse a informação. — Fui eu que o encontrei. Fui eu que achei o corpo dele. Fui eu que chamei a polícia.

Laura arregalou os olhos.

— Sério? *Caralho*. Deve ter sido horrível — disse ela. — Ver o corpo... todo... ensanguentado daquele jeito.

— Foi, mesmo — concordou Miriam. Ela se lembrou do corte no pescoço dele, do branco de seus dentes. Ficou se perguntando se, naquele instante, Laura tinha a mesma imagem na cabeça; se, por um ou dois segundos, as duas se viram em sintonia. Ela buscou o olhar da jovem, mas Laura estava empurrando sua cadeira para trás, afastando-a da mesa, pondo-se de pé, estendendo o braço sobre o ombro de Miriam para recolher a caneca vazia.

— Você... você falou com a polícia desde então? — Laura perguntou a ela, a voz estranhamente aguda. — Desde que você encontrou ele, digo. Eles tão, tipo, mantendo você informada ou algo assim? Porque eu fico vendo os noticiários e parece que não tem nada acontecendo e já faz mais de uma semana agora, não faz, desde que... bem, desde que ele foi encontrado, então... — Ela parou de falar. Estava de costas para Miriam, colocando as canecas dentro da pia.

Miriam não respondeu à pergunta e esperou que Laura se virasse para encará-la antes de falar.

— Eu vi você saindo — disse ela. — Um dia antes de quando eu o encontrei. Vi você saindo do barco.

Laura arregalou os olhos.

— E daí? — Ela tinha uma expressão desafiadora no rosto. — Não é nenhum segredo que eu estive lá. Contei pra polícia que fui lá. Todo mundo sabe que eu fui lá. Eu não menti.

— Sei que não — disse Miriam. — Por que mentiria? Você não fez nada errado.

Laura deu as costas para ela outra vez. Ligou a torneira, lavando as canecas sob a água corrente, seus movimentos bruscos, um tanto frenéticos. Miriam se compadeceu dela; podia ver a palavra vitimização estampada em cada reflexo e em cada movimento voluntário.

— Você quer me contar o que aconteceu? — perguntou Miriam delicadamente. — Quer me contar o que ele fez? — Prendendo a respiração, o sangue zumbindo, Miriam se sentiu à beira de algo importante: uma confidência. Uma aliança. Uma amizade? — Eu estou do seu lado — disse ela.

— Meu lado? — Laura riu, um riso desdenhoso, entrecortado. — Eu não tenho lado.

Mas poderia ter, Miriam teve vontade de dizer. *Você poderia ter uma aliada. Podíamos ser nós contra elas! Essas pessoas que acham que detêm todo o poder, que pensam que nós não temos nenhum, nós poderíamos provar que estão erradas. Poderíamos mostrar a elas que conseguimos ser poderosas também. Você aqui em cima no seu prédio pobre, eu lá embaixo na água; nós podemos não morar em casas chiques, podemos não ter cortes de cabelo estilizados nem férias no exterior nem quadros de artistas renomados nas paredes, mas isso não faz de nós dois zeros à esquerda.* Havia tanta coisa que Miriam queria dizer, mas precisava ter cuidado, precisava ir devagar, não podia apressar as coisas.

Uma ligeira mudança de tática, para sondar o terreno.

— Por acaso você sabe alguma coisa sobre a família dele? De Daniel Sutherland?

Laura deu de ombros.

— A mãe dele está morta. Morreu faz pouco tempo. Era alcoólatra, ele disse. Ele tem uma tia. Eu conheci a tia dele na casa da Irene.

— Irene?

— Minha amiga.

— Quem é essa sua amiga? — perguntou Miriam.

— Só uma amiga. Não é da sua conta. — Laura riu. — Ó, foi legal bater um papo e tudo mais, mas acho...

— Ah, bem. — Miriam a interrompeu. — Eu sei bastante coisa sobre a família dele e imagino que você vá achar interessante o que eu sei. — Laura estava encostada na bancada agora, cutucando as unhas, sem prestar atenção. — A questão é que, sabe, eu acho que pode ter sido *ela* — concluiu Miriam.

— Ela? — Laura ergueu o olhar.

— Acho que a tia dele pode ter tido algo a ver com isso.

Laura franziu a testa.

— Com isso o quê?

— Com a morte dele!

Laura deu uma gargalhada abrupta.

— A *tia* dele?

Miriam sentiu o rosto ficando vermelho.

— Isso não é brincadeira! — falou ela, indignada. — Eu a vi lá, eu a vi fazendo uma visita a ele, assim como você o visitou, e acho que alguma coisa aconteceu entre eles. — Laura a observava, um vinco no topo do nariz. — Eu acho — prosseguiu Miriam —, e isso é o mais importante... eu acho que o marido dela... o *ex*-marido, digo, Theo Myerson, acho que ele pode estar tentando acobertar a coisa toda porque... — Miriam continuou falando, mas, ao fazê-lo, pôde ver a expressão no rosto da menina mudar do ceticismo para a descrença e depois para a suspeita; pôde ver que estava perdendo a confiança dela. Como é que aquela menina podia ser tão burra? Será que ela não conseguia ver, pelo menos, que era do seu interesse apontar o dedo para outra pessoa? Não era óbvio que a teoria de Miriam era vantajosa para ela? — Pode parecer absurdo — disse Miriam, por fim —, mas acredito que você vai achar...

Laura sorriu para ela sem crueldade.

— Você é uma daquelas pessoas, não é? — disse ela. — Você gosta de se envolver nas coisas. Você é solitária e está entediada, e não tem amigos, e quer alguém que te dê atenção. E acha que sou igual a você! Bem, eu não sou. Foi mal, mas não sou.

— Laura — disse Miriam, o tom de voz subindo em desespero —, você não está me ouvindo! Eu acredito...

— Eu não me importo com o que você acredita! Foi mal, mas acho que você é uma doida varrida. Pra começo de conversa, como é que eu vou saber se você tá dizendo a verdade? Como é que eu vou saber se você me viu no barco? Como é que eu vou saber se você tá dizendo a verdade sobre ter achado o corpo? Talvez você não tenha achado coisa nenhuma. Talvez ele estivesse vivinho da silva quando você foi até lá! Talvez tenha sido você que enfiou a faca nele! — Laura se lançou para Miriam, a boca escancarada e vermelha. — Ei — ela estava rindo, agora pulando em volta da mesa —, talvez eu devesse ligar pra polícia agora mesmo! — Ela fingiu estar dando um telefonema. — Venham depressa! Venham depressa, tem uma doida na minha casa! Tem uma hobbit psicopata na minha casa! — Ela jogou a cabeça para trás e gargalhou como uma louca, dançou, chegou perto do rosto de Miriam, invadindo seu espaço. Miriam se pôs de pé com certa dificuldade e se afastou de Laura.

— Qual é o seu problema?

Mas a menina estava rindo, frenética, perdida em seu mundinho, os olhos cintilando, os dentinhos afiados brilhando brancos em sua boca vermelha.

Miriam sentiu as lágrimas ardendo nos olhos. Ela precisava dar o fora, tinha que sair dali. Com uma risada horrível soando em seus ouvidos, ela saiu do apartamento com o máximo de dignidade que conseguiu reunir.

Ela seguiu quase se arrastando, exausta, pela passarela e desceu todos aqueles degraus, as pernas tão pesadas como o seu coração.

Miriam estava chorosa quando chegou ao seu barco, o que era uma reação exagerada e dramática à grosseria de uma desconhecida, mas nada fora do normal. Ela sempre reagia exageradamente ao ser esnobada; era assim que ela era, e ter consciência de algo sobre si mesma não impedia que esse algo acontecesse. Miriam tinha perdido o talento para amizades quando era nova e, uma vez perdido, era algo difícil de recuperar. Assim como a solidão, sua ausência se autoperpetua: quanto mais se tentava fazer com que as pessoas gostassem de você, menor era a probabilidade de que gostassem; a maioria das pessoas percebia, logo de cara, que havia algo estranho, e se esquivava.

A pior parte de tudo não foi o fim, não foram as gozações nem a zombaria nem os insultos à sua aparência, mas o que Laura tinha dito antes. *Você é solitária e está entediada... e acha que sou igual a você.* E Miriam achava, ela achava mesmo que Laura era igual a ela. Aquela foi a pior parte, ser vista pelo que era, pela forma como se sentia. Ser desvendada e ser rejeitada.

Na cabine de seu barco, na área do quarto, Miriam guardava um exemplar cheio de anotações de *Aquela que escapou*, um exemplar no qual havia destacado as partes relevantes, no qual tinha ressaltado as principais semelhanças com a sua autobiografia. As páginas mais para o fim do livro estavam cheias dos seus rabiscos, a tinta azul encharcando o papel onde havia pressionado a caneta, suas anotações ilegíveis para qualquer pessoa que não ela mesma, onde protestava contra as distorções de Myerson de sua história, contra tudo o que ele tinha escrito errado, tudo o que tinha escrito certo.

Pequenas coisas tiram sua vida do rumo. O que aconteceu com Miriam não foi algo pequeno, foi uma coisa muito grande, mas que começou com algo pequeno. Começou quando Lorraine disse que não conseguiria aguentar duas horas do bafo de café do sr. Picton, e biologia era tão entediante de qualquer jeito, e havia uma liquidação na Miss Selfridge. Miriam nem queria matar aula, achava que se meteriam em encrenca.

— Não seja tão medrosa — disse Lorraine.

Miriam não quis discutir — as duas tinham acabado de fazer as pazes da última briga, por causa de um garoto chamado Ian Gladstone de quem Miriam gostava fazia séculos e com quem Lorrie tinha ficado numa festa. Miriam descobriu isso depois.

— Foi mal — disse Lorrie —, mas ele não está interessado em você. Eu perguntei se ele gostava de você e ele disse que não. Não é culpa minha se ele me escolheu.

Elas ficaram sem se falar por uma semana depois disso, mas nenhuma das duas tinha outras amigas, na verdade, e não era como se Ian Gladstone valesse a pena, no fim das contas.

— Ele beija como uma máquina de lavar roupa — disse Lorrie, rindo, fazendo círculos no ar com a língua.

Ou seja, uma coisa pequena.

Na casa da fazenda, Jez enrolava um baseado. Ele estava sentado num sofá sem pés no cômodo principal da casa, as pernas compridas dobradas, os joelhos chegando às orelhas. Ele lambeu o papel, deslizando a língua grossa pela borda cheia de cola, enrolando o cigarro delicadamente entre o indicador e o polegar. Ele o acendeu, deu um trago e o passou para Lorraine, que estava em pé, sem jeito, ao lado do sofá. Miriam estava parada perto da porta. Lorraine deu um trago, dois, e então o acenou para Miriam, que balançou a cabeça. Lorraine arregalou os olhos, *Vamos*, mas Miriam balançou a cabeça outra vez. Jez se pôs de pé, pegou o baseado de Lorraine e saiu lentamente do cômodo, entrando ainda mais na casa, se afastando da porta da frente.

— Alguém quer uma cerveja? — gritou ele por cima do ombro.

— Vamos embora — sussurrou Miriam para Lorraine. — Eu quero dar o fora daqui.

Lorraine fez que sim com a cabeça, olhou pela janela suja, em direção ao carro, e em seguida de novo para Miriam.

— Será que eu devia dizer que a gente precisa voltar pra escola? — perguntou ela.

— Não, vamos só...

Jez voltou, rápido demais, segurando duas garrafas de cerveja.

— Eu acho — começou ele, sem olhar para nenhuma das duas — que Lorraine e eu vamos passar um tempinho a sós.

Lorraine riu.

— Não, nada disso, acho que temos que ir andando, na verdade — retrucou ela.

Jez colocou as garrafas no chão, foi rapidamente até Lorraine e deu um soco na garganta dela.

As pernas de Miriam viraram gelatina, se recusando a funcionar direito. Ela tentou correr, mas ficava tropeçando nas coisas, e ele a alcançou antes que ela chegasse à porta da casa, segurando seu rabo de cavalo e a puxando para trás, arrancando cabelos de sua cabeça. Ela desabou no chão. Ele a arrastou de volta para o coração da casa, pelo chão imundo, cheio de maços de cigarro e cocô de rato. Lorraine estava deitada de lado, os olhos abertos, arregalados e desvairados; ela fazia um som esquisito e rascante ao respirar. Miriam gritou o nome da amiga e Jez avisou que, se ela abrisse a porra da boca mais uma vez, ele iria matá-la.

Ele levou Miriam até outro cômodo, um que estava vazio, nos fundos da casa, e a empurrou para o chão.

— Fica esperando aqui — disse ele. — Não vai demorar muito. — Ele fechou a porta e a trancou.

(*O que não vai demorar muito?*)

Ela tentou a maçaneta, puxando a porta, depois empurrando, correndo e batendo com o corpo nela.

(*O que não vai demorar muito?*)

Ela não tinha como ter certeza, mas achou que ouviu Lorraine chorando.

(*O que não vai demorar muito?*)

Atrás dela havia uma janela de guilhotina, grande o suficiente para ela passar. Estava trancada, mas o vidro fino era velho e estava rachado. E tinha uma camada só. Miriam tirou a camisa de malha e a enrolou na mão. Tentou quebrar a vidraça com um soco, mas estava meio hesitante. Não queria fazer barulho. Não queria se machucar.

Ela disse a si mesma que, seja lá o que estivesse por vir, seria pior que um corte na mão. Disse a si mesma que não tinha muito tempo. Só tinha o tempo que ele demoraria com Lorraine.

Golpeou a janela de novo, dessa vez com mais força, indo com tudo. Sua mão atravessou o vidro, um caco pontudo entrando em seu antebraço, fazendo com que ela desse um grito de susto e dor. Desesperada, ela enfiou a camisa ensanguentada na boca para abafar os próprios berros. Ficou paralisada, de ouvidos bem abertos. Podia ouvir alguém se deslocando em algum lugar da casa, um rangido, passos pesados nas tábuas do piso.

Miriam prendeu a respiração. Atenta, rezando. Ela rezou para que ele não a tivesse ouvido, para que ele não descesse até ali. Ela rezou e rezou, as lágrimas escorrendo dos olhos, o cheiro do próprio sangue nas narinas; rezou para que ele não fosse buscá-la.

Ainda estava claro lá fora. Miriam correu até o carro primeiro, mas ele havia tirado a chave da ignição. Ela continuou correndo. Correu ao longo da estrada de terra sinuosa, o sangue pingando dos cortes no braço e no tórax, onde tinha se arranhado ao escalar a janela. O sangue escorria pelo rosto e pelo pescoço, brotando da ferida no couro cabeludo onde ele havia arrancado seus cabelos.

Depois de algum tempo, ela ficou cansada demais para correr, então começou a andar. Ainda parecia estar muito longe da estrada principal; ela não lembrava que o trajeto até a casa da fazenda tinha sido tão longo — ficou se perguntando se não teria virado em algum lugar errado. Mas não conseguia se lembrar de nenhuma curva, não conseguia se lembrar de nenhum cruzamento. Havia aquela estrada e apenas aquela estrada, que parecia não ter fim, e não surgia ninguém.

Já estava escuro quando ela ouviu um trovão. Ergueu o olhar para o céu sem nuvens, para as estrelas brilhando lá em cima, e se deu conta de que não era trovão coisa nenhuma; era um carro. Seus joelhos se dobraram com o alívio. Alguém estava a caminho!

Alguém estava a caminho! A alegria anuviou seus pensamentos, só por um breve instante antes que um vendaval uivante de medo gélido soprasse as nuvens para longe. O carro estava vindo de trás dela — não da estrada principal, mas da fazenda — e ela começou a correr às cegas para fora da estrada. Escalou uma cerca de arame farpado, se cortando outra vez no processo, e se atirou numa vala. Ouviu as engrenagens do carro rangendo enquanto desacelerava, o farol iluminando o espaço acima dela. Ele passou.

Miriam ficou deitada na vala por um bom tempo depois disso, não soube ao certo quanto. Por fim, ela se levantou e escalou a cerca de novo, a carne dos braços, das pernas e do tórax rasgada, a calcinha encharcada de urina, a boca grudenta de sangue. Ela começou a correr, caiu, se levantou. E continuou. Depois de um tempo, chegou a um posto de gasolina. O homem lá chamou a polícia.

Eles chegaram tarde demais.

Aquela que escapou

Ela já vem chorando há algum tempo, essa menina, gritando. Ela grita por socorro e bate na porta até os punhos começarem a sangrar. Ela diz o nome da amiga. Primeiro baixinho e depois mais alto, cada vez mais alto, sem parar; ela grita o nome da amiga até que ecoa pela casa e silencia os pássaros e silencia tudo menos seus gritos lamuriosos.

Nesse silêncio, uma porta bate, e o barulho é ensurdecedor, de fazer o chão tremer, um estrondo sônico. Mais alto que qualquer coisa que a menina já tinha escutado na vida.

Seu choro cessa. Ela ouve um movimento, passos, rápidos e urgentes, vindo até ela. Ela rasteja para trás, caindo, se virando, se entocando no canto do cômodo, onde pressiona as costas na parede, se apoia em ambas as mãos. Trinca os dentes.

Os passos diminuem conforme ele se aproxima da porta. Ela ouve o raspar das botas na pedra, o barulho da chave na fechadura, um clique assim que a chave gira. Seu sangue está retumbando e ela está pronta; ela está pronta para ele agora. Ela o ouve exalar o ar. Calma, gordona. Calma, feiosa. Não é a sua vez. Ela ouve outro barulho, outro clique, e seu sangue retrocede, suas entranhas parecem se deslocar, uma onda arrebentando uma represa. Um mijo quente escorre no chão.

Enquanto vai embora, ele entoa uma melodia e, num tom de sofrência, canta: "What I took from her, I won't give back."

Não vou devolver o que tirei dela.

21

Carla andava pela casa, indo de cômodo em cômodo, vasculhando repetidas vezes guarda-roupas, armários, atrás de portas, qualquer lugar onde pudesse ter pendurado a sacola com a medalhinha de São Cristóvão. Tonta de exaustão, ela se deslocava lentamente, como se andasse na lama. De vez em quando, seu celular tocava. Sempre que isso ocorria, ela olhava para a tela e via que era Theo e, em alguns momentos, seu dedo pairava acima do botão verde, forçando-se a atender a ligação, mas acabava vacilando no último segundo e ou guardava o aparelho no bolso ou apertava o botão vermelho.

O que diria para ele se atendesse a ligação agora? Será que faria a pergunta, assim, de pronto: *O que você estava fazendo com a minha irmã? O que estava fazendo na casa dela?* Essas não eram as perguntas que ela queria fazer, na verdade. Ainda não havia formulado a verdadeira pergunta; não tinha se permitido fazer isso.

Ela abriu o armário do corredor no patamar da escada. Por que a sacola de pano estaria ali? Ela nunca abria esse armário, fazia meses que não o abria. Estava cheio de roupas que nunca usava: vestidos de seda e ternos sob medida, roupas que pertenciam a uma mulher que ela não era fazia muitos anos. Ficou olhando aparvalhada para tudo, sem absorver nenhuma informação visual. Fechou a porta do armário.

Em seu quarto, ela se deitou na cama. Puxou um cobertor de lã sobre as pernas. Estava desesperada para dormir, mas, toda vez que fechava os olhos, imaginava a cena: Theo com Angela, discutindo em frente à casa dela. Então havia um corte na cena, e os dois estavam dentro da casa, gritando um com o outro. Em sua mente, eles tinham voltado no tempo. Carla os via como no dia em que Ben morreu: Theo furioso, os olhos esbugalhados; Angela encolhida, as mãos delicadas elevadas acima da cabeça, os punhos brancos à mostra. Ela ouvia a voz de Theo perguntando: *Você acha que ela tinha inveja? De como o Ben era? Você disse que ela era geniosa. Sanguinária*, dizia a voz dele. *Você me disse que ela era sanguinária.* Não fora isso o que tinha dito. *Uma imaginação sanguinária,* talvez? Agora a própria imaginação de Carla a levava para outro lugar: para a casa de Angela na Hayward's Place, onde Theo surgia em sua mente como era hoje, seu corpo de porte considerável empurrando Angela em toda a sua fragilidade, atracados no topo da escada. Carla o via descendo os degraus, passando por cima do corpo todo quebrado da irmã. Ela o via lá fora, na calçada, acendendo um cigarro.

Ela abriu os olhos. Que efeito teria tido nele, Carla se perguntava, ver Angela de novo, depois de todo esse tempo? Teria sido todo esse tempo mesmo? Ou teria havido outros encontros que ela desconhecia? Doía pensar nisso, nos dois juntos, escondendo coisas dela. Simplesmente não conseguia entender o *porquê*. Tudo isso, além de Daniel, era demais. Ela estava ficando entorpecida, sua mente nublada pelo sofrimento.

Ela rolou o corpo para fora da cama. A medalhinha de São Cristóvão que o filho nunca tinha usado, precisava encontrar. Ela *deve* estar em algum lugar desta casa, já que não estava na de Angela. Começou tudo de novo, indo de cômodo em cômodo, manchas negras surgindo em seus olhos, um zumbido baixo nos ouvidos, seus membros parecendo se liquidificar enquanto ela descia os degraus e subia de novo, de volta ao armário no patamar da escada, aos vestidos de seda, aos ternos sob medida. A prateleira na base do armário estava coberta por uma fileira de caixas de sapatos; ela abriu uma a uma, revelando botas de camurça cinza, sapatos de salto alto de sola vermelha, sandálias verdes de saltos pretos e, na última, nenhum sapato, e sim um saco plástico cheio de cinzas. Carla ficou de cócoras, o ar saindo dos pulmões numa exalação entrecortada.

Aí está você. Ainda não havia decidido o que fazer com ela. Com Angela.

Depois do funeral, ela e Daniel haviam voltado para cá, para a casa de Carla. Os dois se sentaram lado a lado no sofá, tomando chá num silêncio quase completo, o saco plástico diante deles na mesinha de centro. O ambiente na casa parecia pesado, a atmosfera saturada de pesar. Daniel estava pálido, magro, encovado, engolido por um terno preto que cheirava a fumaça.

— Onde ela era feliz? — perguntou Carla a ele, encarando o saco diante deles. — Devia ser algum lugar onde ela era feliz.

A seu lado, ela sentiu os ombros de Daniel subirem e descerem.

— Eu não me lembro dela feliz — disse ele.

— Isso não é verdade.

Ele deu uma fungada.

— Não, você tem razão. Eu me lembro dela feliz na casa da Lonsdale Square. Mas não podemos espalhar as cinzas lá, podemos? — Ele baixou a cabeça, abriu a boca, levantou os ombros. — Ela ficou sozinha *vários dias* — completou.

— Daniel — Carla pousou a mão na nuca dele, chegando mais perto, os lábios quase encostando em sua bochecha —, você não podia ficar de olho nela o tempo todo.

Ela estava sendo sincera, mas também estava pensando: *Eu não podia ficar de olho nela o tempo todo.*

— Você tem que viver a sua vida, Dan. Tem sim. Não podemos ficar *todos* destruídos.

Ele virou o rosto para ela nessa hora, afundando-o em seu pescoço.

— Você não está destruída — sussurrou ele.

Carla se inclinou para a frente, levantando o saco de cinzas da caixa de sapatos com cuidado, sentindo o peso dele em suas mãos.

Agora estou.

22

Ao verificar sua correspondência, Theo encontrou outra carta de seu fã, o sr. Carter, que, pelo que Theo podia ver, não só pelo tom um tanto quanto rabugento, mas pela força com que a caneta do remetente havia sido pressionada no papel, estava irritado por não ter recebido resposta.

> Eu informei meu endereço de e-mail porque achei que assim você poderia me responder mais rápido.
> Entendo que deva estar ocupado.
> Na minha última carta, falei sobre o fato de as pessoas terem dito que foi sexista de sua parte escrever pelo ponto de vista do homem, e o que você acha disso? Eu acho que é sexista só enxergar o ponto de vista da mulher. Hoje em dia, muitos romances policiais são escritos por mulheres, de modo que geralmente só se tem o ponto de vista delas. Li em várias resenhas na Amazon que seu livro "botava a culpa na vítima", mas não é verdade que "ele" também foi maltratado por diversas pessoas em sua vida, incluindo "a amiga" e "a menina", então, de alguma forma, ele também é uma vítima e não pode ser cem por cento responsabilizado? Acho que talvez você o tenha enfraquecido muito no final, na verdade. Às vezes você deseja ter escrito uma história de um jeito diferente?

Você poderia responder às minhas perguntas por e-mail, por favor?
Obrigado, abraços,
Henry Carter.

Theo jogou a carta em cima da pilha de pendências junto com as outras; ficou pensando, por um breve instante, em qual seria o modo mais educado de dizer ao sr. Carter que, embora ele concordasse que muitos, mas muitos dos que tinham deixado resenhas na Amazon haviam interpretado incorretamente suas intenções ao contar a história da maneira como havia feito, parecia que o próprio sr. Carter também não tinha a menor ideia do que Theo estava tentando fazer. Ele ficou pensando nisso, mas logo deixou para lá. Ele estava, como o sr. Carter havia salientado, muito ocupado.

Não com o trabalho — não tinha feito nenhum trabalho propriamente dito por vários dias, estava muito ocupado se preocupando com a vida. Onze dias haviam se passado desde a morte de Daniel, cinco desde a última vez que falara com Carla. Ela não estava sob a custódia da polícia — ele havia falado com o detetive-inspetor Barker ao telefone; o detetive lhe disse que eles estavam "seguindo várias pistas" (aquilo de novo), mas também disse que não haviam levado mais ninguém para interrogatório, não desde a menina que pegaram e depois soltaram, e que não tinham prendido ninguém.

Theo ficou ao mesmo tempo aliviado e decepcionado — mas, e quanto à menina?, ele teve vontade de perguntar. E quanto à maldita menina? Ele ficou aliviado, porém, por Carla não parecer estar sob suspeita.

E ele sabia que ela estava bem, que estava fora da cama, andando pelo segundo andar da casa dela — ele a tinha visto de relance pela janela quando foi até lá naquela manhã, para bater à porta mais uma vez. Ele havia batido e esperado, em seguida dado um passo rápido atrás, olhando para cima, momento no qual a flagrou deslizando para trás das cortinas. Ele ficou furioso, quis gritar com ela, esmurrar a porta. Mas não podia fazer isso, claro. Tinha havido um incidente ano passado, quando os vizinhos reclamaram que ele estava fazendo muito barulho do lado de fora. Os dois tinham tido uma briga, ele não conseguia mais se lembrar a respeito do quê.

Ele não dava a mínima para os vizinhos, não queria nem saber se iria incomodá-los ou não, só que precisava ser prudente: ele era uma figura (semi) pública, havia consequências para tudo o que se fazia hoje em dia. Tudo era filmado e enviado para o ciberespaço, onde ficava por toda a eternidade; se saísse da linha, você seria humilhado na internet, ridicularizado no Twitter, "cancelado". Um verdadeiro linchamento popular, mas não se podia dizer isso. Afirmar isso também levaria ao cancelamento.

A essa altura Theo tinha certeza de que a velha, a vizinha enxerida, já devia ter falado com Carla, devia ter contado para ela que ele havia se encontrado com Angela. Portanto, Carla estava irada por ele não ter dito nada sobre isso. Ele não estava surpreso, mas irritado. Ela havia mentido para ele várias vezes no decorrer dos anos. Não era um idiota completo, sabia que ela costumava ver Angela de vez em quando. O que não sabia era do relacionamento com Daniel — aquilo havia sido um choque, e ele ficou chateado, principalmente por causa da natureza da revelação. Mas ele não tinha excluído Carla de sua vida, tinha? Não havia ignorado os telefonemas dela nem bloqueado sua porta. Ele havia agido como sempre agira, como sempre agiria: ele ficara ao lado dela. E dirigira sua raiva para outro lugar.

Da última vez que tinha visto Angela — a última mesmo —, Theo havia levantado a mão para ela. Ele nunca havia batido numa mulher, nunca em toda a sua vida, mas havia considerado essa possibilidade com ela, por um segundo ou dois. E então o momento passou e, em vez de bater nela, ele disse o que achava dela, e isso foi pior.

Angela havia ligado para ele, deixado uma mensagem dizendo que tinha algo que precisava lhe contar, e que preferia fazer isso pessoalmente. Nada de lágrimas nesse dia, pelo menos não no começo. Ela o convidou para entrar e, dessa vez, ele aceitou. Tinha coisas para dizer a ela e não queria fazer isso no meio da rua.

Na vez anterior que os dois se encontraram, ele havia ficado abalado com a aparência dela; dessa vez, ficou desconcertado com o estado da casa, o carpete manchado, as janelas imundas, as superfícies cobertas por camadas grossas de poeira, o clima predominante de abandono de alguma forma agravado pelo fato de que havia gravuras nas paredes, cuidadosamente emolduradas, como se Angela algum dia tivesse feito um esforço para que a casa ficasse apresentável.

— Adorei o que você fez com o lugar — disse Theo, e Angela riu, uma risada rouca e gutural que dilacerou o coração dele. Theo deu as costas para ela, olhando os livros na estante perto da lareira, seus olhos pousando no *Aquela que escapou*. — Ouvi dizer que este aqui é muito bom — disse ele, pegando o livro e o agitando acima da cabeça. Ela riu outra vez, sem muito entusiasmo. Ele lançou o livro na mesinha de centro, largando o peso do corpo numa poltrona de couro preta. Tirou o maço de cigarros do bolso. — Suponho que você não se incomode? — perguntou ele, sem olhar para ela.

— Não, eu não me incomodo.

— Quer um?

Ela balançou a cabeça.

— Estou tentando parar. — Ela sorriu para ele, os olhos vidrados às onze e meia da manhã. — Aceita um café?

— É o que você está tomando? — retrucou ele, e ela fez que não com a cabeça.

Ela se sentou na poltrona em frente à dele.

— Isso é difícil para mim, sabe — disse ela, e Theo deu uma gargalhada alta, mas desprovida de alegria. Angela passou a mão nos olhos; seu sorriso tinha se tornado fixo, sua expressão no rosto, meio contorcida. Tentava não chorar. — Eu falei com ele — disse ela por fim. — Com Daniel. Finalmente consegui falar com ele ao telefone. Na maioria das vezes, ele simplesmente ignora minhas ligações. — Theo não disse nada. — Pedi que o deixasse em paz, falei que você não daria mais dinheiro nenhum para ele.

— Quando foi isso? — perguntou Theo. Ele se inclinou para a frente a fim de jogar as cinzas no cinzeiro, mas errou a pontaria.

— Alguns dias atrás — respondeu Angela. — Ele não falou muito, mas prestou atenção, e acho que ele...

Lentamente, Theo se pôs de pé. Tirou um envelope do bolso interno do casaco e o entregou para Angela. Ela abriu o envelope, tirando de dentro uma única folha de papel; deu uma olhada nela e empalideceu. Fechou os olhos, dobrou o papel, colocou-o de volta no envelope. Estendeu para Theo.

— Não, tudo bem — disse ele friamente —, pode ficar. — Ele não queria ver aquilo de novo: o desenho a lápis de sua esposa, muito bem-feito, captando com perfeição sua expressão estranhamente extasiada durante o sono. Daniel a havia desenhado deitada de lado, as cobertas afastadas, o corpo à mostra. — Recebi isso pelo correio hoje de manhã — continuou ele —, então não acredito que sua conversinha tenha adiantado muita coisa. — Angela curvou o corpo para a frente, as mãos na cabeça; ela resmungou algo baixinho. — O que foi que você disse? — vociferou Theo. — Não te ouvi.

— Isso é revoltante — disse ela, erguendo o olhar para ele, os olhos marejados de lágrimas. — Eu disse, isso é revoltante. — Ela mordeu o lábio, desviou o olhar. — Você acha — perguntou ela, as palavras ficando presas na garganta —, você acha mesmo que eles...

— *Eles* não fizeram nada! — vociferou Theo, esmagando o cigarro violentamente no cinzeiro. — Isso não se trata *deles*, e sim dele. É tudo coisa dele, de sua fantasiazinha pervertida. E sabe de uma coisa? — Ele pairava acima de Angela agora, e ela estava tão pequena, tão frágil, como uma criança a seus pés. — Eu não posso nem culpar o Daniel. Quer dizer, nem você pode, né? Olha a vida que ele teve! Olha o lugar onde ele cresceu! Olha o estado da mãe dele!

— Theo, por favor. — Ela olhava para ele com os olhos esbugalhados, implorando, e ele levantou a mão para bater nela, para arrancar a autopiedade do rosto dela à força.

Ele a viu se encolher, apavorada, e então recuou, horrorizado com o que Angela havia provocado nele.

— Eu tenho pena do Daniel — disse ele. — De verdade. Olha a vida que você construiu para o garoto. Ele não sabe o que é amor, não sabe o que é o amor de uma mãe. Como poderia saber?

— Eu tentei — choramingou ela. — Eu tentei...

— Você tentou! — rosnou ele para ela. — Sua preguiça e sua negligência custaram a vida do meu filho. E então você negligenciou seu próprio filho também, você o mandou para bem longe porque ele era um empecilho para suas bebedeiras. É de espantar que ele tenha virado um sociopata?

— Ele não virou um...

— Virou sim, Angela. É isso o que ele é. Ganancioso, calculista e manipulador. Foi isso o que você fez com ele.

Ela ficou em silêncio por alguns instantes, e então se levantou tropegamente. Com as mãos trêmulas, ela pegou o exemplar do livro de Theo e guardou o envelope que ele havia lhe dado ali dentro, antes de devolvê-lo à estante. Ela se virou para encará-lo de novo, respirando fundo, como se estivesse reunindo forças para alguma tarefa árdua.

— Eu preciso... — começou ela, torcendo as mãos na frente do peito. — Eu quero te contar uma coisa.

Theo estendeu as mãos, as sobrancelhas arqueadas.

— Sou todo ouvidos.

Angela engoliu em seco, parecendo estar em algum debate interno.

— E então? — Ele não tinha paciência nenhuma para aquilo, para o papel de atriz amadora dela.

— Acho que é melhor eu te mostrar — disse ela baixinho. — Será que você poderia... você poderia ir lá em cima comigo?

23

Laura se viu obcecada com seus erros, mas não necessariamente com as coisas mais óbvias. Não acordou suando frio ao imaginar Daniel Sutherland morto no barco dele, não ficou obcecada com o cara com o garfo cravado na mão. Não, o incidente que sempre voltava à sua mente, que a deixava com vergonha, com o rosto vermelho, com o estômago embrulhado, era aquele do ônibus, de quando tinha gritado com aquela mulher, chamando-a de vaca gorda e burra. Ela não conseguia tirar da cabeça a expressão no rosto da mulher, sua mágoa e seu constrangimento; toda vez que pensava nisso, seus olhos se enchiam de lágrimas.

Ela havia pensado em voltar e refazer aquele trajeto na esperança de encontrar a mulher, para poder pedir desculpas e explicar que tinha um problema, que, quando ficava estressada, cansada ou com raiva, dizia coisas que não pensava (o que, obviamente, não era verdade; o problema é que ela dizia *exatamente* o que pensava, mas a mulher não precisava saber disso). A questão é que ela não conseguia se lembrar do número do ônibus.

Enfim, pensar na mulher do ônibus fez com que ela se lembrasse de Miriam, da expressão no rosto *dela*, de como pareceu chocada e magoada quando Laura zombou e riu da cara dela. Miriam era estranha e repugnante, e Laura não se sentia tão mal com o que havia feito com ela como se sentia em relação à mulher do ônibus;

certamente não estava chorando por causa disso, mas, mesmo assim. Aquilo tinha sido totalmente desnecessário. Não houvera a menor necessidade de ser cruel; ela não tivera a intenção de ser, de verdade, só tinha se deixado levar. E já que não podia pedir desculpas para a pessoa com quem queria se desculpar, ela podia muito bem pedir desculpas a Miriam. Pelo menos sabia onde Miriam morava.

Ela encontrou o *Lorraine* atracado exatamente onde Miriam tinha dito que estaria, a poucos metros de onde ficava o barco de Daniel. O dele havia desaparecido, tendo outro em seu lugar, um muito mais elegante, em melhor estado, com uma bicicleta que parecia valiosa presa no teto. Era estranho voltar ali, parecia que ele havia sido apagado, cada vestígio dele. Estranho no bom sentido: era como se aquilo nunca tivesse acontecido, como se tivesse sido um sonho — olha, não tem nenhum barco azul velho aqui! Aquela coisa que você achava que tinha acontecido? Não aconteceu. Foi um pesadelo. Pode acordar agora.

O *Lorraine* não era nada parecido com o barco azul velho; era mais alongado e polido, pintado de verde com uma listra horizontal vermelha, havia plantas bem-cuidadas em vasos no teto, painéis solares numa das extremidades, parecia em bom estado, limpo, um barco propriamente habitado. Parecia ser o lar de alguém.

Laura ficou parada diante dele, no caminho de pedestres à margem do canal, se perguntando onde exatamente se devia bater para atrair a atenção de quem quer que morasse num barco (na janela? Aquilo parecia invasivo) quando Miriam apareceu, saindo pela porta da cabine para o deque da popa do barco. Seus cabelos frisados estavam soltos, caindo sobre os ombros, reproduzindo o formato de seu vestido-bata de linho. As pernas e os pés de Miriam estavam à mostra e pareciam surpreendentemente brancos, como se não tomassem sol fazia muito tempo. Suas unhas dos pés estavam compridas, ligeiramente amareladas. Laura torceu o nariz, dando um passo atrás; esse movimento atraiu a atenção de Miriam.

— O que diabos *você quer*? — rosnou ela.

— Sua casa é uma gracinha — disse Laura, olhando fixamente para o barco à sua frente. — É muito bonita. — Miriam não disse nada. Cruzou os braços, ficou olhando para Laura de cara feia sob os cabelos escorridos. Laura roeu uma unha. — Eu vim até aqui porque queria pedir desculpas por ter sido tão grosseira. Eu queria explicar...

— Não quero saber — interrompeu Miriam, mas não se mexeu nem deu as costas para ela; permaneceu no deque da popa, olhando bem fundo nos olhos de Laura.

— Eu digo coisas estúpidas. Faço isso o tempo todo, não é nem... quer dizer, *é* culpa minha, mas não é sempre algo que dê pra controlar. — Miriam inclinou a cabeça para o lado. Ela estava prestando atenção. — É uma coisa que eu tenho, um distúrbio. É chamado de desinibição. Por causa do acidente. Sabe aquele acidente que eu te contei que sofri quando era mais nova? Por favor — disse Laura, dando um passo em direção ao barco. Ela baixou a cabeça. — Eu só queria pedir desculpas, eu fui péssima com você, e você só tava tentando me ajudar, eu entendo isso agora. Sinto muito mesmo.

Miriam a olhou de cara feia por mais algum tempo. Virou as costas como se fosse voltar para dentro do barco e então se virou para olhar para Laura mais uma vez. Por fim, ela cedeu.

— Venha — falou ela rispidamente. — É melhor você entrar.

— É legal aqui, né? — Laura andou de um lado para o outro pelo espaço da cabine. — É tão... *acolhedor*, né? Eu não sabia que esses barcos podiam ser tão *aconchegantes*.

Miriam assentiu, a boca uma linha reta, mas Laura podia ver, pela cor nas bochechas dela, pela expressão dos olhos, que estava satisfeita. Miriam ofereceu chá, botou água na chaleira para ferver e pegou canecas num armário. Laura continuou examinando o lugar, passando os dedos pelas lombadas dos livros, pegando o porta-retratos com a foto de Miriam com os pais.

— Essa é você! Dá pra ver que é você, não dá? Você não mudou tanto assim — disse ela, pensando *Você já era feiosa naquela época e coisa e tal*. — Sua mãe e seu pai parecem gente boa.

— Eles eram — disse Miriam. Ela se sentou no banco em frente a onde Laura estava em pé.

— Ah. — Laura se virou para olhar para ela. — Eles não tão mais vivos? Sinto muito. Meus pais são uns inúteis. Eu te contei isso, não contei? Meu pai é bem-intencionado, mas minha mãe é um pesadelo, e o problema com ela é que, não importa o tamanho da merda que ela faça, sabe, eu sempre acabo perdoando ela, não sei por quê. Não consigo evitar.

A chaleira assoviou. Miriam se levantou e a tirou de cima da boca do fogão. Cruzou os braços de novo, olhando para Laura com uma expressão pensativa no rosto.

— Você é uma pessoa traumatizada, é por isso — disse ela por fim. — Isso não é uma crítica, só uma observação. Aconteceram coisas com você quando era mais nova que te deixaram com cicatrizes, por dentro e por fora. Não é verdade?

Laura assentiu. Ela chegou um pouquinho para trás, e com isso encostou na estante.

— Quando fui à sua casa e você riu de mim e zombou de mim... não, não, não diga nada, só escute... quando isso aconteceu, eu disse a você que nós duas éramos parecidas, e você disse que não, mas estava errada. Eu reconheço o trauma que há em você porque também sofri um trauma, sabe? Aconteceu uma coisa comigo quando eu era jovem, algo que me marcou.

Laura se esgueirou pelos fundos da cabine até o banco que se estendia por um dos lados. Pulou em cima dele, cruzando as pernas, se inclinando para a frente, a curiosidade despertada.

— O que aconteceu?

Miriam esticou a mão para a chaleira, levantou-a e então a soltou de novo. Ela se virou para encarar Laura.

— Quando eu tinha quinze anos — disse ela baixinho, a expressão séria no rosto —, fui sequestrada.

Laura ficou tão surpresa que quase riu. Ela cobriu a boca com a mão bem a tempo.

— Você... você foi *sequestrada*? Tá falando sério?

Miriam fez que sim com a cabeça.

— Eu estava com uma amiga. Nós duas matamos aula um dia, estávamos pedindo carona. Um homem nos pegou e... e nos levou até uma casa. Uma fazenda. Ele me trancou num cômodo. — Ela se virou outra vez, os dedos pequenos e gordos segurando a beira da bancada. — Ele me trancou lá dentro, mas eu consegui quebrar uma janela, consegui fugir.

— *Minha nossa.* Isso é, tipo, inacreditável. — Laura queria dizer aquilo literalmente: não sabia se acreditava em Miriam ou não. — Que coisa horrível. Você se machucou?

Miriam assentiu.

— Merda. Cara, sinto muito, isso é... isso é assustador de verdade. Sua amiga também se machucou?

Miriam não disse nada. Ela não se mexeu, mas Laura pôde ver os nós dos dedos dela ficando mais brancos.

— Miriam?

— Eu não consegui ajudá-la — disse Miriam baixinho. — Eu fugi.

— Ai, Deus. Ai, meu Deus. — Pela primeira vez na vida, Laura ficou sem palavras. Ela balançou a cabeça, a mão tapando a boca, lágrimas brotando nos olhos. — Mas então...?

Miriam fez um aceno rápido com a cabeça.

— Ai, Deus — repetiu Laura. — Quando foi isso? Quer dizer, você tinha quinze anos, então isso foi o quê... nos anos setenta?

— Oitenta — respondeu Miriam.

— E... o que aconteceu? Digo, depois disso, minha nossa. Eu não consigo nem imaginar uma coisa dessas. Não consigo nem pensar em como deve ter sido pra você.

Por um bom tempo, Miriam ficou parada ali olhando para ela, e, então, sem dizer nada, deu as costas, se espremendo para passar pela porta que ligava a cabine principal ao que Laura presumiu que fosse um quarto nos fundos do barco. Quando voltou, trazia nas mãos um bolo de papéis.

— Se estiver mesmo interessada — disse ela —, você pode ler isso aqui. É o livro que escrevi sobre o assunto. O que aconteceu, como me afetou. — Miriam estendeu os papéis, que haviam sido encadernados num manuscrito robusto. — Você poderia... — Miriam estava com o rosto vermelho, os olhos brilhando. — Acho que você poderia ler se quisesse.

Sem pensar, Laura fez que não com a cabeça.

— Eu não sou muito de ler — falou. Ela viu Miriam levar o manuscrito de volta ao peito, toda a simpatia sumindo dos olhos, os lábios se curvando para baixo, a expressão no rosto azedando. — Quer dizer... eu gostaria muito de ler isso — disse Laura, estendendo a mão. Miriam se afastou. — Só que pode demorar um pouco, porque, tipo, eu sou muito, muito lenta. Quer dizer, não lenta de raciocínio, se bem que tem um pessoal aí que diz que isso também; mas, na verdade, quando eu era criança, o povo dizia que eu era superdotada e que eu costumava ler, tipo, o tempo todo; mas então depois do acidente eu não conseguia mais me concentrar em nada e meio que perdi o hábito, sabe como é? — Laura mordeu o lábio. — Eu gostaria muito de ler, parece ser... — O que parecia ser? Parecia ser uma coisa horrível, devastadora. — Parece ser uma história tão interessante.

Desconfiada, Miriam entregou o manuscrito a ela.

— Não precisa ter pressa. Mas, por favor, cuide bem disso — disse ela.

Laura assentiu enfaticamente.

— Não vou tirar os olhos dele — disse ela, enfiando o manuscrito na mochila.

Elas caíram num silêncio desconfortável. Laura olhou para a chaleira, esperançosa.

— A polícia entrou em contato com você? — Miriam perguntou a ela. Laura fez que não com a cabeça. — Que bom. Isso é bom, não é?

Laura mordeu o lábio.

— Acho que sim. Não sei, na verdade. Fico olhando o noticiário pra ver se teve algum... progresso, mas parece que não teve.

— Não, parece que não teve, né?

E o silêncio recaiu sobre elas de novo.

— Eu daria tudo por um chá — disse Laura.

— Ah, sim! — Miriam pareceu aliviada por ter algo para fazer. Retomou a função do preparo do chá, mas descobriu que não tinha açúcar (Laura tomava chá com duas colheres e meia de açúcar), então avisou que ia dar um pulinho num café que tinha lá perto para pegar um pouco emprestado.

Laura escorregou do banco e começou a inspecionar as acomodações de Miriam. Era tudo muito mais bonito do que ela havia imaginado. Mas, pensando bem, o que ela *havia* imaginado? Algo triste, sujo e deprimente como o barco de Daniel? Não era nada *daquilo*; esse era muito melhor que seu próprio apartamento. Aqui havia plantas, fotografias, livros de culinária, havia cobertores velhos e puídos mas ainda coloridos e dobrados à perfeição a um canto. O cheiro era agradável, de lenha queimada e limão-siciliano. Todas as superfícies estavam limpíssimas.

Na estante de livros ao lado da pequena lareira de ferro fundido havia um relógio de carruagem dourado. Laura o pegou, sentindo o peso razoável na mão. No alto da estante tinha uma prateleira na qual havia uma caixa de madeira. Laura tentou abrir a tampa e ficou surpresa ao ver que não estava trancada. Pegou a caixa da prateleira e a colocou diante de si no banco. Lá dentro, ela encontrou um par de argolas de ouro que não tinham nada a ver com Miriam. Ela as enfiou no bolso e continuou a vasculhar a caixa. Havia uma cruz de prata com um Jesus crucificado bem pequeno, uma plaquinha de identificação de coleira de cachorro, uma pedra cinza e lisa, uma carta endereçada a Miriam, uma chave presa a um chaveiro.

Laura ficou tão surpresa ao vê-la que, num primeiro momento, quase não a reconheceu. Não era uma chave *qualquer*, era a chave *dela*! A chave da porta do seu apartamento, presa ao chaveiro de madeira com um pássaro. Ela a pegou, levantando-a na luz. Nesse momento, ouviu um rangido vindo de trás e sentiu o barco balançar suavemente sob seus pés. Com o canto do olho, viu uma silhueta se movendo e ouviu uma voz.

— O que você acha que está fazendo?

Laura se virou tão depressa que quase caiu do banco. Miriam estava parada na soleira da porta, um potinho de açúcar na mão, uma expressão furiosa no rosto.

— O que em nome de Deus você acha que está fazendo, mexendo assim nas minhas coisas?

— *Suas* coisas? — Laura se recuperou rapidamente, se endireitando, pronta para partir para a ofensiva. — Isto é *meu*! — exclamou ela. — Que merda você tá fazendo com a chave do meu apartamento?

Miriam deu um passo à frente e colocou o potinho de açúcar na bancada.

— Eu a encontrei — respondeu ela, comprimindo os lábios, como se tivesse ficado ofendida por Laura a estar questionando daquela maneira. — Eu pretendia devolver para você, só que esqueci. Eu...

— Você *esqueceu*? Você foi ao meu apartamento outro dia e nem pensou em me dizer que tava com a minha chave? Onde você encontrou isto? Onde... isto é sangue, não é? — perguntou Laura, virando a chave na mão. — Isto tinha... *minha nossa*, ela tá coberta de sangue. — Ela largou a chave como se estivesse em chamas, limpando os dedos na calça jeans. — Por que você pegaria isso? — perguntou ela a Miriam, os olhos arregalados, sem compreender. — Você foi lá, você disse... foi lá depois que eu saí, mas por que... por que você pegaria isso? — Laura estava começando a ter um mau pressentimento, um péssimo pressentimento, e não ajudava em nada o fato de Miriam estar parada na sua frente, bloqueando a entrada da cabine como uma massa parruda e atarracada de carne, os braços cruzados, balançando a cabeça sem dizer nada, como se estivesse pensando, como se estivesse tentando arrumar uma justificativa para o seu comportamento. Laura sentiu um frio na barriga. Antes, na sua casa, ela tinha *brincado* quando disse que talvez Miriam tivesse matado Daniel, mas agora... agora começava a pensar que talvez tivesse razão... agora começou a pensar um milhão de coisas. Essa mulher era traumatizada, essa mulher era uma vítima, essa mulher era uma merda de uma *louca*.

— Eu vi a chave — disse Miriam por fim, a expressão impassível, a voz firme, sem um pingo de raiva. — Eu vi a chave lá no chão, perto dele. Ele estava pálido e parecia... ah. — Ela exalou longamente, como se estivesse expulsando todo o ar do corpo. — Ele parecia desesperado, não parecia? — Ela fechou os olhos, balançando a cabeça outra vez. — Eu vi a chave, eu a peguei... — Conforme falava, ela imitava a ação, se curvando, pegando a chave, os olhos bem fechados, até que disse: — Eu estava protegendo você, Laura. Eu venho protegendo você esse tempo todo, e posso ter meus próprios motivos para fazê-lo, mas isso não muda nada.

Uma merda de uma *louca*.

— Eu não quero a sua proteção! — Laura pôde ouvir o medo na própria voz e isso a deixou em pânico. — Eu não quero nada de você! Só preciso sair daqui... — Ela pegou a mochila e tentou se espremer pelo espaço estreito da cabine, passar pelo corpo volumoso de Miriam. — Me deixa sair daqui, por favor... — Mas Miriam era um peso sólido, que se recusava a se mover, e empurrou Laura para trás, fazendo com que ela perdesse o equilíbrio. — Não me toca! Não me toca!

Laura tinha que dar o fora dali, tinha que sair daquele barco; ela se sentia como se estivesse sufocando, como se não conseguisse respirar. Sentia como se tivesse mergulhado de volta no pesadelo de antes, aquele onde estava no barquinho velho e sujo de Daniel e ele ria dela, e ela sentia o gosto da carne dele em sua boca. Ela estava cuspindo agora, gritando.

— *Sai da minha frente sai da minha frente sai da minha frente.*

Ela estava lutando com alguém, algum outro corpo, puxando punhados de cabelo oleoso, empurrando contra ela.

— *Sai da minha frente.*

Ela sentia cheiro de suor, de mau hálito, ela trincava os dentes.

— *Por favor.*

Ela estava gritando, e Miriam também.

— *Não me toca não me toca não me toca.*

Aquela que escapou

De braços dados, as duas voltam para casa do pub horroroso no centro da cidade, a menina e a amiga dela, um tanto cambaleantes à beira da rua. A menina está animada pelo gim e feliz, confortada pela pressão calorosa do braço magro da amiga contra o rolo de carne em sua cintura.

Um carro se aproxima, e a amiga levanta o polegar, sem muita convicção. Um Golf amarelo e estropiado, a faixa adesiva lateral se soltando da pintura, passa por elas e reduz a velocidade. Elas se entreolham e riem. Correm em direção ao carro, e, assim que a porta se abre, a menina escuta um trecho de música, alguém cantando, a voz de um homem, rouca e grave. Ela tem um vislumbre do pescoço do motorista, avermelhado.

Não, diz ela para a amiga. Não.

Mas a amiga já está entrando no carro, se sentando ao lado dele, perguntando: Então, pra onde a gente tá indo?

24

Havia dentes-de-leão e margaridas ao redor da lápide dele, amarelas e brancas no meio da grama, que tinha crescido demais, mas dava uma impressão de exuberância, e não de desleixo. Carla desejava se deitar na grama, desejava se deitar bem ali, dormir e não acordar. Ela havia trazido uma manta de cashmere vermelha, que estendeu no chão, mas, em vez de deitar, ela ajoelhou, curvando o corpo para a frente, como se em oração. Ela pousou a ponta dos dedos no topo da lápide de granito preto, ainda surpreendentemente nova entre os túmulos cinzentos e cheios de musgo.

— Feliz aniversário, querido — disse ela.

Ela se inclinou para trás e se permitiu chorar por um tempo, um choro aos soluços, curtos e entrecortados. Em seguida, enxugou os olhos, assoou o nariz e se sentou de pernas cruzadas, as costas retas, para esperar. Não demorou muito, ela viu Theo andando em sua direção ao longo da trilha, como sabia que faria. Ele acenou com a mão. Ela sentiu o coração batendo fracamente na base do pescoço.

Ele parou a alguns passos dela.

— Eu andei preocupado, sabe — disse ele, mas ela soube pelo tom de sua voz e pela expressão em seu rosto que não estava zangado com ela. Ele tinha um olhar contrito, o mesmo que exibiu quando ela descobriu sobre a assessora de imprensa. Então ele sabia. Ele sabia que ela sabia sobre Angela, que havia algo a saber sobre Angela.

— Eu perdi a medalhinha de São Cristóvão do Ben — disse Carla, chegando um pouquinho para o lado a fim de abrir espaço para ele na manta. Ele se sentou pesadamente, inclinando-se para beijá-la, mas ela se retraiu, dizendo: — Não.

Ele franziu a testa.

— Onde você a perdeu? O que estava fazendo com ela?

— Eu... eu não sei. Se soubesse onde a perdi, eu não a teria perdido na verdade, teria? Peguei a medalhinha porque... só porque queria olhar para ela. Já procurei em toda parte.

Ele assentiu com a cabeça, percorrendo o corpo dela com o olhar, estudando-a.

— Você está com uma péssima aparência, Carla — disse ele.

— É, obrigada. As duas últimas semanas não foram lá muito boas para mim — disse ela e começou a rir, primeiro só uma risadinha e depois uma gargalhada alta. Riu até que as lágrimas escorressem pelo rosto, até que Theo erguesse a mão para enxugá-las. Ela se retraiu de novo. — Não me toca — disse ela. — Não até você me contar a verdade. Você só vai encostar em mim depois de me contar o que fez. — Parte dela queria fugir dele, parte ansiava por ouvi-lo negar.

Theo esfregou o topo da cabeça com o indicador, encostando o queixo no peito.

— Eu me encontrei com a Angela. Fui vê-la porque o Daniel tinha ido me pedir dinheiro, e eu dei algum, mas depois ele quis mais. É isso. A história é essa.

Carla torceu os dedos na grama, puxou um tufo com a mão, empurrou-o de volta para dentro da terra.

— Por que você não me contou, Theo? Por que não me contou que Daniel foi te procurar, justo você, de todas as pessoas...

Theo ergueu as mãos no ar.

— Eu não sei. Não sei! Eu não sabia o que estava acontecendo e, francamente — ele olhou bem fundo nos olhos dela —, não tinha certeza se queria saber.

Carla sentiu a pele ruborizar da base do pescoço até as maçãs do rosto.

— Então você a viu... uma vez? Só aquela vez? Theo?

— Duas vezes — respondeu ele baixinho. — Ela pediu para me ver da segunda vez, e eu fui. Não pude te contar, Cee... Foi — ele soltou o ar com força — pouco antes de ela morrer. Eu fui vê-la, e, mais ou menos uma semana depois, ela foi encontrada ao pé da escada. O negócio ficou sério.

— O negócio ficou sério — repetiu Carla. — E foi? — perguntou ela com uma voz suave. — Sério?

— Cee... — Ele estendeu a mão para pegar a dela, que deixou. — Não quero ter essa conversa aqui, você quer? Hoje é o dia do Ben. Os dezoito anos dele. Não quero nem pensar nela hoje.

— Por que ela pediu para se encontrar com você? — perguntou Carla.

Theo não respondeu. Ele se inclinou para ela e lhe deu um beijo na boca, que ela deixou.

— Eu estava com saudade de você — disse ele. — Não gosto quando você some.

Os dois ficaram sentados em silêncio por algum tempo, as mãos dadas. Theo tinha trazido um cantil com conhaque, e eles se revezaram dando goles nele, passando-o de mão em mão.

Quando o álcool começou a arder dentro do peito, Carla lhe perguntou:

— O que você faria diferente? Se pudesse. Você ainda se casaria comigo se soubesse o que estava por vir?

— É claro que sim. Eu...

— Acho que eu não teria me casado com você — disse ela. Theo se retraiu. Ela apertou a mão dele, depois a soltou. — Não estou dizendo isso para ser cruel, mas, se eu soubesse o que estava por vir, acho que não teria conseguido. Só que acho que não faria muita diferença com quem eu me casasse, faria? Poderia ter acontecido de qualquer maneira, não poderia?

— Como assim? — Ele segurou o pulso dela, o indicador e o polegar enlaçando o osso delgado; com a outra mão, tocou o rosto dela. Tentou virar o queixo para que olhasse para ele, mas ela se desvencilhou.

— O veneno — disse ela. — Veio de mim, da *minha* família.

— Você não é a sua irmã — retrucou Theo.

Então, finalmente, ela olhou para ele.

— Você deveria perdoá-la, Theo.

Theo tentou fazer com que Carla voltasse para casa com ele, mas ela disse que queria ficar mais um pouco. A princípio, ele se ofereceu para ficar também, mas, no fim das contas, ela conseguiu persuadi-lo a ir embora. Mas não antes de entregar a ela um pen drive com o manuscrito do seu mais novo romance, para que lesse.

— É sério, Theo? Tem muita coisa rolando na minha vida no momento, sabe? Eu nem fiz... — Ela ficou com a fala entalada na garganta. — Eu nem tomei nenhuma providência para o enterro. Para o enterro do Daniel. Tenho que esperar que o legista termine o inquérito e depois eu...

— Eu posso cuidar disso — interrompeu Theo, ainda pressionando o pen drive na mão dela. — Posso tomar essas providências, vou falar com a polícia sobre o andamento do inquérito, mas... *Cee*. Você sempre foi minha primeira leitora. Não pode deixar de ser minha primeira leitora, não é assim que as coisas funcionam.

Carla ficou observando enquanto Theo abria caminho por entre as lápides, um pouco tonto por causa do conhaque, pontilhado pela luz do sol conforme caminhava até a rua principal. Ela esperou até ter certeza de que ele tinha ido embora, que não tinha voltado, que não estava perambulando por ali de olho nela, antes de tirar um punhado de cinzas do bolso e salpicar sobre a grama que cobria o túmulo de Ben.

Ela tentou evocar a fala arrastada da irmã, sua risada gutural.

— Você se lembra daquela casa em Vaugines, Cee? — Angela havia perguntado a ela anos antes. As duas estavam sentadas no sofá da sala de Angela na casa da Hayward's Place, o sol fraco brilhando através das cortinas entreabertas, iluminando o aposento com um tom amarelado. Angela estava sentada com os pés enfiados debaixo do corpo; ela fumava, cutucava as unhas. Suas mãos estavam firmes, o que significava que tinha bebido. — Você se lembra daquele lugar, perto do bosque de oliveiras, com todas aquelas esculturas esquisitas de cabeças de animais nas paredes? E que Daniel e eu ficamos na casa da piscina? Ben ainda era bebê, tão *pequenininho*. — Ela estendeu as mãos para demonstrar. — Quentinho e perfeitinho como um pãozinho.

— É claro que me lembro — respondeu Carla. — Foram as primeiras férias com ele. Theo e eu passamos o tempo inteiro naquelas espreguiçadeiras sob as árvores, pegando no sono com ele aninhado entre nós. — Ela fechou os olhos. — Que árvores eram aquelas? Carvalhos, talvez? Ou quem sabe plátanos...

— Aqueles crepúsculos incríveis — disse Angela. — Você se lembra? O céu todo rosado.

— E você não conseguia tirar o Daniel da piscina de jeito nenhum. Lembra como ele ficava contrariado porque queria ensinar o Ben a nadar e nós lhe dizíamos que Ben era pequeno demais para isso?

Angela balançou a cabeça.

— Ele fazia isso? É mesmo? — perguntou ela, se inclinando para apagar o cigarro no cinzeiro em cima do carpete. — Parece impossível, não parece? Pensar nisso agora, daqui — ela apontou para o cômodo feio ao redor —, que nós éramos todos tão felizes. Parece inimaginável. Toda aquela felicidade, destruída.

As mãos de Carla começaram a tremer, assim como os braços, as pernas; seu corpo inteiro tremeu quando ela se pôs de pé e olhou de cima para a irmã, que lamentava a alegria perdida.

— Inimaginável — resmungou ela. — É mesmo, não é? Alguns instantes de descuido, uma ou duas horas de falta de atenção e desleixo, uma porta deixada aberta. E aqui estamos nós.

Ela se lembrou do jeito como a irmã a olhou naquele momento, os olhos vidrados, mexendo a boca mas sem emitir nenhum som.

Carla pegou mais um punhado de cinzas e o levou aos lábios antes de pressioná-lo no solo, para dentro da terra.

Aquela que escapou

As duas saem da escola, passando sorrateiramente pelo portão, sem que ninguém as veja. Tem um ônibus circular que vai até a cidade, de hora em hora, a cada hora e meia. Anda logo! A amiga levanta a saia, corre na frente, acenando freneticamente para atrair a atenção do motorista. A menina corre devagar, a mochila pendurada desajeitadamente sobre o ombro, os seios grandes balançando. Elas entram no ônibus, passam pelo motorista sorridente, passam pelos passageiros carrancudos.

Assim que saltam do ônibus, a menina se arrepende de ter vindo. O dia está um forno, as calçadas apinhadas de gente indo às compras. Não tem nada para fazer aqui, nenhum lugar para ir. Sem muita energia, elas arrastam os pés de loja em loja, olham roupas pelas quais não podem pagar, compram cigarros numa loja de esquina, daqueles baratos, que arranham o fundo da garganta. Elas fumam, acendendo um cigarro no outro, até se sentirem enjoadas.

Vão até o pub, mas o barman se recusa a servir álcool para elas. Elas se sentam a uma mesa do lado de fora, as saias levantadas. Pegando sol. Os caras mais velhos sentados à mesa ao lado lançam olhares lascivos para as duas. Um homem mais jovem se aproxima, olha para elas, olha para a amiga, não para a menina, e sorri. Ele é feio, os olhos muito juntos, espinhas no pescoço avermelhado. A amiga revira os olhos. Até parece, ela diz, e ri.

Uma música começa a tocar em algum lugar, de um rádio, de uma jukebox. A menina já escutou aquela antes, uma música lenta, uma voz masculina suave e rouca cantando ao som do violão. Sob o sol quente da tarde, a pele da menina está fria. Ela sente como se alguém tivesse *despejado gasolina nela todinha, e, mesmo assim, há um ponto na parte de trás de seu couro cabeludo, exatamente onde o rabo de cavalo está preso, que lateja com um calor intenso.*

Algo ruim vai acontecer.

25

Com a cuba da pia quase cheia, as mãos mergulhadas até o pulso na água quente e cheia de sabão, Miriam teve um pensamento tão vívido que se retraiu. Não foi uma imagem, mas uma sensação: o calor repentino e surpreendente de sangue arterial borbulhando entre os dedos; imediatamente depois, um choque de desolação. De tristeza. *Não há como voltar atrás.* Ela ficou diante da pia de seu banheiro minúsculo, os braços na água, incapaz de se mexer por um minuto, talvez dois. A mão direita apertou uma escovinha de unhas e a esquerda segurou o cabo de uma tesoura, como se num espasmo.

E então o momento passou, suas mãos relaxaram e ela voltou a si. Destampou o ralo e viu a água com sabão descer por ele; colocou a escovinha e a tesoura na pequena prateleira sob o espelho. Lentamente, secou as mãos, antes de derramar um pouco de loção antisséptica numa bola de algodão, que aplicou delicadamente nos arranhões em seu pescoço e nos braços. Pegou as faixas de curativo adesivo que tinha cortado do rolo e aplicou-as no machucado mais feio, ao longo do antebraço esquerdo.

Assim que terminou, Miriam voltou para a cabine principal e começou a arrumá-la. Colocou de volta na estante os livros que tinham tombado, devolveu a caixa de madeira ao seu lugar; com a ajuda de uma escovinha e uma pá, varreu a cerâmica quebrada e a terra, um de seus vasos de ervas aromáticas tendo caído do parapeito da janela. A planta em si, uma muda de estragão, não tinha mais salvação. Com as costas doendo, os joelhos pressionados dolorosamente contra o chão, ela trabalhou metodicamente, fazendo de tudo para eliminar qualquer vestígio de seu confronto com aquela menina cruel. Ela estava com raiva, mas sua fúria estava controlada, fervendo em fogo baixo, até que encontrou uma das argolas de ouro de Lorraine debaixo da mesa, agora ligeiramente torta, e começou a chorar.

Por que as pessoas tinham de pegar o que não pertence a elas? Por que tinham de pegar suas coisas e destruí-las?

A lembrança mais vívida de Miriam de logo depois de seu sequestro não era do hospital. Nem de sua mãe, que chorava tanto que teve de ser literalmente escorada pelo pai quando os dois foram vê-la pela primeira vez. Nem das horas de perguntas feitas pela polícia, nem da multidão acampada em frente à casa deles, com os jornalistas e as câmeras de televisão.

O que ela se lembrava com mais clareza era da bondade insuportável dos pais de Lorraine. Do pai de Lorraine chorando ao chegar a seu quarto no hospital, apertando sua mão, murmurando:

— Graças a Deus, graças a Deus você está bem.

Com certeza, Miriam pensou, aquilo não podia ser o que ele estava pensando de verdade, podia? Com certeza ele devia estar pensando *Por que não você? Por que não foi você?*

Depois do enterro de Lorraine, os pais dela receberam em casa todos os que haviam comparecido à cerimônia. Miriam perguntou se podia subir, se podia passar algum tempo no quarto de Lorraine, e a mãe de Lorraine, uma mulher miúda e destroçada, deu um jeito de sorrir para ela.

— É claro que pode — respondeu ela. — Você é sempre bem-vinda aqui. Pode nos visitar quando quiser.

Lá em cima, sentada à penteadeira de Lorraine, Miriam olhou para todos os elásticos de cabelo coloridos da amiga, para os batons em tons de rosa-escuro e vermelho, para a paleta de sombras roxas, azuis e brancas. Havia uma caixinha de joias diante do espelho, tocava *Greensleeves* quando você a abria; Miriam a admirava desde que as duas eram pequenas. Dentro da caixa havia colares e pulseiras, um anel muito pequeno para os dedos de Miriam e os brincos, as argolas de ouro, que ela colocou dentro do bolso do casaco.

E saiu da casa sem se despedir.

Três dias depois, o carro de Jeremy foi encontrado no estacionamento de um penhasco em uma área eufemisticamente conhecida como "belo mirante", um daqueles lugares aonde as pessoas vão quando não têm mais para onde correr. Outros três dias depois, por causa do mau tempo, a guarda-costeira suspendeu as buscas. E, três semanas depois, duas crianças pequenas que brincavam numa praia perto de Hastings encontraram um pé humano, do tamanho e da cor certos, com o tipo sanguíneo certo. Tivesse sido ele atirado contra as pedras ou mutilado pelo hélice de um barco, Jeremy havia partido para sempre. Tudo o que restou dele foi o bilhete que deixara no porta-luvas do carro abandonado — um bilhete de desculpas, com apenas duas palavras, *sinto muito*.

Sinto muito.

Na escola, todo mundo sentia muito por Miriam. Todo mundo sentia muito por ela, mas ninguém queria ficar perto dela. Todo mundo a olhava, mas ninguém a encarava. Seu nome estava na boca de todo mundo, mas ninguém falava com ela na hora do recreio, nem do almoço. Quando ela passava, as pessoas abriam um sorriso simpático, até mesmo os professores, olhando para um ponto a meia distância, não para ela. Ela havia caído em desgraça. As pessoas — seus pais, a psicóloga, a polícia — lhe disseram que o que tinha acontecido com Lorraine não era culpa sua. "Ninguém esperaria que você fizesse nada diferente, Miriam." Mas o fato de elas sentirem que precisavam dizer aquilo contava outra história. O fato de elas sentirem a necessidade de dizer aquilo significava que tinham pensado a respeito, que tinham pensado *Você poderia ter feito outra coisa. Ninguém teria esperado isso de você. Mas poderia ter feito.*

Ninguém nunca disse aquilo em voz alta. Não até Theo Myerson aparecer.

Aquela que escapou

Quando ele a alcançar, ela sabe o que ele vai fazer. Ela havia fechado o círculo, essa menina. Deitada na terra, ela se vê como estivera naquela manhã, à penteadeira, escovando os cabelos, puxando-os para trás num rabo de cavalo, que prendeu, bem firme, com um elástico na altura da nuca.

Ainda inocente naquele momento.

Ela poderia ter impedido aquilo, não poderia? Poderia, quando a amiga sugeriu que matassem aula, ter simplesmente balançado a cabeça e seguido em frente para os dois tempos de matemática. Poderia, quando estavam na cidade, ter se recusado a ir ao pub e sugerido irem ao parque. Poderia ter dito: Não vou entrar nesse carro. Podia ter dito mais alto: Não.

Mesmo depois de tudo aquilo ter sido desencadeado, ela poderia ter feito alguma coisa diferente.

Não precisava ter fugido.

Em vez de fugir, ela poderia ter pegado um dos cacos de vidro caídos na grama amarelada sob a janela que quebrara. Poderia ter enfiado o caco no bolso da calça jeans. Poderia ter se esgueirado para dentro da casa de novo, seguindo o som dos lamentos da amiga. Poderia ter entrado de fininho no cômodo onde ele a segurava, onde ele a prendia junto ao chão imundo. Com os pés descalços, ela poderia ter se deslocado rapidamente, a respiração presa. Poderia ter segurado os cabelos dele, puxado a cabeça para trás e enterrado o caco de vidro no pescoço.

Mas agora é tarde demais.

26

Irene, cochilando na poltrona junto à janela, o exemplar de *Blow Your House Down*, de Pat Barker, aberto no colo, foi acordada pela chuva, uma tempestade repentina tão forte que as gotas tamborilavam como granizo no calçamento da rua lá fora; o barulho que faziam era tão alto que Irene quase não reparou no som de alguém chorando.

Ela achou que tinha imaginado aquilo num primeiro momento e, então, pondo-se de pé, pensou com o coração apertado que devia ser Carla — a desesperada e trágica Carla —, de volta para assombrar a casa ao lado mais uma vez. Mas então ouviu uma batida em sua porta, tão de leve, tão hesitante, que devia ter sido obra de alguma criança. Ela ouviu uma vozinha chamando:

— Irene? Você tá aí?

Laura, no degrau em frente à sua porta, completamente encharcada e num estado deplorável: o casaco rasgado e um hematoma arroxeado do tamanho de uma bola de tênis desfigurando o lado esquerdo do rosto. Ela tremia, chorando como uma criancinha.

— Laura, meu bom Deus! Entre aqui. — Irene estendeu a mão para ela, mas Laura recuou.

— Não — choramingou ela. — Você não devia fazer isso. Não devia ser legal comigo.

— Do que diabos você está falando? Laura, pelo amor de Deus!
— Ela pegou uma parte do casaco ensopado da menina. — Entre logo, saia dessa chuva.

No hall de entrada escuro, a porta fechada atrás dela, Laura sacudiu o corpo como um cachorro.

— Você devia me mandar embora — disse ela tristemente. — Devia me mandar pro inferno... não que você fosse dizer algo assim, porque você é muito legal e educada.

— Exatamente — disse Irene, aborrecida. — Deixe de ser boba. Tire esse casaco molhado, coloque ali em cima do radiador da calefação. Não é que esfriou? Vou ligar o aquecimento. Agora vamos, sem demora, sem ficar aí pingando. Venha para a sala. Vou ligar o aquecimento e depois vou preparar um chá para nós duas. Pode me contar tudo o que aconteceu, pode começar do início.

Quando ela voltou com o chá, Laura estava sentada no chão no meio da sala, as pernas cruzadas e a cabeça apoiada nas mãos. Irene entregou uma caneca para ela.

— Então. Pode me contar. O que está acontecendo?

Assim que Irene se acomodou na poltrona, Laura começou a falar. Ela contou que tinha roubado dinheiro da carteira de Irene, o que Irene já sabia, claro, porque, embora fosse esquecida, não era boba. Laura contou que também tinha roubado algo da casa ao lado, que tinha visto a porta aberta e pegado uma sacola que estava no hall de entrada, e essa parte Irene não sabia.

— Você ainda está de posse do que roubou? — perguntou ela com severidade, e a menina assentiu. — Então vai devolver. Dinheiro é uma coisa, Laura, e eu sei que você está passando por um aperto. Mas não pode roubar coisas que têm um significado especial para alguém. Você consegue imaginar como se sentiria se alguém roubasse o relógio do William de mim? Consegue imaginar o que pensaria dessa pessoa?

Laura se encolheu de vergonha. Com uma expressão de desamparo, ela despejou o conteúdo da mochila no chão da sala, pegou as duas caixinhas de joias e entregou-as para Irene.

— Essa não é a pior parte — disse ela, a voz não mais que um sussurro.

O coração de Irene estremeceu. Ficou com medo do que Laura estava prestes a contar, pois o que poderia ser pior que aquilo? O que poderia ser pior que roubar de uma mulher devastada pelo luto?

— O que você fez, Laura? — Prendendo a respiração, ela quase não conseguiu pronunciar as palavras. — Você não... você não machucou ninguém, machucou?

Laura ergueu o olhar, os olhos brilhando.

— Acho que não. Só se você contar o cara do garfo, mas acho que não é disso que você tá falando, é? — Irene fez que não com a cabeça, confusa. — Daniel — disse Laura, e a mão de Irene voou até a boca.

— Ai, não, Laura. — Irene achou que seu coração fosse parar de bater.

— Eu não matei ele! — gritou Laura. Ela estava ajoelhada aos pés de Irene. — Não matei, juro. Mas eu fui lá... pouco antes. Estive lá com ele. E eu não te contei porque você disse que ele era um problema, você...

— Eu não disse que ele era um problema, Laura. Eu disse que ele era *problemático*. Acho que avisei a você para tomar cuidado com ele porque era um rapaz problemático, não foi? Ele tinha uma vida familiar difícil, eu disse isso a você, eu...

— E eu não dei ouvidos. E saí com ele, e passei a noite... — Laura parou de falar.

Lá fora, a chuva havia diminuído, mas o céu escurecia como se estivesse se preparando para um segundo ataque.

— Você passou a noite? — repetiu Irene, e Laura baixou os olhos para o carpete. — Ah, pelo amor de Deus! — vociferou Irene.

— Não precisa ser tão pudica. Eu sou uma velha, não uma criança.
— Laura assentiu mas não ergueu o olhar. — Então, você passou a noite com ele. E depois foi embora sem tomar o café da manhã, imagino. Mas ele estava bem quando você o deixou? — Laura assentiu de novo. — E você não faz a menor ideia do que aconteceu com ele? — Laura fez que não com a cabeça dessa vez. — Laura! E você achou sinceramente, diante de tudo isso, que era uma boa ideia roubar algo da família dele? Pelo amor de Deus. Imagine só o que isso ia parecer se alguém descobrisse, se...

— Alguém *já descobriu* — retrucou Laura, a voz minguada. — Você.

Irene revirou os olhos, um tanto chateada.

— Ah, não seja boba, eu não vou chamar a polícia, vou? E nada do que você contou explica isso aí — disse Irene, apontando para Laura. — Nada disso explica o estado em que você se encontra agora.

— Ah, bem. — Laura se sentou de novo, cruzando as pernas. — Tem uma mulher, sabe, que mora num dos barcos do canal, e eu conheço ela um pouco porque ela aparecia lá na lavanderia de vez em quando; o nome dela é Miriam, e ela é meio esquisita; ela tem uma *aparência* esquisita, sabe, como se sempre estivesse com muita roupa, sabe o que eu quero dizer? Enfim, foi ela que encontrou o Daniel... o corpo dele, digo... foi ela que chamou a polícia, e, então, um dia desses ela apareceu em frente à lavanderia, e eu estava meio transtornada, nada muito grave, só... você sabe. — Irene não sabia, não tinha a menor ideia do que Laura estava falando. — Enfim, eu fui até a casa dela, até o barco, sabe, porque devia um pedido de desculpas a ela... é uma longa história, você não precisa saber de todos os detalhes, na verdade, mas a questão é, a questão é que, quando entrei no barco, eu descobri que ela tava com a chave do meu apartamento.

— Ela estava com a sua chave?

— Exatamente! Lembra que eu te contei que tinha perdido a chave? Bem, tava com ela.

— E ela te devolveu? — Irene não estava entendendo o ponto principal dessa história.

— Não, não, ela não me devolveu. Ela escondeu a chave de mim. E eu encontrei a chave no barco dela. Eu tava bisbilhotando as coisas dela, sabe...

— Você estava procurando alguma coisa para roubar! — exclamou Irene.

— É, tudo bem, eu tava mesmo, mas essa não é a questão, é? A questão é que ela tava com a minha chave. Então, quando descobri isso, a gente teve um certo... bem...

— Um desentendimento?

— Exatamente.

— E ela bateu em você? Essa mulher bateu em você? Provocou esse hematoma?

Laura fez que não com a cabeça.

— Rolou um empurra-empurra, basicamente eu tava tentando dar o fora de lá, e então tropecei. E caí.

— Você acha que deveríamos chamar a polícia, Laura? Quer dizer, se essa mulher está com a sua chave, então...

— Ah, não... a chave tá comigo agora. — Ela enfiou a mão no bolso da calça jeans e tirou a chave de lá, junto com uma argola de ouro, na qual deu uma olhada, antes de devolvê-la ao bolso. — A chave tá comigo, e isso aqui também. — Da pilha de coisas que havia despejado da mochila ela pegou um bolo de papéis, um manuscrito encadernado, que estendeu para Irene. — Ela me deu isto aqui. Antes do nosso desentendimento, como você chamou, ela me deu isto. A "autobiografia" dela — disse Laura, inserindo as aspas com os dedos no ar. — Ela sugeriu que eu lesse. O que nunca vou fazer. Mas pode ser que você goste. Tem um crime na história! Ela diz que foi sequestrada por um cara doido quando era jovem. Ou algo assim, enfim...

— Valha-me Deus! — exclamou Irene, aceitando o manuscrito com ambas as mãos. — Isso é extraordinário.

Houve um súbito clarão de luz, acompanhado por um trovão especialmente estrondoso, que fez com que as duas baixassem a cabeça.

— Puta merda! — exclamou Laura.

— Exatamente — retrucou Irene. — Sabe de uma coisa? — disse ela. — Acho que você deveria subir, tirar essas roupas molhadas, pendurá-las no roupeiro para secar e tomar um bom banho quente na banheira. Acho que você deveria ficar aqui comigo esta tarde, que tal?

Laura sorriu, apertando os olhos, o que fez com que as lágrimas rolassem.

— Eu adoraria.

Acima do barulho do segundo aguaceiro, Irene podia ouvir Laura cantando, com uma voz mais afinada e doce do que Irene teria imaginado. Ela não se apressou; levou quase uma hora para descer a escada, enrolada num roupão felpudo cor-de-rosa que estava dobrado no roupeiro, sem uso por quase uma década. Algo na visão dessa jovem miúda com seu velho roupão foi extremamente comovente para Irene. Sentiu uma onda de emoção tomando conta dela, um sentimento que imaginou que pudesse ser quase maternal.

Ela não disse nada disso para Laura, pois imaginou que ela poderia ficar constrangida com tal declaração. Em vez disso, comentou:

— Sabe de uma coisa? Este livro é muito estranho. — Ela brandiu o manuscrito que Laura havia trazido. — Esta autobiografia. Eu estava lendo e...

— Não é possível que você já tenha terminado de ler isso — disse Laura, deitando-se no sofá e ajeitando as almofadas sob a cabeça.

— Bem, eu só estava dando uma olhada. Não é mal escrito, na verdade... um pouco rebuscado, talvez, mas o estranho é que algumas partes me parecem extremamente familiares, embora obviamente a ideia de alguém fugindo de um assassino em série não seja exatamente *original*. É só que... — Ela parou de falar, franzindo a testa, percorrendo com o olhar suas estantes de livros por cima das lentes dos óculos. — Tem alguma coisa me incomodando, mas não consigo identificar o que é.

Laura fechou os olhos e se aninhou no sofá, puxando o roupão de Irene sobre os joelhos.

— Ah — murmurou ela. — Isso é, tipo, o paraíso. Eu tô tão exausta, sabe como é? Eu só queria ficar deitada aqui pra sempre.

— Bem, fique à vontade. Você pode dormir aqui se quiser — sugeriu Irene. — Posso arrumar a cama de hóspedes.

Laura não respondeu, mas, com um sorriso nos lábios, disse:

— Eu sempre me sinto segura aqui, sabe? Sinto como se ninguém pudesse me pegar aqui.

— Ninguém vai *te pegar*, Laura — disse Irene. — Por que você pensaria uma coisa dessas?

— Ah, eles vão — disse Laura, puxando o roupão até cobrir o queixo. — Eles vão. Eles sempre me pegam.

Enquanto Laura dormia, Irene lia. Várias cenas no manuscrito eram extremamente familiares — duas meninas pedindo carona num dia quente de verão, um encontro fortuito, um episódio repentino de violência numa fazenda remota, braços jovens e carnudos cortados em janelas quebradas — era tudo material padrão de filme de terror, na verdade. Mas havia algo que puxava pela sua memória, a música. Um refrão, tocado no rádio, cantado por uma das personagens (dava para chamar de personagem quando se tratava de autobiografia?), isso lhe era familiar. Fazia Irene se lembrar de alguma coisa, evocava alguma memória.

No sofá, Laura se remexeu. Virou o corpo de modo a ficar de costas para Irene e começou a roncar bem de leve. Irene sentiu aquela afeição de novo, um frio na barriga que ela achou que devia ser uma reação maternal, mas como poderia saber? Não tinha como dizer o que era, só que sentia o mesmo ímpeto de proteger a menina que havia sentido em relação à pobre Angela.

Olhou de novo para os livros de Angela, para aqueles que ainda não tinha terminado de separar. Devia acabar logo com aquilo, fazia semanas que os livros estavam ali no chão. Talvez pudesse pedir a Laura que levasse aquela primeira pilha para a loja da Oxfam na Upper Street.

Foi então que o viu. No topo da pilha para o brechó beneficente: *Aquela que escapou*, de Caroline MacFarlane. O romance policial de Theo Myerson! Estava bem na sua cara. Ela se levantou da poltrona e pegou o livro, um exemplar de capa dura, volumoso e bem encadernado. Ela virou o livro, lendo as palavras escritas com uma fonte vermelho-sangue na contracapa:

> **Voltando da escola para casa, uma menina e sua amiga foram sequestradas.**
> **A menina conseguiu voltar para casa. A amiga não.**
> **A menina é uma vítima.**
> **A menina está enlutada.**
> **A menina está traumatizada.**
> **A menina está com sede de vingança.**
> **A menina é culpada?**
> **A menina é** *Aquela que escapou.*

Irene revirou os olhos — ela havia achado o livro um disparate quando o leu pela primeira vez na época do lançamento; sua opinião não havia mudado. Voltando para a poltrona, ela abriu o livro, folheando as páginas até encontrar a passagem da qual tinha certeza de que se lembrava, algo a respeito de uma música, o trecho de uma letra. Estava ali em algum lugar, embora não fosse muito fácil localizar naquele livro, cuja trama dava saltos o tempo todo, o ponto de vista mudando de repente da vítima para o assassino, a linha do tempo se desenrolando alternadamente de trás para a frente e em ordem cronológica. Muito confuso e, na opinião de Irene, irritante. Ela se lembrava de ter ouvido Myerson, depois que foi revelado que era ele o autor da obra, defendendo isso num programa de rádio, dizendo algo sobre brincar com as percepções de culpa e responsabilidade, desafiar as expectativas do leitor, todas aquelas balelas. Conversa fiada. Experimentação pura e simples, a quem isso servia? O que havia de errado com o romance policial tradicional, no fim das contas, com o bem triunfando e o mal derrotado? E daí se as coisas raramente terminassem assim na vida real?

Irene teve a leitura interrompida por um som estranho de algo vibrando. Ela ergueu os olhos e viu uma luz piscando no celular de Laura. O som parou e, então, depois de um instante, recomeçou. No sofá, Laura se remexeu.

— Ah, é meu telefone — gemeu ela, rolando o corpo na direção de Irene e caindo da beira do sofá. — Que merda — balbuciou ela, conforme rastejava pelo carpete para pegar o celular. — Eu desmaiei de sono. — Ela estreitou os olhos para a tela. — Alô? — disse ela, atendendo a ligação. — Quem? Ah, tá. Como é? Ah, não, eu não tô aí agora, tô na casa de uma amiga. Eu posso... mas eu... mas... O quê, *agora*? — Ela fechou os olhos por um instante. — Eu tenho mesmo que fazer isso?

Ela desligou com um suspiro profundo. Olhou para Irene com cara de sono.

— Eu te disse — falou ela, tentando sorrir, apesar do tremor evidente na voz. — Eu te disse que eles sempre me pegam, não disse? — Exausta, ela se pôs de pé com esforço. — Preciso ir — continuou ela. — Era a polícia.

* * *

Laura saiu apressada, minimizando a preocupação de Irene.

— Não se preocupa, cara — disse ela enquanto subia a escada para pegar sua roupa. — Não se preocupa — repetiu ela assim que desceu.

— Isso tem a ver com o Daniel? — perguntou Irene, e Laura fez uma careta.

— Tem, claro que tem! É claro que tem a ver com o Daniel, eu não dormi com mais ninguém que bateu as botas nos últimos dias, dormi? Eu sou uma testemunha, só isso. Fui a última pessoa que viu o cara, você sabe, com *vida*. Não se preocupa.

Irene a levou até a porta. Conforme a ajudava a vestir o casaco ainda úmido, ela perguntou se Laura já tinha advogado. Laura deu uma risada assim que começou a seguir pela rua, puxando da perna um pouco mais que de costume, e então se virou para trás, um sorriso sarcástico no rosto e nenhum vestígio de lágrimas nos olhos.

— Isso é como perguntar se dois e dois são quatro.

Irene estava pensando, enquanto colocava duas fatias de pão na torradeira, em como William teria gostado de Laura. Ela o teria feito dar boas risadas. Ele não tinha sido muito fã de Angela — nunca foi grosseiro com ela nem nada, só era desconfiado. "Ela está à beira do precipício, aquela ali", dizia ele. "E, quando ela cair, você não vai querer estar por perto, pois ela vai te segurar e, *ops*, lá se vão vocês duas." William não chegou a conhecer Angela direito, nunca viu como era uma boa pessoa.

Depois de passar manteiga nas torradas, Irene se sentou à mesa da cozinha com a autobiografia aberta diante de si e o romance de Theo ao lado, para comparar.

— Alguma coisa sobre uma música — dizia ela para si mesma, ao folhear as páginas. — Alguma coisa sobre... *ah*.

Bem no fim do livro de Theo, enfiado sob a orelha da capa, ela achou um envelope endereçado a Theo Myerson. Estranho, já que esse exemplar pertencia a Angela. Dentro do envelope, ela encontrou uma folha de papel tamanho A4, aparentemente arrancada de um caderno, na qual havia um desenho a lápis de uma mulher dormindo, as roupas de cama afastadas para expor seu tronco nu. Na base da folha, escrita com uma letra quase ilegível, havia uma frase: *E aí, velhote, andei fazendo uns desenhos, achei que você ia gostar de ver*. O bilhete não estava assinado, mas o desenho se parecia muito com as obras de Daniel. E a mulher retratada era, sem a menor sombra de dúvida, Carla Myerson.

27

Na cama de Carla jazia sua mala, feita até a metade. O guarda-roupa também estava aberto, e havia algumas peças espalhadas por toda a colcha. Ela estava com dificuldade em decidir o que levar: não fazia a menor ideia de quanto tempo ficaria fora nem do que precisaria. O tempo havia esfriado ali, mas estaria quente mais ao sul, não estaria? Sem pensar, ela pegou algumas coisas das prateleiras, camisas de malha e suéteres, um vestido que não usava fazia anos. Em algum lugar da casa seu celular estava tocando, mas, na verdade, seu celular estava sempre tocando. Nunca parava de tocar.

Ela teria de falar com Theo em algum momento, sabia disso, para pedir que ele encaminhasse sua correspondência para seja lá onde ela decidisse ir, para cuidar dos advogados, da propriedade, da venda da casa de Angela.

Haveria uma discussão, inevitavelmente, motivo pelo qual ela estava considerando adotar a opção covarde e ligar para ele do exterior. Mas não tinha certeza se conseguiria fazer isso com ele, simplesmente ir embora sem vê-lo de novo. Não tinha certeza se conseguiria fazer isso consigo mesma.

Precisava dizer a ele que tinha dado uma olhada em seu livro novo, e que não havia gostado dele, todas aquelas idas e vindas, todos aqueles saltos na linha do tempo. Como no anterior, aquele romance policial medonho. Por que não começar pelo começo, pelo amor de Deus? Por que as pessoas não conseguiam mais contar uma história em linha reta, do começo ao fim?

Um ano antes de Angela morrer, Daniel apareceu na porta da casa de Carla por volta das oito da noite de um domingo. Ele estava transtornado e agitado, um arranhão na maçã do rosto e um corte no lábio. Contou uma história longa e complicada sobre uma briga com uma namorada, seguida de um assalto — Carla não conseguiu acompanhar muito bem, mas ele disse que não tinha para onde ir. Não queria chamar a polícia e muito menos ir para a casa da mãe.

— Ela não me quer por lá — disse ele a Carla. — Ela nunca me quis lá.

Carla disse que ele poderia ficar. Abriu uma garrafa de vinho, que os dois pareceram beber rápido demais, então abriu outra. No meio da segunda, soube que tinha de parar de beber.

Ela subiu para o quarto, tomou um banho e cambaleou meio tonta do chuveiro direto para a cama, ainda enrolada na toalha. Acordou assustada, do jeito que acordava às vezes depois de beber. Ficou ali parada, o coração disparado, e demorou um pouco para se dar conta de que estava sem as cobertas, sem a toalha. Levou algum tempo até que seus olhos se acostumassem à escuridão e ela visse que não estava sozinha. Que ele estava sentado no chão perto da porta, olhando para ela, seu caderno de desenho no colo.

— Daniel — sussurrou ela, puxando as cobertas bruscamente —, você me assustou. — Na penumbra, ela não conseguia distinguir a expressão dele, só o branco dos dentes.

— Não consegui evitar — retrucou ele.

De manhã, ela o encontrou sentado à bancada da cozinha, tomando café.

— Bom dia! — Ele a cumprimentou sem nenhum sinal de constrangimento. — Eu estava me perguntando — disse ele enquanto ela se ocupava, enchendo a chaleira, colocando as taças da noite anterior no lava-louça —, se você poderia me hospedar por alguns dias?

Carla se virou para encará-lo. Ele sorria para ela, com uma cara inocente e bonita.

— Sinto muito, Daniel — disse ela. O sorriso dele vacilou por apenas um segundo. — Por mim, tudo bem, é só que... o Theo — continuou ela. — Ele não iria... — Ela deu as costas para ele.

— Tudo bem — disse Daniel. — Eu entendo. Tudo bem.

Quando, um mês depois da morte da mãe, Daniel apareceu na casa de Angela para pegar suas coisas, ele parecia cansado e infeliz. Não queria entrar na casa — os dois quase discutiram por causa disso.

— Você precisa ver o que tem lá, Daniel. Não posso separar tudo para você, não posso escolher por você.

— Eu só quero as *minhas* coisas, meus cadernos, meus troços. Não quero nada dela.

Quando, por fim, ele entrou na casa, subiu a escada e foi direto para o seu quarto. Pegou a caixa na qual Carla havia guardado todos os seus cadernos.

— Você não olhou os desenhos, olhou? Porque... — ele fez uma careta — não são muito bons.

Carla fez que não com a cabeça.

— Não, você sempre deixou muito claro que eles eram confidenciais.

Ele sorriu.

— Obrigado, tia Carla.

Carla sempre ficava mexida quando ele a chamava assim. Isso a lembrava de quando ele era um menininho, aqueles olhos enormes no rosto magro, desconfiado e vulnerável. O pequeno selvagem. Ela se aproximou para dar um beijo na bochecha dele, mas ele virou a cabeça no último segundo, roçando os lábios nos dela.

— Eu aluguei um barco — disse ele ao se virar para ir embora — no canal, perto da Whitmore Bridge. É do amigo de um amigo, então consegui um precinho camarada. É uma pocilga, mas é só o que eu consigo bancar no momento. Você vai vir me visitar, não vai?

Carla observou enquanto ele saía do ambiente, a caixa nos braços. Ela viu quando ele esfregou os pés no carpete no topo da escada.

Ele se virou para ela e sorriu.

— Toma cuidado, tá?

Um ou dois dias depois, talvez três, Carla estava na casa de Angela, verificando os cômodos pela última vez para se certificar de que havia esvaziado tudo antes que o pessoal da empresa de limpeza chegasse, quando encontrou um bolo de cartas na base do guarda-roupa de Daniel. Três delas, enviadas por sua irmã para Marcus, pai de Daniel, tinham os envelopes marcados com um carimbo de *devolver ao remetente*. As cartas em si haviam sido bastante manuseadas, lidas e relidas — teoricamente por Angela, mas, já que tinha sido ela quem havia escrito as cartas, parecia mais provável que a pessoa que se debruçou sobre elas fosse Daniel.

E quando pensou nele lendo aquilo, ela lembrou do pequeno Daniel, lembrou de si mesma olhando para a cabecinha dele, para seu pescoço machucado. Era aquele Daniel que ela visualizava lendo as palavras da mãe, não o homem estranho que havia se tornado, e só de pensar naquilo seu coração doeu.

Seu coração doeu ao pensar nele lendo todas as palavras dolorosas que a mãe havia escrito para o pai que o rejeitara. Seu coração doeu quando viu como Angela tinha implorado por ajuda com o filho "impossível", um menino que sempre foi considerado um problema, algo a respeito do qual alguma coisa tinha que ser feita. *Eu estou enlouquecendo*, ela escreveu. *Não suporto ficar perto dele. Você precisa me ajudar, Marcus, não posso contar com mais ninguém.*

* * *

A caminho do canal, ela comprou uma garrafa de vinho. Tentou não se perguntar por que não queria conversar com ele sem um copo de bebida na mão; tentou não pensar na noite do funeral, tentou não pensar nele esfregando os pés no carpete, o que não significava nada, significava? Ela foi até o canal e, perto da Whitmore Bridge, viu dois barcos, um bonito e recém-pintado de verde com uma listra vermelha, o outro uma velharia enferrujada azul e branco. Ela deu uma batidinha na janela, entrou no deque da popa do barco e bateu de novo na porta da cabine, que abriu sozinha.

— Daniel? — chamou ela. — Você está aí, Daniel?

Ele não estava, mas com certeza esse era o lugar certo — a caixa com os cadernos que ele tinha levado da casa de Angela estava em cima da bancada, parte de seu conteúdo transportado para o banco do outro lado da cabine. O barco em si era horrível: a pia e o fogão estavam imundos, a cabine principal tinha um cheiro de podre, e o pequeno quarto nos fundos do barco fedia a suor e sêmen. Daniel claramente vinha recebendo visitas, e só de pensar naquilo Carla sentiu o estômago embrulhar, mas, em seguida, sentiu uma onda de vergonha. Daniel já era adulto, tinha 23 anos, não havia motivo para se sentir desconfortável ao pensar nele com alguém. Não deveria fazer com que se sentisse de nenhum jeito em particular.

Saindo do quarto, ela pegou um dos cadernos de cima do banco, folheando as páginas rapidamente, se sentindo culpada ao fazê-lo. Estava cheio de esboços a lápis: rostos irreconhecíveis, membros separados do corpo. Ela o colocou no banco e pegou um segundo caderno, esse cheio de desenhos feitos com caneta-tinteiro, um trabalho mais detalhado, sofisticado — uma história em quadrinhos completa, pelo que parecia, com o próprio Daniel como protagonista. Na primeira página, ela reparou, ele havia escrito o título — *A origem de Ares* —, e sua visão logo ficou embaçada pelas lágrimas. O belicoso Ares, o deus mais detestado de todos, aquele que nem os próprios pais suportavam.

Ah, Daniel.

Ela passou as páginas, seu estômago revirando outra vez quando reconheceu a si mesma, desenhada jovem e atraente, mais bonita e certamente mais voluptuosa do que jamais fora na vida real. Com a pele quente de vergonha, ela fechou o caderno, colocou-o de volta no banco e, em seguida, quase sem pensar, o pegou de novo. Ainda estava com ele na mão quando desceu do barco pela popa; quando, por um instante, cruzou o olhar com uma mulher que a observava atentamente da popa de um belo barco de canal verde e vermelho atracado a poucos metros dali.

Carla fechou o zíper da mala, levou-a para o andar de baixo e a deixou no hall de entrada. Na sala, ouviu seus recados: um do detetive Barker, pedindo que ela ligasse assim que pudesse, e o outro de Theo, convidando-a para jantar: "Sua comida preferida: costeletas de cordeiro. Não sei se você já ficou sabendo, mas há boas notícias, Cee. Finalmente. Boas notícias."

28

Theo estava diante da pia da cozinha, a mão esquerda sob a torneira, vendo a água quente mudando do vermelho para o rosa na cuba. Ele havia cortado um milímetro, talvez dois, da pontinha do indicador esquerdo, e o dedo sangrava bastante. A culpada — a faca Santoku recém-afiada — jazia ensanguentada em cima da bancada, ao lado de um dente de alho tingido de rosa. A Santoku estava longe de ser o utensílio correto para fatiar o alho bem fino, mas sua pequena faca de chef não estava grudada na faixa magnética da parede; perdida, sem dúvida, em meio ao caos da gaveta de talheres, para nunca mais ser encontrada.

Enfim, nada com que se preocupar. Havia boas notícias. Finalmente, boas notícias!

Apesar do frio cortante e repentino, Theo tinha saído para caminhar naquela manhã e, por coincidência, esbarrou com o jovem policial, aquele com a pele do pescoço irritada depois de fazer a barba, na fila do café que ficava junto ao caminho de pedestres à margem do canal. A tentativa de Theo de passar despercebido não foi bem-sucedida; o jovem o interceptou, seu rosto a imagem da apreensão.

— Sr. Myerson — disse ele, a voz baixa —, eu queria mesmo vê-lo. Tenho boas notícias.

— É mesmo?

O jovem assentiu.

— Ainda não é oficial, ainda não fizeram nenhum pronunciamento nem nada, mas acredito que logo entrarão em contato com o senhor. — Ele respirou fundo, aproveitando seu momento. — Eles prenderam alguém.

Theo reagiu com perplexidade, de um jeito exagerado.

— Ah — disse ele, sentindo um pico de adrenalina —, é *mesmo* uma boa notícia. Quem... humm, você pode me contar quem eles prenderam?

— Laura Kilbride — respondeu o policial. — A jovem que o senhor viu, aquela que eu mencionei antes. Aquela que eu disse — ele falou com o canto da boca — que tinha um histórico de violência.

— E a polícia fez uma acusação formal? — Theo conseguiu perguntar.

— Vai fazer. É só questão de tempo. Eles encontraram a faca — disse ele.

— Eles... o quê? Você quer dizer a arma? — O coração de Theo batia tão rápido dentro do peito que ele achou que fosse desmaiar.

O jovem abriu um sorriso de orelha a orelha.

— Eles a pegaram, sr. Myerson, com a boca na botija.

Na curta caminhada de volta para casa, Theo sentia como se tivesse escalado uma montanha, as pernas bambas mal conseguindo suportar seu peso; ele quase caiu no chão duas vezes, tentando desviar dos praticantes de jogging. Mas, ao mesmo tempo, ele sentia vontade de dançar! O caso estava encerrado. Eles a pegaram. O caso estava *encerrado*. E o que fazia seu coração pular de alegria era que não tinha sido só aquela confusão específica que havia acabado, aquele lance brutal e terrível com Daniel, mas *a coisa toda*. Daniel se foi, assim como Angela. Carla iria sofrer, viver o luto, sentir o que precisasse sentir, mas, depois disso, ela poderia começar a melhorar, sem ninguém para puxá-la para baixo outra vez. A confusão dos Sutherlands, todo aquele veneno que haviam injetado na família dele, em seu casamento, poderia começar a ser extraído agora.

Theo sabia que os dois nunca voltariam a ser como antes — ele não era burro —, mas conseguia enxergar um caminho adiante. Podia ver os dois construindo algum tipo de vida para si, uma certa paz, e poderiam fazer isso juntos agora, sem nada nem ninguém para separá-los.

Quando o sangue finalmente estancou, Theo fez um curativo no dedo, lavou a faca, jogou o dente de alho sujo fora e voltou a preparar a receita. Deixou as costeletas marinando em azeite, alho e hortelã, botou um casaco e foi até a varanda dos fundos para fumar um cigarro. Ele reparou, assim que encostou o filtro nos lábios, que ainda havia sangue no sabugo das unhas. E lembrou, de repente, da manhã em que tinha visto aquela menina lá fora — Laura, aquela que haviam prendido. Depois de tê-la visto, ele havia voltado para a cama vazia e adormecido. Quando acordou, Carla estava no banho e, assim que ela apareceu, ele a havia chamado para perto, estendendo o braço, tentando puxá-la de volta para a cama, mas ela havia resistido. Ele tinha beijado a ponta dos dedos dela, os sabugos das unhas rosados por fricção.

De volta ao interior da casa, ele tinha acabado de começar a se servir de uma taça de vinho tinto quando a campainha tocou. Carla devia ter esquecido a chave. Ele pegou a pilha de cartas no capacho em frente à porta, jogou tudo no console do hall de entrada, abriu a porta com um sorriso no rosto e um frio na barriga, como nos velhos tempos.

— Ah — disse ele, desapontado. — É você.

29

Algumas coisas eram iguais, outras eram diferentes. Laura estava sentada, curvada para a frente, a cabeça repousada nos braços cruzados. Da última vez foi tarde da noite, dessa vez era de manhã cedo; mas, na verdade, quem poderia saber? Não havia luz natural na sala, podia ser qualquer hora do dia. Era uma sala diferente, mas, para todos os efeitos, poderia muito bem ser a mesma. Da última vez estivera quente demais, dessa vez fazia um frio danado, mas havia as mesmas luzes fortes, a mesma mobília barata. Um carpete cinza nojento como o que ela tinha no corredor de seu apartamento. (*Não pense no apartamento. Não pense no apartamento, ou vai acabar chorando.*) Assim como da última vez, Ovo estava lá, e Sobrancelha também, sentados diante dela, a expressão séria no rosto. Mais séria do que da última vez, ela pensou. Toda vez que seus olhos encontravam os de Ovo, ele desviava o olhar, e aquilo a deixou assustada.

Ela estava exausta. A sensação era de que já tinham se passado dias, até semanas, desde que ela havia recebido o telefonema na casa de Irene ontem à tarde. Ela havia voltado para encontrar a polícia em sua casa, como eles pediram. Ouviu quais eram os seus direitos ainda do lado de fora, no estacionamento, com todos os vizinhos testemunhando, e foi escoltada pelos sete andares até seu apartamento. Já havia pessoas lá, esperando na passarela externa, vestidas com aqueles trajes brancos de proteção que se vê na televisão.

— O que tá rolando? — perguntou Laura. — Vocês já fizeram isso, não fizeram? Já deram uma busca aqui antes, pra que fazer isso de novo?

Novas provas tinham vindo à tona, alguém disse, eles teriam que fazer uma busca mais minuciosa. Houve uma certa espera e depois ela foi trazida para cá, para a delegacia. Já era tarde quando isso aconteceu. Eles a colocaram numa cela e sugeriram que dormisse. Ela não pregou o olho.

— Laura? — Sobrancelha colocou um copo de água diante dela. — O defensor público está a caminho, certo? Vamos começar daqui a pouco.

— Tá, tudo bem — retrucou Laura. — Ótimo.

Aquilo foi igual — aquela coisa educada e falsamente amigável deles. Tinham sempre feito aquilo; cada vez que ela havia se defrontado com a polícia, a mesma coisa. Ela havia imaginado, porém, que dessa vez poderia ser diferente, porque dessa vez *era* diferente. Não se tratava de invasão de propriedade privada nem de perturbação da ordem, não era embriaguez em público nem pequenos furtos. Era assassinato.

Assassinato! Laura sentiu uma risada subindo pelo tórax. Ela se empertigou, mordendo o lábio, mas, por mais que tentasse, não conseguiu segurar: uma gargalhada emergiu de sua garganta. Ovo ergueu os olhos de suas anotações, surpreso. Laura riu um pouco mais. Aquilo não era engraçado, não era nada engraçado, porra. Ela riu mais alto, por mais tempo, as lágrimas brotando.

— Você está bem, Laura? — Ovo perguntou a ela.

Ela se inclinou para a frente, encostando a testa na mesa, mordendo o interior da bochecha. *Para de rir para de rir para de rir para de rir porra.*

A porta se abriu e Laura parou de rir. Ela ergueu o olhar. Um homenzinho magro de cabelos ruivos e pele muito branca estendeu a mão mole para que ela a apertasse. O defensor público, diferente do da última vez. Ele lhe disse seu nome, que ela esqueceu de imediato, e abriu um sorriso rápido e nervoso. Por que será que *ele* estava nervoso? Aquilo não era um bom sinal, era?

Ovo dizia alguma coisa, ele estava apresentando todo mundo, para que constasse nos autos. Laura escutou o nome de todos e logo os esqueceu (de novo): Ovo, Sobrancelha, Cara Nervoso. Laura Kilbride. Eles começaram a fazer perguntas, as mesmas da última vez. Onde ela havia conhecido Daniel, quando, a que horas eles haviam chegado ao barco, o que fizeram assim que chegaram lá? A mesma ladainha de antes, primeiro no apartamento dela e depois na delegacia.

— Puta merda, não dá pra mudar o disco, não? — perguntou Laura por fim. — A gente já fez isso antes, né? Já cantamos esse dueto. Quarteto? — Ela olhou para Cara Nervoso. — Isso seria mesmo um quarteto? Você não tá contribuindo tanto assim, tá? Sabe fazer a segunda voz?

Ovo comprimiu os lábios, uma expressão aflita no rosto.

— Você acha isso engraçado, Laura? — perguntou Sobrancelha. — Acha que é uma piada?

— *É* uma porra de uma piada, sim! Porque eu já contei tudo sobre Daniel Sutherland pra vocês, já contei que a gente discutiu, rolou um empurra-empurra, e fim de papo. Eu não enfiei uma faca nele. A gente já repassou tudo isso e vocês não têm nada contra mim, porra nenhuma, né? Só porque vocês não acharam nenhum outro suspeito, me trouxeram pra cá de novo, e agora tão me assediando.

Ela se virou para Cara Nervoso.

— Eles têm que pegar ou largar, não têm? — Ele baixou os olhos para o bloco à sua frente, as folhas em branco. Puta que pariu, ele não servia pra nada mesmo, né? — Vocês precisam me acusar de alguma coisa ou então me liberar.

Ovo se recostou na cadeira e olhou bem nos olhos dela enquanto explicava calmamente que, além de uma testemunha que a viu agitada e com sangue na roupa deixando a cena do crime por volta da hora da morte de Daniel Sutherland, também haviam encontrado o DNA dela no corpo dele, e o dele no dela. Havia também o fato de ela ter roubado um relógio dele. E, além disso, disse ele, a análise que fizeram na camisa de malha dela mostrou que, embora a maior parte do sangue encontrado no tecido pertencesse a ela, uma quantidade pequena, mas significativa, foi detectada como pertencendo a Daniel Sutherland.

— Você pode explicar isso, Laura? — perguntou ele. — Se, como diz, Daniel ainda estava bem vivo quando você foi embora, como explica a presença do sangue *dele* na *sua* roupa?

"O lance é que trepar com uma aleijada não é bem a minha praia", tinha dito Daniel em algum momento da madrugada, depois de terem transado pela segunda vez.

Aquilo tinha saído do nada. Ela não estava preparada para a crueldade banal daquele comentário. Ela sabia que Daniel não era exatamente um *cara legal*, não teria saído com ele se fosse, ela não gostava de caras legais, os caras legais acabavam sendo os piores, mas ela não esperava *aquilo*. Não esperava que ele a empurrasse, que risse quando ela tropeçou e caiu no chão; não foi nem uma risada forçada, mas uma risada de verdade, como se ele realmente achasse aquilo engraçado. Assim que se levantou, ela mal conseguia enxergar, cega pela raiva. Avançou nele tão rápido que o pegou desprevenido, e viu a expressão no rosto dele. Por um instante, por uma fração de segundo, ele teve medo.

— Laura? — Sobrancelha dessa vez, se inclinando sobre a mesa. — Você pode? Pode explicar a presença do sangue de Sutherland na sua camisa?

— Eu mordi ele — respondeu Laura.

— Você o mordeu? — repetiu Sobrancelha, bastante séria, e, por mais que Laura tentasse imitar a cara fechada de Sobrancelha, não conseguiu.

Começou a rir outra vez, porque, como podia não rir? Isso era sério, era sério *pra caralho*, mas ela olhou para os detetives do outro lado da mesa e riu, e riu, e eles, por sua vez, pareciam infelizes (Ovo) e satisfeitos consigo mesmos (Sobrancelha).

A seu lado, Cara Nervoso se contraiu. Ele levantou as mãos espalmadas e olhou para ela como se perguntasse: *Que porra é essa?*

— Eu mordi ele com força, bem aqui. — Laura apontou para um lugar em seu pescoço, logo acima da clavícula. — E tirei sangue dele. Fiquei com sangue na boca, nos lábios. Depois limpei. Devo ter passado o sangue pra minha camisa.

Sobrancelha abriu um sorriso malicioso, balançando a cabeça ao fazê-lo.

— É isso? — perguntou ela. — Essa é a sua explicação?

— É, sim. Pergunta pros seus peritos — respondeu Laura. — Pergunta se tinha uma mordida no pescoço dele.

— Levando em conta a posição dos ferimentos feitos pela faca — disse Ovo baixinho —, pode ser que a gente não consiga comprovar se tinha.

— Rá! — ladrou Laura, se recostando na cadeira com um sorriso vitorioso no rosto.

— Mas não acredito que seja provável que uma mordida explique todo o sangue que encontramos, a não ser que tenha sido extremamente profunda. Foi? — perguntou Ovo.

Laura engoliu em seco.

— Não. Eu não sou a porra de uma vampira, sou? Rolou uma certa briga. Alguma coisa quebrou... talvez um prato, um copo, sei lá. Um copo. Tinha um copo no chão? Aposto que sim. Tinha sangue na... na mão dele, acho, e ele me empurrou... é, ele empurrou meu rosto, porque eu me lembro, tinha sangue no meu rosto quando cheguei em casa. Ele empurrou meu rosto, e talvez de novo meu peito quando passou por mim.

A seu lado, Cara Nervoso escrevia tudo freneticamente no bloco.

— Você não mencionou isso antes, Laura — disse Ovo. — Por que não contou nada disso antes?

— Não faria diferença — respondeu Laura.

— É claro que *faria diferença*. Faz diferença quando você mente para a polícia — disse Ovo, a voz tensa. — Por que você simplesmente não nos contou isso? Por que mentiria a respeito de uma coisa dessas?

— Por que eu *não* mentiria? — vociferou Laura. — Eu já tava encrencada, eu tô sempre encrencada, caralho, eu só não queria piorar as coisas. Eu menti, tá bem? — Ela estava gritando. — Eu menti antes, mas agora tô dizendo a verdade.

De algum lugar, Laura não soube dizer de onde — talvez ela tivesse um saco de truques de mágica debaixo da mesa —, Sobrancelha tirou um saco plástico transparente e o colocou na mesa entre eles. Laura ficou olhando para o saco.

— O que você pode nos dizer sobre isso, Laura? — perguntou Sobrancelha.

Laura abriu a boca e a fechou em seguida.

— O que eu posso... — Ela ia começar a rir outra vez, então mordeu o lábio inferior com força. — O que eu posso dizer a vocês sobre isso? É uma faca, pelo jeito. É uma faca pequena... meio pequena. Tem um cabo preto. De madeira, talvez. Tem alguma coisa na lâmina. Não faço a menor ideia do que seja, mas tenho um palpite...

— Não dê palpites — interveio Cara Nervoso rapidamente.

— Ah. Tá. Tem razão. O que eu posso dizer a vocês sobre ela? Posso dizer que parece uma faca que eu nunca vi na vida.

Ovo assentiu.

— Certo. Bem, você ficaria surpresa se eu lhe dissesse que encontramos essa faca no seu apartamento?

Laura balançou a cabeça.

— Não... quer dizer, *sim*! Sim, é claro que eu ficaria surpresa, porra, eu acabei de dizer que nunca vi essa faca antes! Não é minha. Não é. — Ela se pôs de pé. — Não é!

— Sente-se, por favor, Laura — pediu Ovo delicadamente.

Ela se sentou.

— Por que eu...? — Ela recomeçou. — Não, tá, digamos que, hipoteticamente...

— Srta. Kilbride, eu... — Cara Nervoso tinha finalmente acordado.

— Não, tudo bem, tá tudo bem. Digamos que, hipoteticamente, a faca estivesse no meu apartamento. Por que eu a deixaria lá? Vocês acham que eu sou louca? Uma doente mental? Por que eu deixaria a faca dando sopa por aí pra que vocês encontrassem?

— Você deixou o relógio de Daniel dando sopa — comentou Sobrancelha.

— Ah, qual é, caralho, não se mata ninguém com um relógio!

— Mas se mata com uma faca?

Laura revirou os olhos.

— Tá vendo isso? — perguntou ela, voltando-se para o defensor público. — Tá vendo? Tentando botar palavras na minha boca, tentando me fazer cair numa armadilha. Isso é típico dessa merda de polícia. Essa faca não é minha. Não sei de onde ela veio, mas minha é que não é.

— Então... o quê? — incitou Sobrancelha. — O que você está querendo dizer? Eu não quero *botar palavras na sua boca*, então me diga o que acha que aconteceu.

Laura abriu a boca e fechou de novo, como um peixe. Ela jogou as mãos para o alto.

— E eu lá sei, caralho? Alguém plantou isso lá. Um de vocês, talvez. Tentando armar pra cima de mim. Vocês tão desesperados, não tão, porque já tem duas semanas que ele morreu e vocês não têm porra nenhuma.

— Alguém plantou isso lá — repetiu Sobrancelha bem devagar. — Você acha que alguém plantou a faca no seu apartamento? Alguém mais tem acesso ao seu apartamento, Laura? Alguém mais tem uma chave?

— O quê... além do mordomo? — vociferou Laura. — Além da minha faxineira, do meu personal trainer, e... Ah, peraí. *Miriam!* — A lembrança lhe veio de repente. — A Miriam estava com a minha chave! — Os detetives se entreolharam. — Ela deve ter... puta *merda*. Olha só, eu tava brincando sobre o mordomo, mas tem uma mulher, o nome dela é Miriam, ela mora no... Ah, vocês conhecem ela, já *falaram* com ela, ela disse que encontrou ele, não disse? Bem, ela tava com a minha chave.

Os detetives se entreolharam mais uma vez antes de Sobrancelha inclinar o corpo para a frente e indagar:

— Você está dizendo que Miriam Lewis estava com a sua chave?

— Eu não sei o sobrenome dela... é a mulher do barco, que disse que encontrou ele. Quantas Miriams vocês conhecem?

— Só uma, e se trata definitivamente de Miriam Lewis — retrucou Ovo. Ele parecia genuinamente perplexo. — Por que você acharia que Miriam Lewis plantou essa faca no seu apartamento?

A respiração de Laura vinha rápida e superficial. Ela estava vendo as coisas de um jeito que não tinha visto antes, estava enxergando uma luz no fim do túnel, sentindo uma certa — o que era aquela sensação inusitada? — *esperança*.

— A minha chave — disse ela. — Você lembra que eu contei que tinha perdido a chave? E que machuquei o braço? — Ovo assentiu. — Bem, acontece que a chave tava com ela. Ela disse que encontrou a chave no barco, mas não explicou por que pegou...

A questão é que ela pode ter entrado na minha casa a qualquer momento depois da morte dele! E o problema, sabe... — Tudo estava ficando claro para ela agora. — O problema é que ela guarda rancor dos Myersons. Vocês sabiam disso? Ela odeia eles, acha que são do mal. Não sei exatamente por quê, mas ela me disse, certo, ela me disse que achava que tinha sido a Carla... é a tia do Daniel, né?... ela me disse que achava que a Carla tinha matado o Daniel, o que eu achei muito estranho na hora, mas agora acho que ela tava tentando desviar a atenção pra outro lugar. Quer dizer, ela diz que encontrou ele, mas como é que vocês sabem se isso é verdade? Talvez ela tenha encontrado ele porque sabia que ele tava lá pra ser encontrado? Não tem essa história que diz que a pessoa que encontra o corpo é que é a culpada? E eu sei que isso parece meio absurdo porque ela é uma velha...

— Ela tem cinquenta e três anos — interrompeu Ovo.

— É, exatamente, mas só porque ela é velha não significa que não pode ter matado ele. Ela é uma pessoa muito traumatizada, sabe? Eu sei... eu sei o que vocês tão pensando, vocês olham pra mim, tipo, *Olha só quem tá falando*, mas às vezes é preciso uma pra reconhecer a outra. Vocês sabiam que ela diz que foi sequestrada por um assassino em série uma vez? Que escreveu um livro sobre isso? Ela é... — Laura desenhou pequenos círculos no ar com o indicador, apontando para a têmpora. — Ela é *doida* varrida.

Ambos os detetives estavam recostados na cadeira, os braços cruzados. Por um instante, parecia que Laura tinha conseguido deixar os dois sem saber o que dizer. Sobrancelha foi a primeira a se recompor.

— Essa chave que você diz que está com a Miriam, ela...

— *Tava*, não tá mais. Eu peguei de volta.

— Você pegou a chave de volta com a Miriam? Ontem, certo? Quando foi até o barco dela, quando a agrediu?

— Quando eu *o quê*? Não, eu não *agredi* ela, eu não...

— A srta. Lewis prestou queixa contra você, Laura — disse Sobrancelha. — Ela...

— Ah, mas que mentira. Isso é muita mentira. Eu não agredi ela! Ela me empurrou! Olha aqui! — Laura apontou para o hematoma na lateral do rosto. — Ela me empurrou, eu caí no chão, mas... mas essa não é nem a questão, é? — Ela se virou para Cara Nervoso. — Não era pra você fazer alguma coisa? Dizer alguma coisa? — Ela cutucou o saco plástico que continha a faca. — As minhas impressões digitais tão aí? Não, né?

— Ainda estamos realizando testes.

— Testes? Pra impressões digitais? — Ela soltou uma risada de escárnio. — Vocês não encontraram porra nenhuma, né? Olha, vocês vão me acusar de alguma coisa ou não? Porque se não vão...

— Nós vamos fazer uma acusação formal, Laura.

O fim da esperança.

— Mas... mas a chave... — disse Laura. — A chave não significa nada pra vocês?

— Você tinha motivo, meios e oportunidade — disse Sobrancelha com firmeza, enumerando os itens nos dedos. — Você mentiu sobre a gravidade da sua briga com Daniel. O sangue dele foi encontrado na sua roupa. Você estava de posse da arma do crime.

— Eu não tava de posse de nada. — Laura começou a chorar. — A chave, deve ser... *por favor.* — Ela olhou para Ovo, que também parecia prestes a chorar. Ele se recusava a encará-la, baixou os olhos para a mesa e em seguida para Cara Nervoso.

— Vamos levá-la para ouvir as acusações formais agora — disse ele.

— Não, por favor — repetiu Laura. Ela estendeu as mãos para Ovo, queria implorar, se jogar a seus pés, se oferecer para ele, mas havia outras pessoas na sala agora, policiais fardados, alguém levantando-a da cadeira. Eles estavam sendo bastante gentis, mas a gentileza só piorou as coisas. Ela começou a empurrá-los, começou a lutar.

— Laura. — Ela podia ouvir a voz de Ovo, preocupada, reprovadora. — Laura, vamos, não faça isso... — Mas ela queria fazer aquilo, queria lutar, queria que eles a pegassem, que a derrubassem no chão, que a nocauteassem. Ela queria ficar inconsciente.

30

Carla havia trocado de roupa duas vezes, havia começado e abandonado a carta que estava escrevendo para Theo três vezes e, finalmente, no quarto rascunho, considerou o resultado satisfatório. Em vez de sair de cena assim, sem mais nem menos, ela acabara decidindo que iria até a casa dele para jantar. Passaria a noite lá, como de costume, e, de manhã, sairia de fininho, deixando a carta na mesa do escritório dele.

Ela havia agendado um carro para levá-la até a estação de King's Cross às onze e meia da manhã do dia seguinte, o que daria a ela tempo suficiente para buscar as coisas que havia tolamente levado para a casa na Hayward's Place e deixado lá — a guia da coleira do cachorro, as cartas e o caderno —, coisas que não poderia suportar que Theo encontrasse. Não queria que ele tivesse de encarar a realidade como ela teve; ele não era feito do mesmo material que o dela. E veja o que aquilo havia feito com ela, no fim das contas.

Que pena que Daniel não estava explorando mais os seus talentos! Era isso que Carla estava pensando no dia que pegou o caderno no barco, enquanto o folheava sentada no sofá de casa. Ele desenhava tão bem, retratava as expressões faciais com tanta precisão, capturava movimentos, registrava nuances; ele transmitia uma empatia no papel que nunca parecia alcançar na vida real.

Ela se sentiu culpada por pensar isso, culpada até por simplesmente ter aberto os cadernos — Daniel sempre deixara claro que eles não eram para olhos alheios, que só desenhava para si mesmo. Um problema de confiança, Carla havia presumido, embora não tivesse mais tanta certeza assim. Ela sentiu um evidente desconforto ao se demorar nas páginas em que sua própria imagem aparecia, pois agora tinha certeza de algo que fora apenas uma leve suspeita no passado, de que havia algo errado no modo como Daniel a amava. Pior ainda, ela temia que o modo como ela mesma o amava fosse, de alguma forma, errado também. Ela sentia todas essas coisas — culpa, desconforto, temor — e, ainda assim, não conseguia parar de virar as páginas, pois o que ele havia desenhado era lindo.

Era tudo romantizado: a casa na Lonsdale Square — onde ela e Angela haviam crescido e onde Daniel tinha passado a primeira infância — era agora mais um castelo que um casarão vitoriano, o terreno parecendo mais um parque que um jardim londrino. Daniel, retratado como um jovem rapaz, tinha ombros mais largos, era mais musculoso, e, assim que ela viu Ben, sua respiração ficou presa no peito. Um perfeito querubim de covinhas e olhar inocente: Daniel havia captado com perfeição a generosidade do sorrisinho dele, os cachos macios de seus cabelos na nuca. Aquilo quase fez o coração dela parar de bater.

Carla largou o caderno.

Quando o pegou de novo, ao passar algumas páginas para a frente e depois voltar, tentando entender aonde diabos essa história estava indo, ela se deu conta de que nem *tudo* era romantizado. Angela, por exemplo, era retratada de modo cruel: magricela e seminua, uma bêbada decadente. Mas Daniel também sofria na narrativa. Como "Ares", embora fosse fisicamente bonito, seu personagem era mau: ele era maligno, perseguia meninos mais novos na escola, às vezes incorrendo em surras retaliatórias; ele seduzia meninas e as abandonava depois, meninas que pareciam estar em algum nível entre a inocência e a burrice; ele intimidava e humilhava a mãe. Era tão bizarro, Carla pensou, tão angustiante e, ainda assim, tão tocante ver Daniel retratado como uma criatura monstruosa e saber que ele havia desenhado a si mesmo daquele jeito. O que significava o fato de ele, em vez de fazer a si mesmo como o herói da própria história, ter se retratado como o vilão? Isso a tocou profundamente. Mas, conforme virava as páginas, o bolo de angústia que havia se formado no meio do peito começou a se modificar, a se dissolver, e foi substituído por uma sensação de pavor, uma certeza insidiosa de que ela deveria largar aquele caderno, que deveria fechá-lo e nunca mais botar os olhos nele. No entanto, mais ou menos no meio do volume, ela viu a si mesma de novo, chegando à casa na Lonsdale Square numa tarde de sol com Ben nos braços, e imediatamente soube que dia era aquele, e não conseguiu desviar o olhar.

Na versão de Daniel dos acontecimentos, Carla está de vestido, seus cabelos são longos e ondulados, caindo sobre ombros nus, e Ben — o lindo e loiro Ben — está sorridente e risonho, empoleirado na cintura dela. Da sacada, Daniel, a metade do rosto magro na sombra, observa enquanto Carla entrega Ben para Angela. Inclinando-se para a frente na sacada, agora banhado pela luz do sol, Daniel chama sua tia, acenando, mas ela já se virou sem tomar conhecimento dele. Uma expressão de tristeza invade seu rostinho.

Na página seguinte a noite caiu. Daniel está vendo televisão no quarto de brinquedos, sozinho. Ele se levanta e sobe a escada até o quarto da mãe para procurar por ela, para dar boa-noite, mas ela não está lá. Então ele desce de volta para o próprio quarto, onde vê que o priminho acordou, desceu do colchão em que estava dormindo e agora está deitado no chão, no meio do quarto. Ele está desenhando, rabiscando num caderno, cercado de cadernos iguais espalhados ao redor, as páginas cobertas por seus rabiscos feios. A angústia no rosto de Daniel está retratada com precisão: Ben estragou todos os seus cadernos, todas as suas histórias em quadrinhos desenhadas com tanta dedicação! Abalado, ele chama a mãe, mas ninguém aparece. Ele procura por ela, indo de cômodo em cômodo até que finalmente chega ao escritório. A porta está fechada, mas ele escuta alguém lá dentro, fazendo barulho. Com cuidado, ele empurra a porta, e lá está ela — montada em cima de um homem, um desconhecido, uma pessoa que ele nunca viu antes. A cabeça dela está jogada para trás, a boca de lábios pintados de vermelho escancarada. Ela se vira, avista seu filho horrorizado e começa a rir.

Daniel sai correndo.

A próxima cena mostra Daniel deitado na cama, sua imaginação sendo exibida num balão de pensamento onde várias cenas se desenrolam: numa delas, ele se imagina golpeando a cabeça do amante da mãe com uma garrafa de champanhe; em outra, ele dá um tapa no rosto embriagado da mãe. Em seguida, o balão de pensamento se dissipa. Daniel ergue o corpo, apoiado num dos cotovelos, e olha para o menininho no canto oposto do quarto, agora dormindo de lado, os cílios compridos roçando as maçãs do rosto, a cabeça com um halo de cachos.

De manhã, Daniel sobe até o quarto da mãe. Ela está dormindo, sozinha. Ele sai, fechando a porta do quarto atrás de si. Ele volta para o primeiro andar, para seu próprio quarto, onde, com toda a delicadeza, balança o menininho para acordá-lo. A criança, feliz em ver o primo mais velho, abre um sorriso largo. Daniel o ajuda a descer da cama, pega sua mão, o leva até o escritório, abre a porta. Os dois atravessam o aposento, as mãos dadas, abrindo caminho entre os vestígios da devassidão da noite anterior — roupas espalhadas, um cinzeiro transbordando, uma garrafa de champanhe vazia caída de lado. Daniel guia a criança até a sacada, abre a porta que dá para ela e tira um brinquedo de trás das costas

— um caminhãozinho vermelho. Ele oferece o brinquedo para o menininho, que ri de felicidade, estendendo a mão para pegá-lo. Nesse momento, Daniel empurra o caminhãozinho pela sacada, em direção à grade quebrada. Ele fica olhando enquanto a criança anda desajeitadamente atrás do brinquedo.

No último quadrinho, Daniel está sozinho de novo, sentado na beirada da sacada com os pés balançando no ar e um sorriso nos lábios.

31

Irene estava sentada na pontinha de uma cadeira desconfortavelmente dura na sala de estar de Theo Myerson. Ela já tinha visto logo que a cadeira não seria confortável, mas se sentou mesmo assim, pois era relativamente alta, e calculou que conseguiria se levantar dali sem ajuda, o que era importante. Ela não tinha o menor desejo de ficar à mercê de Myerson. Com alguma dificuldade, uma das mãos segurando a cadeira e a outra apertando a bolsa no colo, ela conseguiu deslizar a cadeira alguns centímetros mais para perto da lareira. Estava um frio absurdo; o inverno tinha voltado com força total. Pela manhã, chegaram a falar de neve no rádio.

Myerson estava na cozinha, servindo uma dose de xerez para ela. Ela não queria o xerez — nunca foi muito de beber —, mas, quando ele lhe ofereceu a bebida, depois de convidá-la a entrar muito a contragosto, ela achou que seria melhor aceitar. Ele estava bebendo vinho. Sozinho, no meio da tarde.

Enquanto ele não voltava, Irene ficou admirando as estantes de livros. As pessoas podiam dizer o que quisessem de Theo Myerson, mas ele tinha estantes lindas. De carvalho, Irene calculou, e feitas sob medida, indo do chão ao teto em ambos os lados da lareira, com uma daquelas escadas deslizantes estilosas para permitir o acesso às prateleiras mais altas. De onde estava, não conseguia ler o título dos livros nas lombadas, o que era frustrante. Havia poucas coisas que Irene gostava mais do que bisbilhotar as estantes de livros de outras pessoas, embora aquela claramente não fosse a hora certa para isso.

— Carla deve chegar a qualquer momento — disse Theo quando voltou para a sala. Ele lhe entregou um pequeno cálice de cristal. — Ela está vindo jantar.

Irene aceitou a bebida com um aceno de cabeça.

— Eu não sabia onde ela morava — disse ela, com a vaga sensação de já ter explicado isso a ele. — Mas achei o seu endereço, como contei, num envelope dentro de um livro...

Theo assentiu. Ele afundou numa poltrona a uma boa distância dela, do outro lado da sala. Tomou um grande gole de vinho e a olhou de cara feia.

— Você precisa falar com ela com urgência? Pode me dizer do que se trata?

— Acho que é melhor esperarmos pela Carla — respondeu Irene. Ela bebericou o xerez. Theo ergueu os olhos para o teto por um breve instante, antes de olhar de cara feia para ela de novo. Ele não era nada sutil. Os dois ficaram sentados em silêncio por alguns minutos e, então, cedendo à pressão, Irene disse: — Só preciso falar com ela sobre algo que encontrei na casa da Angela. — Ela tomou mais um gole de xerez. — Um caderno que encontrei, um dos cadernos do Daniel. — Ela o tirou da bolsa e o segurou por um instante, antes de pensar melhor e guardá-lo de novo.

— E isso é urgente mesmo? — perguntou Myerson, o tom de voz monótono.

— Bem, eu... Você não o viu antes, viu, sr. Myerson? — Theo fez que não com a cabeça, felizmente desinteressado. Ele se remexeu na poltrona, nitidamente irritado; parecia prestes a pedir que ela fosse embora. Nervosamente, ela tomou outro gole. — É o que se chama de romance gráfico, acho. Teve um que entrou na lista de livros indicados ao Booker Prize, não teve, há pouco tempo? Muito estranho, eu achei. Digo, como diabos é possível comparar uma história em quadrinhos com um livro de verdade? — Theo arqueou as sobrancelhas. Deu um gole gorgolejante no vinho. Ele estava começando a deixá-la bastante desconfortável. — Bem, gosto não se discute, acho. — Ela ficou calada por um instante. — Achei isso dentro de um dos seus livros — disse ela, segurando o envelope com o endereço dele. — O romance policial.

No silêncio duradouro e tenso que se seguiu, Irene se perguntou se seria sensato ou não mencionar o manuscrito que ela havia lido, aquele que Laura tinha lhe dado. Pensando bem, talvez aquela não fosse a melhor hora para acusar Myerson de plágio. Ela não queria se desviar do assunto em pauta. Mais uma vez, levou o cálice aos lábios e ficou surpresa ao descobrir que havia restado pouco mais de uma gota.

— Esse caderno — disse Theo, por fim, franzindo a testa para ela —, que você disse que encontrou na casa da Angela. O que você estava fazendo na casa dela?

— Bem, você sabe, a questão é que...

Irene parou de falar. Ela não tinha uma boa resposta para aquela pergunta. A resposta curta era: ela estivera bisbilhotando a casa vizinha. A versão mais completa era: assim que tinha escutado no rádio que Laura havia sido acusada do assassinato de Daniel, ela soube imediatamente que *precisava* falar com Carla, pois tinha certeza de que um erro havia sido cometido. Ela não possuía informações de contato de Carla, mas podia apostar que devia haver alguma coisa na casa da Angela contendo um número de telefone ou um endereço. Só que, ao entrar lá, ela havia se frustrado, pois a casa estava totalmente vazia. Ela havia andado de um cômodo sujo para outro, reparando pela primeira vez no estado deplorável do lugar, no papel de parede cheio de bolhas e descascando, no mofo ao redor da janela da cozinha, na madeira das portas dos quartos apodrecendo. Na base de um guarda-roupa no quarto dos fundos — praticamente a única peça de mobília restante na casa —, Irene encontrou uma pilha de papéis. Três ou quatro cartas, todas endereçadas a Angela, e um caderno. Irene levou tudo para sua casa. Não encontrou o endereço de Carla, mas o caderno lhe forneceu outra coisa. Não um total entendimento — Irene não tinha certeza de que isso era possível —, mas o vislumbre de outra coisa, um vislumbre do lugar onde tudo isso poderia ter começado, onde a semente da destruição havia sido plantada.

Theo se inclinou para a frente.

— E então? O que você fazia na casa da Angela? — Seu tom de voz estava irritadiço agora, no rosto uma expressão ameaçadora.

— Até onde eu sei, não tem nada que seja da sua conta lá, a casa é da Carla.

— É mesmo? — perguntou Irene. — A casa é da Carla?

Myerson se pôs de pé abruptamente.

— Ah, pelo amor de Deus! Não é da sua conta de quem é a casa. Carla está passando por um momento difícil, a última coisa que ela precisa é de uma mulher intrometida a importunando e se metendo em seus assuntos. — Ele atravessou a sala, a mão estendida à frente. — Me dá o caderno — exigiu ele —, que eu entrego para a Carla. Se ela quiser falar com você sobre ele, vai entrar em contato. Eu não esperaria em pé se fosse você.

Irene apertou a bolsa junto ao peito.

— Prefiro entregar à Carla pessoalmente, se você não se importar — disse ela, seu tom formal disfarçando o medo desse homem enorme pairando acima dela, o medo do que ele poderia fazer se visse o que Daniel havia desenhado.

— Eu me importo sim — vociferou Theo. — Me dá o caderno — disse ele, a mão estendida diante do rosto dela —, que eu vou chamar um táxi para você.

Irene pressionou os lábios com firmeza, balançando a cabeça.

— Estou pedindo para que você não o leia. Eu não...

— Carla pode ver isso, mas eu não? — perguntou ele. — Por quê?

— Tenho certeza de que Carla já o viu — explicou Irene. — Não seria nenhum choque para ela.

— Choque? — Ele largou as mãos na lateral do corpo. — Por que seria um choque para mim? — Ele ergueu os olhos para o teto mais uma vez. — Ah, pelo amor de Deus. É sobre a Carla, não é? Tem desenhos da Carla aí? Ele era obcecado por ela, você sabe, de um modo nada saudável. Ele era um rapaz bastante perturbado, infelizmente. — Irene não disse nada, apenas baixou os olhos para a bolsa no colo. — Não é isso? — perguntou Myerson. — Tem a ver comigo? Ele me critica aí, é isso?

— A questão é... — Irene começou a falar, mas foi silenciada por um ato súbito de violência quando Theo avançou com a mão e puxou a bolsa do colo dela. — Não! — gritou ela. — Espere, por favor!

— Eu já perdi a paciência — rosnou Theo, tirando o caderno de dentro da bolsa, que descartou em seguida, jogando-a de volta para ela.

A bolsa caiu no chão, despejando seus objetos pessoais — o par de óculos reserva, o pó compacto, a bolsinha de moedas de tweed — no carpete.

Com todo cuidado, Irene se ajoelhou para recolher seus pertences enquanto Myerson pairava acima dela. Ignorando-a, ele abriu o caderno e começou a ler.

— *A origem de Ares!* — Ele abriu um sorriso de desdém. — Meu Deus, ele se achava o máximo, não se achava? Ares, o deus da guerra! Aquele merdinha... — Seus olhos percorriam as páginas conforme folheava o caderno, até que, abruptamente, e com uma inspiração profunda e ruidosa, ele parou. A curvatura em seu lábio desapareceu e sua pele pareceu perder totalmente a cor diante dos olhos de Irene; seus dedos começaram a se recolher em punhos, amassando as páginas do caderno ao fazê-lo.

— Sr. Myerson — disse Irene, o coração afundando no peito —, o senhor não deveria estar olhando para isso... — Ela se levantou bem devagar. — O senhor não quer ver o que ele desenhou — continuou ela, embora desse para ver pela expressão horrorizada no rosto de Theo que era tarde demais. — É extremamente perturbador, eu sei, eu...

De repente, a cabeça de Irene começou a girar, o carpete sob seus pés parecendo se inclinar e balançar como um barco; a lareira, as belas estantes de carvalho, virando um grande borrão à sua frente.

— Ai... Eu não estou me sentindo muito bem — disse ela e estendeu a mão para onde esperava que a cadeira estivesse, mas descobriu que não estava. Ela tropeçou, endireitou o corpo, fechando os olhos com força e em seguida abrindo-os de novo. Era o xerez. O xerez e o calor do fogo na lareira. Ela se sentia bem estranha, e ali estava Myerson, encarando-a, a boca vermelha aberta, a expressão transtornada e as mãos fechadas em punhos. Ai, meu Deus. Ela deu um passo atrás, procurando algo em que se apoiar e não encontrando nada. Que tola ela havia sido em trazer o caderno consigo! Ela achou que estivesse sendo corajosa vindo até aqui, mas tinha sido uma tola, uma velha tola, exatamente como as pessoas achavam que ela era.

32

Theo havia matado muitas vezes com um movimento de caneta. Ao longo de alguns milhares de páginas de ficção ele havia apunhalado e estripado pessoas, dado tiros nelas, ele as havia pendurado em forcas improvisadas, ele as havia golpeado até a morte com uma pedra afiada aninhada na palma de uma mão pequena. E havia imaginado coisas piores (ah, as coisas que ele tinha cogitado!) enquanto se perguntava o que nós (ele, qualquer pessoa) seríamos capazes de fazer em situações extremas.

O caderno estava destruído, atirado ao fogo. A velha estava novamente em pé, mas confusa e assustada; com certeza não havia imaginado que ele reagiria tão rápido, com tanta agressividade. Enquanto olhava para ela, ocorreu a ele como seria fácil: elas eram tão frágeis naquela idade, e ela já estava trôpega, havia bebido aquele cálice de xerez rápido demais. Agora oscilava um pouco diante dele, os olhos cheios de lágrimas. Ela estava na beirada de um tapete cujo canto havia sido dobrado enquanto ela tentava recuperar o equilíbrio, praticamente na metade do caminho entre a lareira de pedra com suas quinas afiadas e a mesinha de centro minimalista de vidro e bronze.

Estivesse ele escrevendo essa cena, teria várias opções à sua escolha.

Aquela que escapou

Ele não vê nada, exceto vermelho.
   Quando acordou naquela manhã, ele não achou que seria o herói da história. Se tivesse chegado a pensar no assunto, ele poderia ter chamado a si mesmo de caçador.
   Quando acordou naquela manhã, ele não podia imaginar como seria, como ela seria — diferente do que ele queria, não a que ele queria. Ele não podia imaginar o modo como ela mentiria e o enganaria.
   Quando acordou naquela manhã, ele jamais pensou que seria a caça.
   A injustiça daquilo, amarga em sua boca, escorre por sua garganta conforme ele sucumbe a ela, aquela que escapou, a menina do rosto feio, com a mão vermelha, armada com uma pedra, vingativa. Ela é tudo o que ele consegue ver, a última coisa que verá.

Aquela que escapou

Ela sabe, antes de ver, que ele a encontrou. Ela sabe, antes de ver, que será o rosto dele atrás do volante. Ela fica paralisada. Hesita por um segundo e então sai da pista, começa a correr, entrando em uma vala, pulando uma cerca de madeira. Ela cai no campo ao lado e sai em disparada, tombando, se levantando, não dando um pio. De que adiantaria gritar?

Assim que a alcança, ele segura tufos do cabelo dela, puxando-a para baixo. Ela sente o bafo dele. Sabe o que vai fazer com ela. Sabe o que está por vir, pois já o viu fazendo aquilo. Ela o viu fazendo aquilo com sua amiga, a brutalidade com que ele empurrou o rosto dela na terra, com que ele a agarrou.

Ela viu o quanto sua amiga lutou contra ele.

Viu como ela perdeu a luta.

Por isso ela não luta, deixa o corpo mole. Ela fica deitada ali na terra, um peso morto. Enquanto ele apalpa suas roupas, ela não tira os olhos do rosto dele nem por um segundo.

Não é isso o que ele quer.

Fecha esses olhos, ele diz a ela. Fecha esses olhos.

Ela não vai fechar os olhos.

Ele dá um tapa na cara dela. Ela não reage, não emite nenhum som. Seus braços e pernas pálidos estão pesados, tão pesados que ela sente o corpo afundar na terra. E o está levando junto com ela.

Não é isso o que ele quer.

Ele sai de cima dela, dá um soco no chão. Ele tem sangue no rosto e na boca. Ele está desanimado, derrotado.

Não é isso o que ele quer.

Ele começa a chorar.

Enquanto ele está chorando, ela se levanta do chão sem fazer barulho.

Vai, ele diz para ela. Só vai. Vai embora correndo daqui.

Mas essa menina não quer fugir, ela já está cansada de fugir. Ela pega uma pedra, a borda afiada, sua ponta no formato de uma flecha. Nada grande demais, só grande o suficiente para caber direitinho na palma de sua mão.

Sua mão se fecha em volta da pedra quente, e os olhos dele se arregalam de surpresa quando ela gira o braço em sua direção. Ao som do osso na têmpora dele se quebrando, a alegria borbulha dentro dela, e ela o golpeia uma segunda vez, e mais outra, e mais outra, até estar encharcada de suor e do sangue dele. Ela acha que pode tê-lo ouvido implorando que parasse, mas não tem certeza. Ela pode muito bem ter imaginado isso.

Quando a polícia chegar, a menina vai contar a eles como teve de lutar pela própria vida, e eles vão acreditar nela.

33

Miriam vasculhou seus suvenires, os objetos que havia coletado de outras vidas — da vida de outras pessoas, de outras vidas que ela poderia ter vivido. Ela notou, com uma certa tristeza, como o conjunto estava incompleto: a chave que tinha pegado no barco se foi, assim como um dos brincos de Lorraine, o que lhe causava uma grande dor.

As coisas que decidia guardar representavam momentos importantes para ela, e quando pensava neles — os poucos minutos a sós com Daniel no barco, sua fuga da casa de fazenda —, ela gostava de segurar objetos que tinham alguma ligação com eles, para ajudá-la a se lembrar de como as coisas realmente aconteceram, de como se sentiu de verdade. Agora, enquanto segurava o pequeno crucifixo de prata que seu pai lhe dera por ocasião de sua crisma, sua primeira comunhão, ela fechou os olhos com força e se imaginou com quatorze anos, antes dos horrores da casa de fazenda, quando ainda era inocente.

Miriam tinha consciência de que esse hábito de colecionar bugigangas para transportá-la de volta a momentos importantes era uma característica que compartilhava com psicopatas e assassinos em série, o que a incomodava, mas a verdade é que todos nós temos nossos momentos monstruosos, ela acreditava, e esses objetos a ajudavam a permanecer fiel a quem realmente era, ao monstro que havia feito de si mesma.

Às vezes, quando se via num estado mental muito tenebroso, ela se sentia dominada pelo ímpeto de confessar. Se tivesse um confessor, por onde começaria? Seria pela transgressão mais recente ou pela primeira de todas? Teria de ser a última opção, ela imaginava. A primeira foi a que a definiu, a que a colocou nesse caminho.

Comece com a noite em que fugiu da casa de fazenda, quando ficou diante da janela quebrada e rezou e rezou. Quando escalou a janela, quando correu pela estrada de terra. Quando ouviu o trovão que não era trovão, o som do carro vindo de trás, vindo da fazenda. Quando se deu conta de que ele estava vindo atrás dela e começou a correr de novo, pulando uma cerca, se jogando numa vala, rastejando de barriga no chão até se esconder, pelo menos parcialmente, sob uma árvore com galhos que se dobravam em direção ao solo. E lá ficou, ouvindo as engrenagens do carro rangendo enquanto desacelerava, o farol iluminando o galho acima dela. O carro passou.

Por algum tempo depois disso ela continuou deitada na vala. Por quanto tempo, não saberia dizer. Nunca soube dizer. Miriam se lembrava de tantos detalhes daquele dia e da noite seguinte — do cheiro da casa, do azul jateado do céu de fim de tarde, da música no carro e daquele ruído que Lorraine fez, aquele ruído horroroso, depois que ele deu um soco nela. Mas não conseguia se lembrar de jeito nenhum de quanto tempo ficou deitada naquela vala, congelada e incapaz de se mover, só a mente zumbindo, pensando *Não é culpa minha se ele escolheu você*.

Não conseguia se lembrar, também, de quanto tempo ficou naquele cômodo trancado na casa de fazenda, paralisada de medo diante da janela quebrada; não conseguia se lembrar de quanto tempo havia levado para decidir que sua melhor opção não era ficar e lutar, mas fugir, e pedir socorro. Ela não conseguia se lembrar de quanto tempo ficou parada ali e rezou, rezou para que ele não descesse a escada, para que não fosse atrás dela. Para que levasse o tempo que quisesse com Lorraine.

Sua mente seguiu em frente, e foi só quando se sentou à penteadeira do quarto de Lorraine, colocando os brincos de ouro dela no bolso, pensando na má pessoa que era, que lhe voltaram à memória aquelas coisas desprezíveis que ela havia pensado, todo o tempo que havia perdido enquanto pensava nelas.

Miriam foi testada e deixou a desejar; foi então que descobriu que lhe faltava alguma bondade essencial, algum elemento constitutivo da fibra moral.

Ela não era boa na época, e não tem sido boa desde então.

No fundo da caixa de madeira, embaixo da carta do advogado, estava a plaquinha de identificação da coleira do cachorro.

Miriam não gostava de se lembrar daquele episódio, o episódio com o cachorro. Não era algo de que se orgulhava; foi uma perda de controle num momento de dor. Ela guardou a plaquinha como um lembrete para si mesma de que a transferência de ódio de uma pessoa para outra não funcionava. Não fazia sentido. Ela pensou em Jeremy, em como havia desejado enfiar uma faca na garganta dele. Às vezes pensava em Myerson também, em golpeá-lo atrás da cabeça com um martelo, jogá-lo no canal, ficar observando seu corpo afundar naquela água imunda.

Ela pensava a respeito, mas não tinha coragem de partir para a ação. E então aconteceu, um dia, de aparecer um cliente grosseiro na livraria, de rolar uma quase colisão no caminho de pedestres com um ciclista que a chamou de vaca burra e gorda, e, chegando ao seu lar com uma dor no peito e a visão embaçada, os estágios iniciais de um ataque de pânico daqueles, ela deparou com o cachorro no deque da popa de seu barco, rasgando o saco de lixo orgânico reciclável que ela havia colocado ali pela manhã e esquecido de levar até as lixeiras. Quase sem pensar, ela agarrou o cachorro. Ela o levou para dentro da cabine, colocou o animal na pia e, num movimento rápido, com uma faca afiada, cortou-lhe a garganta.

O animal não sofreu; foi uma morte limpa. Não literalmente, claro. Literalmente, foi uma sujeira enorme, sangue nas mãos, nas roupas, no chão, muito mais do que seria de esperar — ela levou séculos para limpar tudo. Às vezes, achava que ainda podia sentir o cheiro do sangue.

Mais tarde, naquela mesma noite, ela colocou o cachorro num saco, carregou-o ao longo do caminho de pedestres e despejou-o do saco na água bem em frente ao portão dos fundos do terreno de Theo. Achou que fossem encontrar o pequeno cadáver, mas ele deve ter flutuado para dentro do túnel, talvez ficado preso no hélice do barco de alguém; ou seja, no fim das contas, Theo nunca chegou a se perguntar quem teria feito uma coisa tão abominável, ele apenas ficou se perguntando onde o cachorro estava e, de certa forma, Miriam achou aquilo ainda mais satisfatório, vê-lo andando para cima e para baixo pelo caminho de pedestres e pelas ruas vizinhas, chamando o nome do animal, grudando pequenos cartazes nos postes.

Miriam enfiou a plaquinha de identificação da coleira do cachorro no bolso e saiu, se encaminhando para o oeste em direção à casa de Myerson. Se ela fosse confessar qualquer coisa, seria aquilo, o incidente lastimável com o cachorro, e, se fosse confessar aquilo para alguém, então certamente teria de ser para Myerson. Ele poderia dar queixa dela para a polícia, claro, mas algo lhe dizia que ele não faria isso. Não iria querer admitir para eles como essa coisa tinha começado, não iria querer entrar em detalhes. Aquilo feriria seu orgulho.

Ela havia se convencido de tudo aquilo, se tranquilizado, certa agora de que contar a ele sobre o cachorro seria a coisa certa a fazer por *ela* — teria o benefício duplo de punir Myerson ao mesmo tempo que aliviava seu fardo. Então, com as mãos fechadas em punhos ao lado do corpo, a mandíbula cerrada, ela subiu os degraus do caminho de pedestres e dobrou a esquina para a Noel Road, onde parou abruptamente.

Lá estava ele, diante da porta de casa, olhando furtivamente de um lado para o outro, esquadrinhando a calçada ansiosamente. Os olhos dele cruzaram com os dela e se arregalaram num espanto súbito antes que, ladeado por dois policiais fardados, ele começasse a andar até uma viatura que os aguardava.

E lá se foram eles. Miriam, com o coração batendo a ponto de explodir, mal podia acreditar no que estava vendo. Será que ela tinha vencido? Alguma justiça teria sido feita finalmente?

Ela ficou parada ali por um momento, tão atônita com o que havia testemunhado que quase se esqueceu de ficar exultante. Mas então aquele momento passou, e sua confusão deu lugar à felicidade, um sorriso se espalhando pelo seu rosto, e ela levou ambas as mãos até a boca e começou a rir. Ela riu e riu, um som estranho até mesmo para seus ouvidos.

Quando recuperou a compostura, ela notou que alguém a observava, um homem do outro lado da pista, mais adiante na rua. Um homem mais velho, de cadeira de rodas, com uma mecha de cabelo branco. Então ele empurrou as rodas da cadeira para descer da calçada e olhou de um lado para o outro, como se fosse atravessar. Por um instante, Miriam pensou que ele fosse se aproximar para falar com ela, mas um carro encostou, um daqueles táxis bem grandes, e o motorista desceu e ajudou o homem a entrar na parte de trás do carro. O táxi avançou pela rua, fazendo uma grande manobra de meia-volta.

Assim que o carro passou, os olhos de Miriam encontraram os do homem no carro, e todos os pelos de sua nuca se arrepiaram.

34

Tudo é material de inspiração. E a comédia é o que se obtém quando se soma tragédia e tempo. Não é o que se diz? Sentado numa sala abafada diante de dois detetives, Theo ficou se perguntando amargamente quanto tempo precisaria passar até que o que havia acontecido com ele — a morte do filho, a subsequente desintegração de seu casamento — se tornasse engraçado. Afinal de contas, já fazia quinze anos que o filho tinha morrido. Não deveria ser só um pouquinho engraçado a essa altura?
Papo furado.
Quanto a tudo ser material de inspiração, ele estava achando difícil fazer anotações mentais do ambiente ao seu redor, todas as suas observações se mostrando banais: a sala era cinzenta, quadradona, tinha cheiro de escritório de empresa — café ruim, mobília nova. O único som que ouvia era um zumbido insidioso, um ruído branco sobreposto à respiração um tanto anasalada da detetive Chalmers.
Na sua frente, em cima da mesa entre ele, Chalmers e o detetive Barker, havia uma faca dentro de um saco plástico transparente. Uma faca pequena, com um cabo preto de madeira e uma mancha escura na lâmina. Uma pequena faca de chef. A faca de chef *dele* — não perdida em meio ao caos da gaveta de talheres, no fim das contas.

Quando eles colocaram a faca em cima da mesa diante dele, o coração de Theo afundou no peito ao se dar conta de que aquilo não seria *material de inspiração*. Aquilo não seria uma história engraçada que ele contaria depois. Levaria muito, muito tempo até isso se tornar uma comédia, na verdade.

— O senhor reconhece isso, sr. Myerson? — perguntou a detetive Chalmers. Theo olhou para a faca. Muitos pensamentos vieram à sua cabeça, todos de uma estupidez sem fim. Ele se ouviu fazendo *hum* baixinho, o que também foi uma estupidez. Ninguém olhava para um objeto e dizia *Hum*. Alguém diria *Sim, eu reconheço isso* ou *Não, eu não reconheço isso*... mas, nesse caso, a última opção não estava disponível para ele, pois tinha plena consciência de que se a polícia estava mostrando essa faca para ele nesse momento era porque deviam saber que ele a reconheceria.

Pensa rápido, pensa rápido, pensa rápido, Theo pensou, o que era irritante, porque o impedia de pensar em qualquer outra coisa que não fosse a palavra *rápido*. *Pensa em alguma coisa que não seja rápido, pelo amor de Deus.*

A faca era sua, e eles sabiam disso — não a haviam relacionado a ele por acaso. Então era isso, não era? Esse era o fim. O fim do mundo como ele conhecia. E, como dizia a música, ele se sentia bem. O estranho era que ele *realmente* se sentia bem. Talvez *bem* fosse um exagero, mas não se sentia tão mal quanto achava que se sentiria. Talvez o ditado fosse verdadeiro: é a esperança que mata. Agora que não havia mais esperança, ele se sentia melhor. Algo a ver com o suspense, ele supunha. O suspense era a parte agoniante, não era? Hitchcock sabia disso. Agora que não havia mais suspense, agora que sabia o que iria acontecer, ele se sentia perplexo e triste, mas também aliviado.

— É minha — respondeu Theo baixinho, ainda olhando para a faca, e não para os detetives. — A faca pertence a mim.

— Certo — disse Barker. — E o senhor pode nos dizer quando foi a última vez que viu essa faca?

Theo respirou fundo. Por um instante, ele se viu de volta à sua sala com Irene Barnes. Viu os desenhos que Daniel havia feito, as imagens vulgares de sua bela esposa, a representação gráfica da morte do seu garotinho; viu a si mesmo rasgando as folhas do caderno antes de atirá-las no fogo da lareira. Ele soltou o ar devagar. E lá vamos nós.

— Bem — disse ele —, foi na manhã do dia dez.

— Dia dez de março? — O detetive Barker trocou um olhar rápido com a colega e se inclinou para a frente na cadeira. — Na manhã em que Daniel Sutherland morreu?

Theo esfregou a testa com o dedo indicador.

— Exato. Eu a joguei fora. A faca. Humm... Eu ia jogá-la no canal, mas então eu... eu vi alguém. Achei que tinha visto alguém andando pelo caminho de pedestres à margem do canal e não quis chamar atenção para a minha pessoa, então, em vez disso, eu a joguei no mato.

Os detetives se entreolharam de novo, dessa vez por mais tempo. O detetive Barker inclinou a cabeça para o lado, os lábios comprimidos.

— O senhor jogou a faca no mato? Na manhã do dia dez? Então, o senhor está dizendo, sr. Myerson...

— Que fui até o barco do Daniel bem cedo naquela manhã, enquanto minha mulher ainda estava dormindo. Eu... o esfaqueei. Houve sangue, claro, muito sangue... Eu me limpei ainda no barco. Depois fui embora e a joguei no mato a caminho de casa. Assim que cheguei, tomei banho. Carla estava dormindo. Fiz café para nós dois e depois o levei para ela na cama.

O detetive Barker ficou de boca aberta por um instante. Então a fechou.

— Certo. — Ele olhou para a colega outra vez, e Theo achou, embora fosse muito provável que estivesse imaginando coisas a

essa altura, que tivesse visto Chalmers balançando a cabeça de leve.
— Sr. Myerson, o senhor afirmou antes que não desejaria ter um representante legal presente durante este interrogatório, mas vou perguntar de novo caso queira mudar de ideia. Se houver alguém para quem o senhor queira que liguemos, podemos providenciar isso, ou, como alternativa, podemos chamar o defensor público de serviço aqui.

Theo fez que não com a cabeça. A última coisa que queria era um advogado, alguém que tentaria atenuar as circunstâncias, alguém que complicaria o que, no fim das contas, era uma coisa simples.

— Estou bem por minha conta, obrigado.

Foi então que Barker leu os direitos dele, salientando que Theo havia se apresentado de livre e espontânea vontade, que havia recusado a presença de um representante legal, mas que, à luz do que havia acabado de dizer, o procedimento formal da leitura dos direitos se tornava necessário.

— Sr. Myerson. — O detetive Barker estava com dificuldade de manter o tom de voz neutro, pelo que Theo podia dizer. Afinal de contas, este devia ser um momento emocionante para um detetive. — Só para esclarecer, o senhor está confessando o assassinato de Daniel Sutherland, correto?

— Correto — disse Theo. — Correto. — Ele bebeu um gole de água, respirou fundo de novo. Lá vamos nós outra vez. — Minha cunhada — começou Theo e então parou de falar. Essa era a parte complicada, a parte com a qual ele teria mais dificuldade, a parte que não queria dizer em voz alta.

— Sua cunhada? — incitou Chalmers, seu rosto um livro aberto agora: ela estava surpresa com o que ouvia. — Angela Sutherland? O que é que tem Angela Sutherland?

— A Angela me contou antes de morrer que minha mulher, minha... Carla... e Daniel estavam tendo um relacionamento.

— Um relacionamento? — repetiu Chalmers. Theo assentiu, com os olhos bem fechados. — Que tipo de relacionamento?

— Por favor, não — disse Theo, surpreendendo a si mesmo quando começou a chorar. — Eu não quero ter que colocar isso em palavras.

— O senhor está dizendo que havia um relacionamento de cunho sexual entre Carla e Daniel, é isso mesmo que o senhor está dizendo? — perguntou Barker.

Theo fez que sim com a cabeça. Lágrimas escorriam da ponta do nariz para a calça jeans. Fazia anos que ele não chorava, pensou de repente. Não havia chorado quando se sentou ao lado do túmulo do filho no dia que teria sido seu aniversário de dezoito anos, e agora, aqui estava ele, dentro de uma delegacia, chorando por causa *disso*.

— Angela Sutherland lhe contou a respeito do relacionamento dos dois?

Theo assentiu outra vez.

— Eu fui vê-la mais ou menos uma semana antes da morte dela.

— O senhor pode nos relatar isso em detalhes, sr. Myerson? Pode nos contar o que aconteceu quando foi vê-la?

— Acho que é melhor eu te mostrar — disse ela baixinho. — Será que você poderia... você poderia ir lá em cima comigo?

Theo a seguiu até o corredor. Ao vê-la subindo os degraus, ele imaginou as coisas que ela tinha lá em cima, as coisas que queria lhe mostrar. Coisas de Daniel, provavelmente. Mais desenhos, talvez? Bilhetes? O pensamento embrulhou seu estômago. Ele começou a subir os degraus atrás dela. Imaginou a expressão em seu rosto quando lhe mostrasse, compadecida, mas com um ar de triunfo, um ar de "eu te disse". *Veja sua bela mulher. Veja o que ela faz com o meu filho.* A alguns passos do patamar da escada, ele parou. Angela esperava por ele, olhando lá de cima, e parecia com medo. Ele se lembrou de como ela havia se encolhido diante dele no dia que Ben morreu; ele se lembrou de como teve vontade de pegá-la pelo pescoço, de estrangulá-la, de bater a cabeça dela na parede.

Não sentia mais nada daquilo agora. Então deu as costas para ela e começou a descer os degraus. Ouviu o choro dela ao abrir a porta e ao fechá-la atrás de si, sendo recebido pelo sol quente da tarde, parando para acender um cigarro antes de voltar para casa. Enquanto andava pela rua em direção ao adro da igreja de St. James, foi tomado pela nostalgia de uma época em que não odiava Angela, quando, na verdade, gostava muito dela, uma época em que seu coração pulava de alegria ao vê-la, pois ela era sempre tão divertida, uma companhia tão agradável, sempre tinha tanto a dizer. Isso tinha sido muito tempo atrás.

— O senhor pode nos relatar isso em detalhes, sr. Myerson? Pode nos contar o que aconteceu quando foi vê-la?

Theo enxugou os olhos com as costas das mãos. Não iria contar para a polícia sobre aquilo, sobre sua nostalgia. Não serviria a seus propósitos agora, serviria, contar a eles que um dia havia amado Angela como uma irmã, como uma amiga?

— Ela me disse que havia algo entre Daniel e minha mulher. Nós discutimos por causa disso. Não... Eu não encostei nela. Tive vontade de fazer isso. Tive vontade de torcer aquele pescoço magro dela, mas não fiz isso. Também não a empurrei da escada. Até onde eu sei, a morte da Angela foi um acidente.

Até onde ele sabia. E não iria admitir para a polícia que, até o fim dos seus dias, sempre que pensasse em Angela, lembraria dela como estava naquele dia, chorando no alto da escada, e pensaria nas palavras que tinha dito para ela, quando a chamara de preguiçosa, negligente e péssima mãe, e ficaria se perguntando se aquelas foram as *últimas palavras* que alguém disse para ela na vida. Ficaria se perguntando se, quando se desequilibrou no alto da escada ou enquanto morria estirada no chão, as palavras dele foram o elogio fúnebre que Angela ouviu.

— Então vocês discutiram, o senhor foi embora... O senhor confrontou sua mulher? Perguntou a ela sobre o que Angela havia lhe contado?

— Não. — Theo balançou a cabeça. — Há algumas perguntas — disse ele baixinho — para as quais não se quer ouvir resposta. Para as quais *nunca* se quer ouvir resposta. De qualquer maneira, Angela morreu pouco tempo depois daquela conversa, e eu é que não ia mencionar o assunto para minha mulher em meio ao sofrimento dela. Mas eu suspeitava... eu tinha certeza de que Daniel usaria a morte da mãe para tentar se aproximar ainda mais da Carla. Eu não poderia suportar isso. Eu só queria que ele sumisse do mapa.

A detetive Chalmers pausou a gravação, levantou-se da cadeira e anunciou que iriam fazer um breve intervalo. Ela lhe ofereceu café, que ele recusou. Em vez disso, pediu uma garrafa de água com gás, se possível. Chalmers respondeu que faria de tudo para conseguir.

Tinha acabado. O pior tinha acabado.

E então ele se deu conta de que o pior não tinha acabado coisa nenhuma. Os jornais! Ai, meu Deus, os jornais. As coisas que as pessoas diriam, na internet, nas redes sociais. Deus Todo-Poderoso. Ele baixou a cabeça e começou a chorar, os ombros subindo e descendo. Os livros dele! Ninguém os compraria mais. A única coisa boa que havia feito — tirando Ben, tirando seu amor por Carla — era sua obra, e ela ficaria manchada para sempre, assim como seu nome. Seus livros seriam retirados das prateleiras das livrarias, seu legado seria arruinado. Sim, Norman Mailer apunhalou a mulher com uma caneta-tinteiro e William Burroughs deu um tiro fatal na dele, mas os tempos eram outros agora, não eram? As coisas haviam mudado, as pessoas eram tão intolerantes, não era mais possível se safar desse tipo de situação. Um passo em falso e você era cancelado.

Quando os detetives voltaram para a sala, Chalmers trazendo uma garrafa de Evian, que obviamente não era gasosa, Theo já havia se recomposto. Enxugado os olhos, assoado o nariz, se fortalecido. Relembrou a si mesmo do que realmente importava.

Os detetives tinham outra coisa para mostrar a ele — a foto, dessa vez, de uma jovem.

— O senhor já viu essa pessoa antes, sr. Myerson? — perguntou o detetive Barker.

Theo assentiu.

— É a menina que vocês acusaram de assassinato. Kilbride, certo? — Ele ergueu os olhos para os dois.

— Essa foi a única vez que o senhor a viu?

Theo considerou isso por um instante.

— Não, não. Eu não seria capaz de jurar em juízo, num tribunal, mas acredito que ela seja a mulher que falei para vocês que vi no caminho de pedestres à margem do canal na manhã da morte do Daniel. E eu disse que a tinha visto da janela do meu quarto. Isso era mentira. Na verdade, eu... eu acho que posso ter passado por ela. A caminho do barco, acho. Ela estava... cambaleante, ou puxando da perna, talvez. Pensei que estivesse bêbada. Tinha sujeira ou sangue na roupa. Presumi que tivesse caído. Falei dela da primeira vez que vocês me interrogaram porque queria desviar a atenção de vocês.

— Desviar a nossa atenção do senhor? — perguntou Barker.

— Sim, de mim! É óbvio que era de mim.

Os detetives trocaram mais um de seus olhares inescrutáveis.

— O senhor ficaria surpreso — perguntou Barker — se soubesse que essa faca, a faca que identificou como pertencendo ao senhor e a qual, como disse, usou para matar Daniel Sutherland, foi encontrada no apartamento da jovem da foto?

— Eu... — Surpreso era pouco. — No apartamento dela? — Um pensamento horrível passou pela cabeça de Theo, de que ele havia se sacrificado à toa. — Vocês encontraram a faca no apartamento dela? — repetiu ele tolamente. — Ela... bem. Ela deve ter pegado a faca. Deve ter visto quando eu a joguei fora... Talvez ela seja a pessoa que eu pensei ter visto depois, talvez tenha sido nesse momento que eu a vi...

— O senhor acabou de dizer que achava que a tinha visto a caminho do barco — comentou Chalmers.

— Mas pode ter sido depois. Pode ter sido depois. Minhas lembranças daquela manhã não são exatamente *nítidas*. Foi uma situação estressante. Um momento tenso. Eu estava... eu estava evidentemente muito transtornado.

— O senhor reconhece isto, sr. Myerson?

Os dois tinham mais uma coisa para lhe mostrar agora — uma echarpe.

Ele assentiu.

— Ah, sim, é minha. É da Burberry, essa echarpe. Uma das boas. — Ele ergueu os olhos para os detetives. — Eu estava usando essa echarpe naquela manhã. Acho que a deixei cair.

— Onde o senhor acha que a deixou cair? — sondou Chalmers.

— Eu não faço a menor ideia. Como já disse, minhas lembranças desses acontecimentos estão longe da perfeição. Foi no barco, talvez? Ou em algum lugar no meio do caminho de pedestres? Não sei.

— Presumo que o senhor ficaria surpreso ao ouvir que isso também foi encontrado no apartamento de Laura Kilbride?

— Foi mesmo? Bem, se eu a deixei cair na mesma hora que joguei a faca fora, então... — Theo deu um suspiro, estava exausto.

— O que isso importa? Eu já disse que fui eu, não disse? Não sei como a menina pegou minha echarpe, eu...

— A srta. Kilbride acredita que a echarpe e a faca foram plantadas no apartamento dela numa tentativa de incriminá-la — disse Barker.

— Bem... — Theo estava desconcertado. — Pode até ser, mas não foram plantadas por mim, foram? Em primeiro lugar, eu não tenho a menor ideia de onde ela mora, e, em segundo lugar, eu acabei de dizer que elas pertencem a mim. Por que eu as plantaria lá e depois diria a vocês que pertencem a mim? Isso não faz o menor sentido, faz?

Barker fez que não com a cabeça. Ele parecia bastante infeliz, Theo pensou, não parecia um homem que havia acabado de solucionar um caso.

— Isso não faz sentido, sr. Myerson, não mesmo. E o problema é que só encontramos uma impressão digital na faca, e a digital pertence ao senhor — disse ele, se sentando ereto, os cotovelos na mesa e as pontas dos dedos das mãos se encostando. — A impressão de um polegar, para ser mais exato. Mas, já que essa faca pertence ao senhor, encontrar sua digital nela não é exatamente uma surpresa. Ainda mais quando a digital foi encontrada aqui — Barker indicou um local na lateral do cabo onde este encontrava a lâmina —, que não é o lugar onde se esperaria encontrar a impressão do polegar de alguém que tivesse usado a faca para matar outra pessoa, e sim de alguém que a tivesse usado para, digamos, cortar cebolas.

Theo deu de ombros e balançou a cabeça.

— Não sei o que você quer que eu diga. Fui eu. Eu matei Daniel Sutherland por causa do relacionamento dele com minha ex-mulher, Carla. Se me trouxer um papel, eu deixarei tudo escrito. Assinarei minha confissão agora mesmo. Fora isso, acho que não quero dizer mais nada, se estiver tudo bem. Está tudo bem?

Chalmers empurrou a cadeira para longe da mesa abruptamente. Ela parecia incomodada. Barker balançou a cabeça, parecendo triste. Nenhum dos dois acreditava nele, Theo pensou, e aquela constatação o irritou. Por que será que não acreditavam nele? Não achavam que ele fosse capaz de uma coisa dessas? Será que ele não parecia o tipo de homem que mataria por amor, para proteger sua família? Quem se importava se os dois acreditavam nele ou não, Theo pensou, radiante de virtude. Ele tinha feito a coisa certa. Ele a tinha salvado.

35

Carla só queria ouvi-lo negar aquilo.

Naquela noite de sexta-feira, na casa de Theo, alguns dias depois de ter lido o caderno de Daniel, ela dormiu cedo, caindo de bêbada, só para acordar do nada algumas horas mais tarde, com a cabeça latejando e a boca seca. As cenas que Daniel havia desenhado se desenrolavam como um documentário na tela em frangalhos da sua mente. Ao seu lado, Theo roncava baixinho. Ela se levantou. Não adiantava nada ficar deitada ali, ela não iria pegar no sono de novo — então se vestiu sem fazer barulho, pegou sua bolsa de pernoite e desceu a escada na ponta dos pés. Tomou um copo de água de pé em frente à pia, e então mais outro. Ela tinha bebido mais de uma garrafa de vinho na noite anterior, mais do que havia bebido de uma vez só em anos, e a dor atrás dos olhos era lancinante. Encontrou uma caixa de paracetamol no banheiro do primeiro andar e tomou três comprimidos.

De volta à cozinha, ela procurou uma caneta e um papel para deixar um bilhete. *Não consegui dormir, fui para casa*, algo do tipo. Ele ficaria magoado, não entenderia, mas ela não conseguia se preocupar com os sentimentos dele naquele momento, não conseguia se preocupar com nada. Só com Daniel.

Não encontrou uma caneta. Não importava, ligaria para ele depois. Mais tarde. Os dois teriam que conversar sobre aquilo em algum momento, ela teria de inventar alguma história que explicasse por que vinha se sentindo daquele jeito, agindo daquele modo.

— Você parece estar sofrendo de estresse pós-traumático, Cee — dissera ele quando ela apareceu para o jantar de sexta à noite, como de costume. — Tem tido dificuldade para dormir? — Ela respondera que sim, e ele insistira: quando isso começou, qual foi o gatilho? Ela não sentira vontade de conversar sobre o assunto. — Depois de uma bebida — completara. Ela bebeu duas doses de gim-tônica antes de eles abrirem o vinho. Não comeu nada. Não era à toa que se sentia daquele jeito.

Não era à toa.

Ao olhar pela porta da cozinha, ela viu que havia uma camada de gelo cobrindo a grama. Estaria frio lá fora. Ela calçou suas luvas e pegou uma das velhas echarpes de Theo pendurada no hall de entrada, que jogou nos ombros. Ao entrar de novo na cozinha, ela percebeu que a faca que Theo tinha usado para fatiar o limão-siciliano de seu gim-tônica ainda estava lá. Simplesmente assim, largada, ali na tábua de corte.

Ela só queria ouvi-lo negar aquilo.

Deixou a casa pela porta da cozinha, enrolando a echarpe no pescoço. Destrancou o portão dos fundos e, ao passar por ele, se viu no deserto caminho de pedestres à margem do canal; então virou à esquerda, em direção à sua casa.

Uma névoa suave, prateada sob a luz do luar, subia da água. As luzes dos barcos estavam todas apagadas: devia ser umas quatro e meia — cinco, talvez? Ainda escuro. Carla andava devagar, com as mãos enfiadas bem fundo nos bolsos e o nariz enterrado na echarpe. Andou cem metros, duzentos; passou direto pelos degraus que geralmente subia ao ir para casa. Continuou em frente.

Sua mente pareceu desanuviar no frio. Ela poderia ir até ele agora. Ela o ouviria negar, ouviria dizer *Isso não é verdade, não é real, é só...* Só *o quê?* O que poderia ser? Uma fantasia? Um pesadelo?

O que significava o fato de, em algum momento no decorrer dos últimos anos, ele ter sentado e feito aqueles desenhos — de si mesmo, dela. Do seu menino. O que significava o fato de ele ter desenhado todos eles daquele jeito?

Tudo o que ela queria era uma explicação.

Ao se aproximar do barco, ela ficou surpresa ao ouvir vozes, alteradas e furiosas. Em vez de parar e bater na janela como havia planejado, ela acelerou o passo, continuou andando pelo caminho de pedestres e subiu os degraus que levavam à ponte. Ficou ali parada, olhando para o barco embaixo, sua respiração acelerada e quente condensando o ar à sua frente.

Depois de um ou dois minutos, ela viu Daniel saindo da cabine para o deque da popa de seu barco. De calça jeans, ele vestiu um suéter sobre o tórax nu enquanto pisava no caminho de pedestres. Parecia estar dizendo alguma coisa, mas suas palavras foram arrebatadas pelo vento e espalhadas pela água. Carla o viu girando a cabeça de um lado para o outro, pressionando o pescoço com a mão. Ele deu alguns passos em direção à ponte e então parou para acender um cigarro. Ela prendeu a respiração, desejando que ele olhasse para ela. Ele deu alguns tragos no cigarro e depois o jogou longe com um peteleco, puxando o capuz do suéter sobre a cabeça ao passar por baixo do arco da ponte onde ela se encontrava.

Alguns minutos depois uma menina saiu do barco. Jovem — certamente jovem demais para Daniel — e toda desgrenhada. Ela ficou parada ali por um instante, de costas para Carla, olhando de um lado para o outro, como se não soubesse muito bem para onde ir. Ela ergueu o olhar de relance para a ponte, cuspiu no chão e foi cambaleando na direção oposta à que Daniel havia seguido, rindo enquanto andava.

O dia começava a clarear. Os primeiros e mais determinados corredores do dia haviam amarrado os cadarços dos tênis e descido para o canal; um ou dois já tinham passado sob a ponte de Carla e logo haveria outros. Estava frio, e ela não tinha o menor desejo de esperar, queria voltar, não para a sua casa, mas para a cama quentinha de Theo, para o café e para o conforto. Haveria outro dia para esse confronto.

    E, assim que pensou isso, no exato momento em que pensou isso, ela viu Daniel emergir sob o arco da ponte, a cabeça bem abaixo dela. Ela ficou observando enquanto ele andava de volta para o barco, segurando o cigarro com delicadeza entre os dedos indicador e médio — ele se parecia tanto com a mãe quando estava em movimento —, e subia no deque da popa. Ao fazer isso, ela teve certeza de que ele iria erguer os olhos para ela, de que iria vê-la. Em vez disso, ele se abaixou para entrar na cabine e desapareceu.

    Carla não via ninguém mais em nenhum dos lados do caminho. Ela andou de volta para os degraus depressa, desceu de dois em dois, correu até o barco, entrou no deque da popa e se abaixou para entrar na cabine — deve ter levado menos de trinta segundos, e agora estava a sós com ele. De costas para ela, ele estava no processo de tirar o suéter quando ela chegou e ele se virou, alarmado pelo barulho ou pelo balanço do barco. Ele largou o suéter a seus pés. Por um instante, ficou olhando para ela impassível e então sorriu.

    — Oi — disse ele. — Que surpresa.

    Ele abriu bem os braços, dando um passo em direção a ela, pronto para um abraço.

    A mão de Carla, que naquele momento estava enfiada bem fundo na bolsa, segurou o cabo da faca. Com um único movimento, ela a tirou da bolsa e a enfiou nele, colocando toda a sua força, todo o seu peso, por trás da faca. Observou o sorriso dele vacilar. Havia uma música tocando no rádio, não muito alto, mas o bastante para abafar o som que ele emitiu, não um urro nem um berro, mas um grito abafado. Ela retirou a faca e o apunhalou de novo, e de novo, dessa vez no pescoço. Passou a lâmina de um ponto ao outro da garganta para silenciá-lo.

Ela lhe perguntou, repetidas vezes, se sabia por que ela estava fazendo aquilo, mas ele não era capaz de responder. Ela não chegou a ouvi-lo negar aquilo.

Logo depois ela fechou e trancou a porta da cabine, se despiu, tomou banho, lavou os cabelos e vestiu as roupas que estavam em sua bolsa de pernoite. As ensanguentadas ela enfiou num saco plástico que achou em cima da pia. Colocou isso e a faca, que enrolou na echarpe de Theo, dentro da bolsa de pernoite e, em seguida, destrancou a porta e saiu, deixando a porta da cabine aberta, andando apressada pelo caminho de pedestres em direção à casa de Theo; uma mulher branca de meia-idade fazendo sua caminhada matinal, sem atrair a atenção de ninguém. Ela passou de volta pelo portão dos fundos, que dava para o jardim de Theo, depois entrou na casa pela cozinha, onde deixou a bolsa de pernoite. Subiu a escada na ponta dos pés, entrou de fininho no quarto, onde Theo dormia, e seguiu para o banheiro. Tirou as roupas limpas e tomou outro banho, parada sob o jato de água quente por um bom tempo, exausta, as mãos doendo, o maxilar cerrado, as pernas pesadas como se tivesse corrido uma maratona.

Se sua única intenção tinha sido ouvi-lo negar aquilo, por que não lhe deu uma chance de fazer isso? Por que levar a faca? Por que voltar para a casa de Theo, em vez de para a sua, se não para ter ao menos a possibilidade de um álibi? Ela podia mentir para si mesma o quanto quisesse, mas, quando ficava acordada na cama, como agora, noite após noite, pensando no que havia feito, ela via a verdade. Ela soubera desde o primeiro instante em que vira aquele desenho, de Daniel na sacada, olhando para o filho dela lá embaixo e sorrindo, exatamente o que iria fazer com ele. Tudo o mais, todo o resto, era uma grande mentira.

36

Quando a guarda lhe disse que tinha boas notícias, a primeira coisa que Laura pensou foi que sua mãe tinha vindo fazer uma visita, e a segunda foi que gostaria que a mãe não fosse mais a primeira pessoa em quem pensava. Obviamente, não era nada disso. Sua mãe não tinha vindo visitá-la, nem solicitado permissão para uma visita. Seu pai tinha — ele viria no dia seguinte, o que era legal, mas ela não conseguia evitar, queria a mãe. De alguma forma, apesar de tudo, em seus piores momentos, Laura ainda queria a mãe.

A guarda, que devia ter mais ou menos a idade de sua mãe, mas que, pensando bem, tinha um comportamento mais maternal que o dela, abriu um sorriso simpático e disse:

— Não é uma visita, querida. É melhor que isso.

— O quê? — perguntou Laura. — O que é?

A guarda não tinha permissão para contar, mas conduziu Laura para fora de sua cela e depois por um corredor, passando por algumas portas, depois mais outra e mais outra, enquanto ela não parava de perguntar:

— O quê? O que é? Ah, qual é, conta logo.

No fim das contas, era Cara Nervoso.

— Ele? — Laura não conseguiu esconder a decepção. — *Ele?*

A guarda apenas riu. Gesticulou para que Laura se sentasse e piscou para ela enquanto fechava a porta.

— Puta que pariu — resmungou Laura, sentando-se à mesa.

Cara Nervoso lhe deu um bom-dia animado.

— Boas notícias, Laura! — anunciou ele, sentando-se na cadeira em frente.

— Pois é... É o que todo mundo anda me dizendo.

E então, pasmem, eram boas mesmo.

Retiraram as acusações! Laura teve vontade de dançar. Teve vontade de abraçar Cara Nervoso, de dar um beijo na boca dele, de arrancar as roupas do corpo e sair correndo e gritando pelo centro de detenção. Eles retiraram as acusações! Eles retiraram a porra das acusações!

Ela conseguiu se controlar, mas se levantou, ganindo como um cachorrinho:

— Posso ir embora? Posso ir embora daqui?

— Pode! — Cara Nervoso parecia quase tão aliviado quanto ela. — Bem, não. Não imediatamente, digo. Há alguns formulários que preciso que você assine e... Quer que eu ligue para alguém? Alguém que você gostaria que viesse buscá-la?

Sua mãe. Não, não sua mãe. Seu pai. Mas isso significaria um confronto com Deidre, o que acabaria imediatamente com a sua empolgação. Era patético, na verdade, pensando bem. Ela não tinha ninguém, ninguém mesmo.

— Você pode ligar pra minha amiga Irene? — ela se ouviu perguntar.

— Irene? — Ele ajeitou a caneta. — Ela é uma integrante da sua família, é? Ou uma amiga?

— Ela é minha melhor amiga — respondeu Laura.

Era como voar.

Não, não era como voar coisa nenhuma; na verdade, era como se suas entranhas tivessem ficado amarradas com nós por séculos e séculos, semanas e meses e anos, e, então, de repente, alguém tivesse vindo e desfeito os nós, e tudo tinha podido se desemaranhar, o frio na barriga se foi, a azia se dissipou, as cólicas, a dor, a sensação torturante de tudo embrulhado, tudo foi embora e, finalmente — finalmente! —, ela podia esticar o corpo! Laura podia ficar ereta, com os ombros para trás, o peito aberto, e respirar. Podia encher os pulmões. Podia cantar, se quisesse, a música que a mãe costumava cantar.

E lá estava Laura, cantando *Sugar Boy*, de Beth Orton:
— *Well I told you I loved you, now what more can I do?*

A gentil guarda disse a ela para voltar para a cela e arrumar suas coisas, então ir para a cantina e almoçar, pois devia levar algum tempo até que resolvessem toda a burocracia, e ela iria acabar ficando com fome, e não teria nada quando chegasse em casa, teria? Os nós começaram a se reatar, mas Laura se empertigou ainda mais, esticou os braços acima da cabeça, acelerou o passo.

— *Told you I loved you, you beat my heart black and blue.*

Lá estava Laura, sorrindo para si mesma, a cabeça zumbindo e a pele formigando, saltitando e pulando em direção à sua cela, quando, da direção contrária, vinha a menina grandona de piercing no nariz, que, três dias antes, na cantina, e a troco de nada, a havia chamado de vadia aleijada feiosa da porra e dito que iria retalhar o rosto dela da próxima vez que a visse.

— *Told you I loved you, now what more can I do?*

A grandalhona ainda não tinha visto Laura, estava conversando com a amiga, uma menina mais baixa, só que atarracada e com pinta de bem forte, não alguém com quem você se meteria.

— *Do you want me to lay down and die for you?*

Lá estava Laura, cantando, mas mantendo a cabeça baixa o tempo todo, o queixo junto ao peito. *Não olha pra cima, não olha no olho dela, você pode fazer o que quiser, só não olha no olho dela.* A grandalhona estava se aproximando, rindo de alguma coisa que a amiga atarracada dizia, fazendo um ruído parecido com o de um ralo, igualzinho a um ralo, e agora lá estava Laura, rindo também, a cabeça ainda baixa, mas rindo, incapaz de se conter porque era engraçado, era engraçado mesmo, sem brincadeira, aquele ruído de ralo que saía da boca grande e feia da menina.

Lá estava Laura, sua cabeça não estava mais baixa, estava erguida; ela viu o sorriso da grandalhona virar um rosnado, ouviu a amiga perguntar:

— Que porra é essa?

E lá estava Laura, rindo como uma lunática, como um sino, como um enxame de moscas.

Lá estava Laura, a cabeça batendo no piso de linóleo. Lá estava Laura, gritando em agonia quando uma bota desceu sobre sua mão. Lá estava Laura, lutando para respirar enquanto a grandalhona ajoelhava em seu peito.

Eu estou aqui eu estou aqui eu estou aqui.

Lá estava ela.

37

Três dias haviam se passado desde que Irene saiu de casa pela última vez. Três dias, ou quatro? Ela não tinha certeza, só sabia que se sentia extremamente cansada. Não havia nada na geladeira, mas não conseguia nem pensar em sair; não conseguiria enfrentar o supermercado, o barulho, toda aquela gente. O que ela queria mesmo era dormir, mas não tinha energia nem para se levantar da poltrona e subir a escada. Então ficou sentada na poltrona à janela, passando os dedos na borda do cobertor estendido sobre os joelhos.

Ela estava pensando em William. Tinha ouvido a voz dele não fazia muito tempo. Vinha procurando seu cardigã, pois o tempo continuava horrível, ainda muito frio, e havia andado da sala até a cozinha para ver se o deixara, como fazia às vezes, pendurado no encosto da cadeira, quando o ouviu, em alto e bom som. *Quer um chá, Reenie?*

Irene tinha deixado a casa de Theo Myerson extremamente abalada. Aquilo já fazia alguns dias, mas ela continuava abalada. Houvera um momento — breve, mas mesmo assim aterrorizante — em que ela realmente pensara que ele fosse machucá-la, avançando em sua direção com os braços estendidos. Ela quase tinha sentido as mãos dele em seu pescoço. Ela havia se encolhido toda, apavorada, e ele com certeza vira o seu pavor. Ele a envolveu com os braços, gentil como uma mãe, ajudou-a a se levantar e ir até o sofá. Ele tremia durante todo o processo. Não falou nada nem olhou para ela. Depois virou de costas, e então ela ficou observando enquanto ele se ajoelhava diante da lareira, enquanto arrancava ferozmente as folhas do caderno de Daniel e as atirava uma a uma nas chamas.

Um pouco depois, ela foi embora no táxi que ele havia chamado, morrendo de vergonha do dano que causara. Se ele a tivesse machucado, pensou, seria bem feito para ela.

Por pior que a tarde tenha sido, aquela não foi a pior parte. O pior veio depois. Alguns dias depois do incidente com Myerson, Irene tinha recebido um telefonema de um advogado dizendo que Laura Kilbride seria solta do centro de detenção e perguntando se Irene poderia ir à zona leste de Londres naquela tarde para buscá-la. Irene ficou exultante — ficara tão animada, tão *aliviada* —, mas sua alegria durou pouco: logo depois de Irene ter acabado de chamar um táxi para levá-la até lá, recebeu outra ligação do mesmo advogado dizendo que Laura não seria liberada, no fim das contas, pois tinha sido agredida e gravemente ferida, e eles iriam transferi-la para o hospital imediatamente. Irene ficou tão transtornada que não havia anotado nem o nome do advogado nem o nome do hospital, e, quando ligou para o centro de detenção para pedir mais informações, eles não puderam ajudá-la. Eles se recusaram a informar a gravidade dos ferimentos, o modo como Laura havia se ferido ou onde ela estava agora porque Irene não era da família.

Desde então, Irene não tinha conseguido comer nada, não tinha pregado os olhos, estava fora de si. Expressão estranha essa, mas, mesmo assim, bem apropriada, pois ela realmente sentia como se estivesse pairando acima do próprio corpo, vivendo situações que quase não pareciam reais, que davam a sensação de ser algo que ela havia lido a respeito, ou algo ao qual ela havia assistido numa tela de televisão, imagens ao mesmo tempo distantes e ainda assim estranhamente ampliadas. Irene se sentia à beira de alguma coisa: reconhecia aquela sensação, era o início da transição para um estado de consciência diferente, em que o mundo como era de fato se dissipava e ela era deixada em algum outro lugar, algum lugar assustador, confuso e perigoso, mas onde existia a possibilidade de ver William de novo.

As pálpebras de Irene estavam ficando pesadas, o queixo começando a baixar em direção ao peito, quando ela sentiu uma sombra passando em frente à janela e despertou de um pulo. Carla estava lá fora na calçada, vasculhando a bolsa de mão à procura de alguma coisa. Inclinando-se para a frente, Irene deu uma batidinha na janela. Carla se sobressaltou, ergueu o olhar, viu Irene e acenou com a cabeça, sem se dar ao trabalho de sorrir. Irene gesticulou para que ela esperasse um instante, mas Carla já tinha se virado para o outro lado, já havia achado o que quer que estivesse procurando na bolsa — a chave da casa ao lado, provavelmente — e desaparecido.

Irene afundou de novo na poltrona. Uma parte dela queria desesperadamente *deixar para lá*, esquecer a coisa toda — afinal de contas, Laura não era mais suspeita do assassinato de Daniel. O dano à pobre menina já havia sido feito. Agora a polícia tinha um novo suspeito do crime, Theo Myerson. A história saiu em todos os jornais: ele não havia sido acusado formalmente, por isso a polícia não tinha mencionado seu nome, mas o segredo vazou — um fotógrafo com olhos de águia havia tirado uma foto de Myerson saindo de uma viatura na delegacia, e isso, aliado à notícia de que um homem de 52 anos e morador de Islington estava ajudando a polícia com a investigação e de que as acusações contra Laura Kilbride haviam sido retiradas, não deixava muito espaço para a dúvida.

Pobre Theo. Irene fechou os olhos. Por um segundo ela viu a expressão aflita dele depois de ter examinado as ilustrações no caderno e sentiu uma forte pontada de culpa. Ainda de olhos fechados, Irene se viu também. Ela se imaginou olhando para si mesma de fora da sala, de lá da calçada, exatamente como Carla Myerson havia olhado para ela alguns instantes atrás. O que Carla teria visto? Ela teria visto uma idosa miúda, desorientada, assustada e sozinha, olhando para o nada, pensando no passado, isso se estivesse pensando em alguma coisa.

Ali, em seus pensamentos, estava tudo o que Irene temia — ver a si mesma reduzida a um clichê da velhice, uma pessoa sem função, sem esperança, sem futuro, sem planos, sentada sozinha numa poltrona confortável com um cobertor sobre os joelhos, na sala de espera da morte.

Bem, *chega dessa palhaçada*, como Laura diria.

Irene se levantou da poltrona e cambaleou até a cozinha, onde se forçou a tomar um copo de água antes de comer dois biscoitos e meio de chocolate já velhos. Em seguida, preparou uma caneca de chá, que adoçou com duas colheres cheias de açúcar, e bebeu tudo. Esperou alguns minutos para que o açúcar e o carboidrato fizessem efeito e, assim fortalecida, pegou sua bolsa de mão e a chave da casa número três, abriu sua própria porta, deu alguns poucos passos para a esquerda e bateu, com a firmeza que as mãos pequenas e artríticas lhe permitiam, à porta da casa de Angela.

Como tinha imaginado que aconteceria, não houve resposta, portanto enfiou a chave na fechadura e foi entrando.

— Carla? — chamou ela assim que pisou no hall de entrada.
— Carla, é a Irene. Eu preciso falar com você...
— Estou aqui. — A voz de Carla soou alta e inquietantemente próxima, como se viesse do ar, do nada. No susto, Irene deu um passo atrás, quase tropeçando na soleira da porta. — Aqui em cima — explicou Carla, e Irene avançou alguns passos, erguendo os olhos em direção à fonte da voz. Carla estava sentada no topo da escada como uma criança que tinha fugido da cama, puxando fios do carpete. — Quando você terminar de dizer seja lá o que quer dizer, pode deixar essa chave na cozinha — disse ela, sem olhar para Irene. — Você não tem o direito de entrar nesta casa assim, sem mais nem menos.

Irene pigarreou.

— Não — concordou ela —, acho que não tenho mesmo. — Ela se aproximou da escada e, colocando uma das mãos na base do corrimão, se abaixou para deixar a chave no terceiro degrau.

— Pronto — concluiu ela.

— Obrigada. — Carla parou de puxar fios do carpete por um instante e ergueu o olhar para encarar Irene. Ela estava com uma aparência horrível, *um caco*, a pele acinzentada e os olhos vermelhos. — Tem jornalistas em frente à minha casa — disse ela com a voz baixa e mal-humorada —, e a polícia está botando a casa de Theo abaixo. É por isso que estou aqui. Não tenho para onde ir.

Irene abriu sua bolsa e espiou dentro dela, remexendo em seu conteúdo.

— Você tem mais alguma coisa para mim, Irene? — perguntou Carla. A voz dela saía áspera, rouca. — Porque, se não tiver, eu realmente preferiria...

Irene tirou da bolsa as duas caixinhas de joias, a que continha a medalhinha de São Cristóvão e a que continha o anel.

— Achei que você ia querer isto de volta — disse ela baixinho, colocando-as no terceiro degrau ao lado da chave.

— Ah! — Carla ficou boquiaberta. — A medalhinha de São Cristóvão! — Ela se levantou rapidamente, quase tropeçando escada abaixo ao se atirar sobre a caixinha, pegando-a e segurando-a junto ao peito. — Você a encontrou — disse ela, sorrindo para Irene em meio às lágrimas. — Não acredito que você a encontrou. — Ela tentou pegar a mão de Irene, mas Irene se afastou habilmente.

— Eu não a *encontrei* — disse Irene num tom de voz comedido. — Ela me foi entregue. Por Laura. Laura Kilbride. Esse nome significa alguma coisa para você?

Mas Carla não estava prestando atenção, já estava sentada de novo, agora no terceiro degrau, a caixinha de joias aberta no colo. Ela pegou o pequeno objeto de ouro, revirou-o entre os dedos e encostou-o nos lábios. Irene ficou olhando para ela, sinistramente fascinada pela demonstração peculiar de devoção. Ficou se perguntando se Carla teria enlouquecido.

— Laura — repetiu Irene. — A menina que foi presa. A medalhinha e o anel, eles estavam na bolsa que Laura roubou de você. *Carla?* Isso significa alguma coisa para você? — Ainda nada. — Você deixou a bolsa aqui, bem aqui, neste hall de entrada. A porta estava aberta. Laura viu e pegou a bolsa. Ela se sentiu mal com isso, então devolveu as coisas para mim, só que... Ah, pelo amor de Deus. Carla! — vociferou ela, e Carla ergueu os olhos, surpresa.

— O quê?

— Você vai mesmo fazer isso? Vai ficar sentada aí e fingir que não é com você? Vai mesmo deixar que ele leve a culpa?

Carla balançou a cabeça, voltando a olhar para a medalhinha de ouro.

— Eu não sei o que você está querendo dizer — respondeu ela.

— Theo não matou aquele rapaz — disse Irene. — Foi você. Você matou o Daniel.

Carla piscou devagar. Quando voltou a olhar para Irene, tinha os olhos vidrados e imóveis, o rosto impassível.

— Você matou Daniel e ia deixar que Laura levasse a culpa, não ia? Você ia deixar que uma menina inocente pagasse pelo que você fez. Você sabia — a voz de Irene ficou mais alta, além de trêmula —, você sabia que ela foi ferida enquanto estava no centro de detenção? Sabia que os ferimentos dela foram tão graves que eles tiveram de levá-la para o hospital?

Carla baixou o queixo junto ao peito.

— Isso não tem nada a ver comigo — respondeu ela.

— Isso tem *tudo* a ver com você — gritou Irene, sua voz ecoando pela casa vazia. — Você viu o que ele tinha desenhado naquele caderno. Pode negar, não faz a menor diferença. Eu vi as ilustrações. Eu vi o que ele desenhou... o que ele imaginou.

— *Imaginou?* — sussurrou Carla, semicerrando os olhos, a expressão no rosto subitamente irada.

Irene deu um passo atrás, para longe da escada, para perto da porta. Ali, no meio do hall de entrada vazio, ela se sentiu meio desorientada; queria desesperadamente se sentar, descansar, ter algo em que se apoiar. Respirando fundo, mordendo o lábio e segurando a bolsa diante do corpo como um escudo, ela chegou mais para perto de Carla de novo.

— Eu vi o que ele desenhou — repetiu ela. — Você também viu. Assim como seu marido, antes de jogar as folhas no fogo da lareira.

Carla se retraiu ao ouvir aquilo, estreitando os olhos para Irene.

— O *Theo* viu? — perguntou ela, franzindo o cenho. — Mas o caderno está aqui, está... Ah. — Ela suspirou, bufou uma risadinha triste conforme baixava a cabeça. — Não está aqui, está? Você deu o caderno para ele. Você mostrou para ele. Por quê? — perguntou ela. — Por que em nome de Deus você faria isso? Que mulher mais estranha e intrometida você é, um tremendo *estorvo*. Você tem noção do que fez?

— O que foi que eu fiz? — exigiu saber Irene. — Vamos, Carla, me diga!

Carla fechou os olhos e balançou a cabeça negativamente como uma criança birrenta.

— *Não?* Bem, nesse caso, que tal eu dizer o que *você* fez? Você viu aqueles desenhos que Daniel tinha feito e concluiu que ele era culpado pela morte do seu filho, e então tirou a vida dele. A faca que você usou estava na bolsa que a Laura roubou, o que explica por que foi parar no apartamento dela. E então seu marido... seu ex-marido, que ama você mais que a própria vida, por algum motivo que eu ainda não consegui entender... ele entrou em cena e assumiu toda a culpa. E você! Fica sentada aí e diz que isso não tem nada a ver com você. Você não sente nada? Não está envergonhada?

Carla, curvada sobre a medalhinha, os ombros projetados para a frente, murmurou:

— Se eu não *sinto nada*? Pelo amor de Deus, Irene. Você não acha que eu já sofri o suficiente?

E ali, Irene pensou, estava o xis da questão. Depois de tudo o que Carla suportou, como é que qualquer outra coisa poderia ter importância?

— Eu sei que você sofreu muito — disse ela, mas Carla não estava para conversa.

— Você não sabe de nada — sussurrou ela. — Você não poderia nem imaginar...

— A sua dor? Talvez não, Carla, mas você acha mesmo que, só porque perdeu seu filho daquela maneira trágica e terrível, isso lhe dá o direito? — Diante dela, Carla se agachou como se estivesse prestes a saltar em seu pescoço, tremendo agora de pesar ou raiva. Mas Irene não se intimidaria; ela prosseguiu. — Porque sofreu aquela perda terrível você acha que isso lhe dá o direito de destruir tudo, assim, ao seu bel-prazer?

— Ao meu *bel-prazer*? — Com uma das mãos no corrimão, Carla se pôs de pé; parada no terceiro degrau, ela se agigantava sobre Irene. — Meu filho está morto — esbravejou ela. — Minha irmã também, e ela morreu sem ser perdoada. O homem que eu amo vai para a cadeia. Você acha que há algum prazer para mim nisso tudo?

Irene deu um passinho atrás.

— O Theo não tem que ir para a cadeia — disse ela. — Você poderia mudar isso.

— Que bem isso faria? — perguntou Carla — De que... Ah. — Ela virou o rosto para o lado, enojada. — Não adianta nem tentar explicar isso para você. Como diabos você poderia entender como é amar uma criança?

Aquilo de novo. Tudo sempre se resumia àquilo. Você não poderia entender, você não é mãe. Você nunca soube o que é amor, não de verdade. Você não tem isso dentro de si, seja lá o que for, a capacidade para o amor incondicional e ilimitado. Nem a capacidade para o ódio desenfreado.

Irene fechou as mãos em punho ao lado do corpo e depois as abriu.

— Talvez eu não compreenda o amor dessa forma — disse ela. — Talvez você tenha razão. Mas mandar o Theo para a prisão? Onde é que o amor entra nisso?

Carla comprimiu os lábios.

— Ele entende — disse ela, subjugada. — Se Theo viu mesmo o caderno de Daniel, como você diz que ele viu, então é claro que ele entenderia por que eu tive de fazer o que eu fiz. E você, parada aí, toda indignada, toda cheia de si, você também deveria entender, porque eu não fiz isso só pelo Ben, eu fiz pela Angela.

Irene balançou a cabeça, incrédula.

— Pela Angela? Você vai mesmo ficar aí dizendo que matou Daniel pela *Angela*?

Carla estendeu o braço e, com uma delicadeza surpreendente, colocou a mão no pulso de Irene. Ela fechou os dedos ao redor dele, puxando Irene mais para perto de si.

— Quando foi — sussurrou ela, com uma expressão repentinamente solene, quase esperançosa —, quando foi, na sua opinião, que ela soube?

— Soube?

— Sobre *ele*. O que ele tinha feito. O que ele *era*.

Irene se desvencilhou dela, balançando a cabeça. Não, Angela não poderia saber. Pensar isso era absurdo, a possibilidade de ela ter convivido com aquilo. Não. De qualquer forma, não havia nada para saber, havia?

— Era uma história — disse ela. — Ele escreveu uma história, talvez para tentar processar algo que tinha vivido quando era pequeno e, por algum motivo, se colocou no papel de vilão. Talvez se sentisse culpado, talvez achasse que deveria ter tomado conta de Ben, ou talvez tenha sido um acidente... pode ter sido um erro. — Ela tinha plena consciência de que, em parte, estava tentando convencer a si mesma. — Pode ter sido um erro de criança. Ele era tão pequeno, era impossível que entendesse as consequências.

Carla assentia com a cabeça, ouvindo o que ela dizia.

— Eu considerei essa possibilidade. Considerei todas essas possibilidades, Irene. De verdade. Mas, pense bem: ele era uma criança... sim, *naquela época*, ele era uma criança. Mas e depois? Digamos que você tenha razão, digamos que tenha sido um erro de criança, ou um acidente; isso não explica o comportamento dele depois. Ele sabia que eu culpava a Angela pelo que aconteceu e deixou que eu a culpasse. Ele permitiu que eu a punisse, ele permitiu que Theo a rejeitasse, ele ficou só assistindo enquanto ela desabava pouco a pouco sob o peso da culpa, e ele não fez nada. Aliás — Carla deu uma rápida sacudida de cabeça —, isso não verdade. Não é que ele não tenha feito nada. Ele fez algo sim... ele piorou as coisas. Disse à psicóloga que a morte de Ben foi culpa da Angela; ele me deixou acreditar que a Angela o estava maltratando. Aquilo tudo, tudo aquilo era... meu Deus, eu nem sei dizer o que era. Um jogo, talvez? Ele estava brincando com a gente, com todo mundo, nos manipulando, para seu próprio divertimento, imagino. Para dar a si mesmo uma sensação de poder...

Era monstruoso, inimaginável. Que tipo de mente inacreditavelmente perturbada seria capaz de pensar daquela maneira? Irene se pegou suspeitando de que talvez a mente de *Carla* é que fosse monstruosamente perturbada; a interpretação dela dos acontecimentos não era tão perturbadora quanto as imagens no caderno de Daniel? E, ainda assim, quando ela pensava em Angela brigando com o filho, desejando que ele nunca tivesse existido, a versão de Carla dos acontecimentos soava horrorosamente verdadeira. Irene se lembrou do jantar de Natal arruinado, quando Angela disse que invejava a ausência de filhos de Irene, ela se lembrou do pedido de desculpas dela no dia seguinte. *Você ficaria vendo o mundo pegar fogo se isso significasse que eles seriam felizes.*

Carla tinha dado as costas para Irene, e agora subia lentamente os degraus, girando o corpo para encará-la assim que alcançou o último degrau.

— Então, sabe, *foi* em parte por ela. Parece tão terrível, não parece, quando se diz isso em voz alta? Eu matei o filho dela por ela. Mas é verdade, de certo modo. Eu fiz isso por mim, pelo meu filho, por Theo, mas por ela também. Por causa da destruição que ele causou na vida da Angela.

Ao voltar novamente para a sua casa, Irene refletiu sobre como, embora fosse penoso às vezes, era uma sorte que pessoas como Carla olhassem para velhinhas como ela e as considerassem burras, distraídas, desmemoriadas e abobadas. Hoje, pelo menos, foi uma sorte que Carla a visse como alguém à espera da morte, alguém que não pertencia mais àquele mundo, desatualizada de todas as suas complexidades, de seus avanços tecnológicos, de seus aparelhos eletrônicos, de seus smartphones, de seus aplicativos de gravação de voz.

38

O tempo havia mudado de novo, o ar gélido da semana passada repentinamente banido por uma abençoada brisa quente soprando do Mediterrâneo. Dois dias atrás, Miriam estava de casaco e cachecol, encolhida em frente à pequena lareira de ferro fundido; agora estava quente o suficiente para que ela se sentasse no deque da popa do barco, bebendo seu café matinal e lendo o jornal.

O que estava no jornal poderia muito bem ter sido uma obra de ficção: Theo Myerson havia sido liberado da custódia da polícia, embora ainda fosse acusado de desperdiçar o tempo deles e de perverter o curso da justiça, e agora era sua esposa que estava sendo acusada de assassinato, depois que os policiais receberam (de uma fonte anônima) uma dramática confissão gravada em áudio.

Então, no fim das contas, a pessoa que Miriam vinha tentando incriminar pelo assassinato de Daniel Sutherland acabou sendo a mesma pessoa que matou Daniel Sutherland. Que tal? Isso não dizia muito sobre as habilidades incriminatórias de Miriam.

Uma obra de ficção! Miriam não pôde deixar de rir. Será que Myerson tentaria tirar um romance policial dessa confusão? Talvez *ela* devesse tentar fazer isso. Que tal essa virada de jogo? Miriam pegar a história da vida *dele* e usá-la como material de inspiração, distorcendo os fatos como quisesse e roubando dele o controle sobre a narrativa, suas palavras, seu poder.

Por outro lado, talvez houvesse um caminho mais fácil — e com certeza mais lucrativo: que tal um telefonema rápido para o *Daily Mail*? Quanto pagariam por informações privilegiadas sobre Theo Myerson? Um bocado de dinheiro, ela imaginou, já que Myerson era exatamente o tipo de gente — rico, inteligente, sofisticado, esquerdista, a elite liberal decadente em pessoa — que o *Daily Mail* abominava.

Ela terminou o café e foi até a mesa da cozinha, onde abriu o laptop, e tinha acabado de digitar "como vender uma história para os jornais" no Google quando ouviu uma batida na janela. Ela ergueu o olhar e quase caiu da banqueta. Myerson! Curvado no caminho de pedestres, espiando pela vigia da cabine.

Desconfiada, ela saiu para o deque da popa. Theo estava a alguns metros de distância, as mãos enfiadas nos bolsos, uma expressão taciturna no rosto. Ele havia envelhecido desde a última vez que ela o viu — sendo levado pela polícia. Naquele dia, ele ainda era o homem corpulento e corado de sempre; agora parecia mais magro, sem energia, deprimido. Triste. Ela sentiu um aperto no peito. Deveria estar pulando de alegria — não era isso o que ela queria? Vê-lo abatido, vê-lo sofrendo. Por que diabos se via sentindo pena dele?

— Olha aqui — disse ele. — Já chega, tá? Eu só... você deve saber que eu estou passando por um momento... — Ele encolheu os ombros. — Não consigo nem colocar em palavras isso pelo qual estou passando. É, dá para ver a ironia nisso. De qualquer forma, a questão é: eu não quero envolver a polícia. Já tive minha cota de policiais pelo resto da vida no último mês. Mas, se você continuar me assediando, não vai me deixar outra alternativa.

— Como é que é? Te *assediando*? Eu não cheguei nem perto de você.

Theo inspirou fundo e exalou o ar ruidosamente, um som que indicava exaustão. Ele tirou do bolso interno do casaco um papel, que desdobrou lentamente e com bastante cuidado.

— "O problema com pessoas como você é que elas pensam que estão acima de todo mundo. Aquela história não era sua, era minha. Você não tinha o direito de usar aquela história do jeito que você usou. Você devia ter que pagar as pessoas para contar as histórias delas. Você devia ter que pedir permissão. Quem você pensa que é para usar a minha história..." Et cetera, et cetera. Há uma meia dúzia de cartas como essa. Bem, não exatamente iguais a essa, elas começaram como manifestações bem-educadas de interesse pelo meu trabalho, claramente pensadas para me levar a dizer algo sobre a inspiração para a história, e depois foram de mal a pior. Mas deu para ter uma ideia do assunto, né? Você sabe do que eu estou falando. Você *escreveu* isso. As cartas foram postadas em Islington, Miriam, pelo amor de Deus. Deu para ver que você tentou disfarçar a sua identidade, mas...

Miriam estava de queixo caído, perplexa.

— Eu *não* escrevi isso. Quem sabe você não roubou a história de outra pessoa? Talvez você faça isso o tempo todo.

— Ah, pelo amor de Deus!

— Eu não escrevi isso!

Theo deu um passo atrás, exalando longamente.

— É dinheiro que você quer? — perguntou ele. — Quer dizer, você fala aqui *Você devia ter que pagar as pessoas*, então é isso? De quanto você precisa? De quanto você precisa para me deixar... — a voz de Theo embargou, e Miriam ficou horrorizada ao sentir lágrimas brotando em seus olhos — para me deixar em paz?

Miriam enxugou o rosto rapidamente com a manga da camisa e saiu do barco. Ela estendeu a mão.

— Posso ver essas cartas, por favor? — perguntou ela. Theo entregou as folhas sem nenhuma hesitação.

O papel era fino, de qualidade inferior, com uma caligrafia caprichada mas infantil.

Myerson,
Por que você não responde as minhas cartas? O problema com pessoas como você é que elas pensam que estão acima de todo mundo. Aquela história não era sua, era minha. Você não tinha o direito de usar aquela história do jeito que você usou!!! Você devia ter que pagar as pessoas para contar as histórias delas. Você devia ter que pedir permissão. Quem você pensa que é para usar a minha história sem pedir antes? Você nem fez um bom trabalho. O assassino na história é um fraco. Como é que um homem fraco ia fazer o que ele fez? O que você ia saber sobre isso, na verdade? Você não mostrou respeito.

Ela estava balançando a cabeça.
— Eu não escrevi isso — repetiu ela, virando a folha nas mãos. — Não é possível que você ache que fui eu que escrevi isso... essa pessoa parece que acabou de aprender a escrever.
Ela começou a ler a próxima carta.

A polícia pegou você então parece que você não é tão melhor assim que os outros, né? Eu devia contar pra polícia que você roubou a minha história. Eu devia ganhar alguma coisa pelo menos, mas o que não sai da minha cabeça é como você sabia de *Black River*.

Miriam prendeu a respiração.

Vou deixar você em paz e não vou escrever de novo se você me contar como sabia de *Black River*.

Sob seus pés, a terra tremeu.
Ela leu aquela frase em voz alta.
— *"Me contar como sabia de Black River".*

— É uma música — explicou Theo. — Não é uma referência ao lugar, é...

— Eu sei o que é — retrucou Miriam. O mundo estava ficando preto, a escuridão se aproximava numa rapidez tão grande que ela não conseguiu empurrá-la para trás. Ela abriu a boca, mas não conseguiu levar o ar até os pulmões; seus músculos não estavam funcionando, nem o diafragma nem os músculos dos braços e das pernas; ela tremia descontroladamente e perdeu a visão quase por completo. A última coisa que viu antes de desmaiar foi a expressão de perplexidade no rosto de Theo Myerson.

— Estava tocando no rádio do carro. A música. Eu me lembro que ele resolveu mudar de estação, mas Lorraine pediu que não fizesse isso. Ela falou: "Eu gosto dessa música. Você não gosta?" E começou a cantar *Black River*.

Myerson colocou um copo de água sobre a mesinha de cabeceira e em seguida ficou ali em pé, meio sem jeito, olhando para ela. Deve ter sido constrangedor: Theo Myerson ajudando-a a se levantar depois de ter desmaiado — *desfalecido*, como uma ridícula donzela vitoriana num dia quente — no caminho de pedestres, os dois se arrastando como um casal de velhos até o barco, onde ele a colocou na cama, como uma criança. Como uma inválida. Miriam teria ficado morrendo de vergonha se tivesse sido capaz de sentir vergonha, se tivesse sido capaz de sentir qualquer outra coisa que não uma espécie de terror desnorteado. Ela estava deitada de barriga para cima, os olhos fixos nas ripas de madeira do teto, tentando se concentrar na respiração, na inspiração e na expiração, tentando se concentrar no aqui e agora. Mas não conseguia, não com ele ali.

— Para quem mais você mostrou? — perguntou ele — O seu... humm, o seu *manuscrito*? Quem mais o leu?

— Eu nunca o mostrei para mais ninguém — respondeu Miriam. — A não ser por Laura Kilbride, mas isso faz muito pouco tempo, e, de acordo com os jornais, ela não está em condições de escrever cartas para ninguém. Eu nunca o mostrei para mais ninguém.

— Isso não pode ser verdade. Você o mostrou para um advogado, não foi? — perguntou Theo, pairando acima dela, esfregando a cabeça grande que começava a ficar careca. — Você deve ter feito isso! Certamente mostrou para o *meu* advogado quando fez a sua, humm, a sua queixa. — Ele transferiu o peso de um pé para o outro. — A sua alegação.

Miriam fechou os olhos.

— Eu não mandei o manuscrito inteiro para ninguém. Selecionei algumas páginas e destaquei várias semelhanças. Nunca mencionei a cantoria, ainda que ela fosse... ainda que ela fosse provavelmente a prova mais evidente do seu *roubo*. — Theo fez uma careta. Pareceu que queria dizer alguma coisa, mas pensou melhor. — Eu não queria mencionar a cantoria dela, não queria nem pensar naquilo, na última vez em que ouvi a voz dela daquele jeito, na última vez em que a ouvi feliz, despreocupada. Na última vez em que a ouvi sem medo.

— Minha nossa. — Theo soltou o ar lentamente. — Você se importa? — Ele apontou para a cama e, por um momento assustador, Miriam não soube muito bem o que ele estava pedindo ou perguntando. Theo se sentou, empoleirado na beira da cama, a uns quatro ou cinco centímetros dos pés de Miriam. — Não pode ser, Miriam. Ele está morto. Jeremy está morto. Você disse isso, a polícia disse isso...

— Eu desejei isso para ele, e a polícia fez uma dedução. Algumas pessoas disseram que o viram, em vários lugares diferentes: em Essex, na Escócia, no Marrocos. A polícia investigou as denúncias, ou pelo menos foi o que disseram, não sei se levaram as denúncias a sério... Mas você sabe de tudo isso, não sabe? Estava no livro.

Theo estremeceu.

— Havia algo a respeito de um pé? — arriscou ele, enrubescendo.

Miriam assentiu.

— Algumas crianças que brincavam numa praia perto de Hastings encontraram um pé humano algumas semanas depois que Jeremy desapareceu. Era do tamanho e da cor certos, com o tipo sanguíneo certo. Isso foi tudo pré-DNA, então não havia como saber com toda a certeza, mas presumiram que fosse ele. Pensaram que talvez tivesse colidido com as pedras em algum lugar, ou sido trucidado pelo hélice de um barco. De qualquer forma, aquele foi o fim de tudo. Eles interromperam as buscas.

— Mas... — Theo balançava a cabeça. — Pense bem. Se ele tivesse conseguido se safar de alguma maneira, forjando a própria morte, mudando de identidade, teria havido outras, não teria? Outras meninas, digo, outras mulheres. Um homem desses, capaz de fazer o que fez com você e com a sua amiga, não faz isso só uma vez e depois para, né?

— Talvez pare — respondeu Miriam. — Onde está escrito que *todos* eles pegam gosto pela coisa? Pode ser que ele tenha experimentado e não gostado muito. Talvez tenha ficado com medo. Talvez aquilo não o tenha saciado como ele achou que saciaria. Ou talvez — o barco balançou com a passagem de outra embarcação e Miriam abriu os olhos para focar no teto de novo —, talvez ele *não* tenha feito aquilo só uma vez. Pode ser que ele tenha feito isso diversas vezes, mas a polícia simplesmente não estabeleceu uma conexão entre os casos. Era mais fácil naquela época, não era, para os homens simplesmente seguirem em frente, mudando de endereço, vivendo à margem da sociedade, à deriva, continuando a agir por anos a fio? Ele pode ter mudado de país, pode ter mudado de nome, ele pode estar... — a voz dela vacilou — *em qualquer lugar.*

Myerson deslizou pela cama de modo que não estava mais sentado aos pés dela, e sim ao seu lado. Ele estendeu o braço e — ela quase não conseguiu acreditar naquilo — pegou a mão dela.

— Eu tenho o endereço de e-mail dele — disse Theo. — A polícia será capaz de rastreá-lo usando isso. Eu posso entregar as cartas para eles, posso explicar... *nós* podemos explicar... nós podemos explicar tudo. — Ele olhou bem fundo nos olhos dela. — Tudo.

Miriam soltou a mão da dele. *Tudo?* Myerson estava, ela compreendeu, pedindo desculpas. Estava oferecendo a ela um reconhecimento. Se eles fossem à polícia com aquelas cartas, eles teriam de explicar como Theo veio a ser o destinatário delas, como foi que os dois deduziram que só havia um homem no mundo que poderia saber a respeito daquela música, do significado dela. E, ao fazer isso, Theo teria de se desmascarar, ele teria de reconhecer Miriam como a inspiração para a sua história. Ela teria tudo o que queria.

Ela piscou devagar, balançando a cabeça.

— Não — disse ela. — Não, isso não vai ser suficiente. — Ela enxugou o rosto com as costas da mão e ergueu o corpo, apoiada nos cotovelos. — Você não vai entrar em contato com a polícia, você vai entrar em contato com ele. Responda às perguntas dele. A algumas delas, pelo menos. — Ela fez uma pausa para refletir sobre o assunto. — É, você vai entrar em contato com ele, pedir desculpas por negligenciar as cartas dele. Marcar um encontro.

Theo assentiu, os lábios comprimidos, esfregando a cabeça.

— Eu poderia fazer isso. Eu poderia pedir a ele para se encontrar comigo para conversar sobre as perguntas dele. E, assim que ele chegar, a polícia já vai estar lá à espera.

— Não — retrucou Miriam com firmeza. — Não, a polícia não vai estar lá à espera.

Por alguns segundos, Theo sustentou o olhar dela. Então se virou.

— Tudo bem — disse ele.

39

Lá estava ela, no quarto de hóspedes da casa de Irene, olhando para a cama de solteiro bem-arrumada, para a toalha amarela dobrada na beira da cama. Havia também um guarda-roupa, uma estante de livros e uma mesinha de cabeceira, na qual Laura havia colocado a fotografia vandalizada de si mesma com os pais. Ela olhou a foto por um instante antes de virar o rosto deles para a parede.

De lá de cima, ela escutava a risada surpreendentemente infantil de Irene. Ela estava ouvindo alguma coisa no rádio, um programa no qual as pessoas tinham de falar pelo tempo que conseguissem sem se repetir nem hesitar. Laura achava aquilo desconcertante, mas Irene morria de rir, o que em si já era hilário.

Depois que Laura finalmente terminou de desfazer as malas — não tinha muita coisa, mas estava arrumando tudo com uma só mão —, ela se sentou na cama, apoiando-se na parede. Enquanto cutucava distraidamente o gesso ao redor do pulso, cuja extremidade já começava a se desgastar, ela ouvia a movimentação de pessoas do outro lado da parede, suas vozes um murmúrio baixo. A casa — a de Angela — estava à venda, e havia um fluxo constante de visitantes, apesar de nenhum deles ter feito uma oferta ainda. Ou pelo menos foi o que o corretor tinha lhe dito. "Um bando de curiosos", ele havia reclamado quando ela o encontrara na rua, fumando sem parar, "coletando material para aquelas porcarias de *podcasts* de crimes reais deles".

Alguns deles haviam batido à porta da casa da Irene, mas Laura os afugentara. Jornalistas de verdade também apareceram, mas Irene não recebeu ninguém. Ela já havia falado o suficiente com a polícia. Havia escutado também, e feito a gravação — Laura estava incrivelmente orgulhosa dela; sentia mais orgulho dela do que jamais sentira de qualquer integrante da própria família. Laura tinha começado a chamá-la de Miss Marple, mas Irene havia posto um fim rápido e surpreendentemente mal-humorado naquilo.

Agora, quando não estava ouvindo programas no rádio, lendo seus livros ou ajudando Laura com todos os procedimentos legais com que tinha de lidar, como o pedido de indenização por danos pessoais, a próxima audiência no tribunal e tudo o mais, ela falava sobre as duas fazerem uma viagem. Aparentemente, ela sempre quis visitar um lugar chamado Positano, onde filmaram aquele filme sobre o Hannibal Lecter. Ou algo assim.

Laura disse que não podia bancar uma viagem de férias, ou pelo menos não até receber o dinheiro da indenização, mas Irene falou que isso não era problema.

— Nós tínhamos algumas economias, William e eu — disse ela, e quando Laura falou que elas não podiam gastar aquele dinheiro, Irene simplesmente estalou a língua em desaprovação.

— E por que não? Não se pode levar dinheiro para o túmulo.

Naquele momento, Laura sentiu uma ligeira tontura. Hipoglicemia, talvez, ou então era o efeito estonteante de ver seus horizontes, estreitados por tanto tempo, se expandindo outra vez.

As duas não iriam a lugar nenhum tão cedo. Laura ainda estava se recuperando de uma concussão, uma costela quebrada e uma mão esquerda gravemente esmagada. Aquela menina, a grandalhona de piercing no nariz, tinha descido seu pé tamanho quarenta na mão dela e carimbado com força.

— Há vinte e sete ossos na mão — dissera o médico a ela, apontando para a imagem na tela a fim de mostrar a extensão dos danos — e você quebrou quinze deles. Teve muita sorte...

— Eu realmente me sinto muito sortuda — retrucou Laura.

O médico abriu um sorriso benevolente.

— Você teve sorte porque foram fraturas simples. Com a quantidade certa de fisioterapia, deve recuperar todos os movimentos.

De volta à fisioterapia. Como nos velhos tempos.

— A sensação que dá é que a gente voltou ao início de tudo — disse a mãe de Laura. Ela vinha chorando de modo teatral ao lado da cama de Laura pelo que deviam ser apenas alguns minutos, mas pareciam dias. — Não acredito que a gente está de volta aqui... você gravemente ferida, no hospital...

— Mas pelo menos desta vez não foi porque seu casinho passou por cima de mim com o carro dele e depois fugiu, né?

A mãe não se demorou. Nem o pai, pois Deidre tinha ficado no carro, estacionado em local proibido.

— Com sorte, eles vão rebocá-la! — disse ele com uma risada nervosa e olhando por cima do ombro, como se estivesse com medo de que ela ouvisse. Ele apertou a mão boa de Laura e lhe deu um beijo na testa, prometendo que iria visitá-la de novo em breve. — Talvez, quando você melhorar — continuou ele, ao parar na porta enquanto saía —, a gente possa ficar mais tempo juntos. A gente podia até arrumar um lugar para morar juntos... que tal, amorzinho?

Laura fez que não com a cabeça.

— Pai, não dá, a gente já tentou. Eu e a Deidre, isso nunca vai dar certo...

— Ah, eu sei — respondeu ele, assentindo vigorosamente. — Eu sei disso. Eu sei que você não poderia morar com ela de novo. Eu estava pensando daqui a algum tempo, sabe? Depois que eu a deixar.

Laura abriu um sorriso solidário. Esperaria sentada.

Ovo também foi vê-la. Detetive Barker era seu nome, ela finalmente tinha conseguido colocar aquilo na cabeça, mas em seu coração sempre seria Ovo. Ele tinha ido lá para dizer que lamentava muito por Laura ter sido agredida, e também para contar que a Miriam, do canal, havia retirado a queixa contra ela.

— Ela admitiu que estava com a sua chave — disse ele. — Tivemos que falar com ela sobre uma série de depoimentos que deu durante a investigação e que não eram muito precisos.

— Estou chocada — disse Laura, sorrindo para ele. — Na real.

Ele arqueou uma sobrancelha.

— Ela contou uma história e tanto. Disse que estava tentando ajudar você, que ela acreditava ser culpada, enquanto tentava incriminar Carla Myerson, que ela acreditava ser inocente, mas que, na verdade, era culpada.

— Não se pode inventar uma merda dessas — comentou Laura.

Ele sorriu para ela.

— Vamos manter contato com você, Laura — disse ele ao sair. — Ainda há a questão da bolsa roubada, com a faca e as joias dentro.

— Não esquece o lance do garfo — Laura lembrou a ele.

— Ah, é, claro. O garfo.

À noite, deitada em sua cama de solteiro, encolhidinha sob o lençol puído, Laura encostou a palma da mão boa na parede que dava para o que tinha sido o quarto de Daniel. Havia algo estranhamente circular em tudo aquilo, em como havia começado com ela na cama de Daniel e terminado com ela separada do quarto dele por apenas alguns centímetros de tijolos da era vitoriana.

De vez em quando, em pensamento, ela voltava para aquela noite no barco, para o alvorecer daquela manhã — e o mais estranho era que o que a atormentava não era ele, não era a súbita mudança de comportamento, a transição brusca do charme para a crueldade; não era a expressão em seu rosto quando ela avançou sobre ele com os dentes trincados.

Não, a coisa que ela não conseguia tirar da cabeça era o momento em que saiu do barco, o momento em que deu um passo do deque da popa para terra firme e ergueu o olhar para a direita. O instante em que viu, naquela meia-luz cinzenta do amanhecer, uma mulher em cima da ponte, olhando para baixo, para ela. A coisa que a atormentava agora era que ela não conseguia, nem se sua vida dependesse disso, se lembrar da expressão no rosto daquela mulher. Não sabia dizer se ela parecia triste ou com raiva, arrasada ou decidida.

Epílogo

Um homem foi encontrado morto em um barco no canal. *Stop me if you think you've heard this one before.*
Carla ouviu os rumores, as piadas sem graça das outras mulheres, na hora do almoço. *É mais um dos seus, Cazza? Que moça ocupada, hein?* Ela foi até a biblioteca naquela tarde; não tinha permissão para ler notícias na internet sobre crimes, mas convenceu uma das guardas (uma "superfã do Myerson!") a imprimir a história na casa dela e trazer a impressão.

SUSPEITO DE HOMICÍDIO
ENCONTRADO ASSASSINADO

O corpo em estado avançado de decomposição de Jeremy O'Brien, de 58 anos, que também era conhecido como Henry Carter e James Henry Bryant, foi encontrado em um barco parcialmente afundado no Regent's Canal. O'Brien, que era procurado por seu envolvimento no assassinato da adolescente Lorraine Reid, em 1983, havia sido dado como morto, supostamente por suicídio, depois de ter desaparecido alguns dias após o homicídio de Reid.

A polícia diz que parece que O'Brien vinha morando com o meio-irmão na Espanha desde os anos 1980, onde assumiu o nome de James Henry Bryant. Ele foi gravemente ferido em um acidente de carro em 1988, quando sofreu uma lesão na coluna e passou a andar de cadeira de rodas. A polícia diz que acredita que ele voltou para a Inglaterra no ano passado após a morte do meio-irmão e que estava morando em uma habitação de autonomia assistida na zona norte de Londres sob o nome de Henry Carter.

Apesar de algumas semelhanças entre o assassinato de O'Brien e de Daniel Sutherland, de 23 anos, ocorrido seis meses atrás — ambos os corpos foram encontrados em barcos no canal e ambos morreram em decorrência de ferimentos a faca no peito e no pescoço —, a polícia afirma que não há uma conexão entre as mortes, salientando que a mulher condenada pelo assassinato de Daniel Sutherland — Carla Myerson, que está na prisão feminina HMP Bronzefield desde julho — se declarou culpada do crime e fez uma confissão completa.

Carla parou de ler. Ela dobrou o papel e o devolveu para a guarda.

— Obrigada — disse ela. — Theo me disse que vai enviar um exemplar autografado do último livro dele para você pelo correio.

Alguns dias depois, Carla recebeu uma carta de uma criminologista, perguntando se poderia fazer uma visita para conversar sobre o caso dela. Carla não tinha nenhum desejo específico de falar com ninguém sobre o caso, mas sentia falta de conversar com alguém que possuísse um bom nível intelectual. Ela respondeu que sim.

A criminologista, uma jovenzinha de olhar vivaz e aparência impecável, era uma estudante com o desejo de atingir o grau máximo de dignidade acadêmica (e talvez até conseguir fechar um contrato para um livro!) com seu trabalho de fim de curso, no qual ela esperava poder ter Carla como foco. Já tinha havido uma confissão falsa nesse caso, seria possível que tivesse havido duas? Será que Carla era uma vítima (autodestrutiva) de um erro da justiça? Haveria um assassino em série atrás de homens que moravam no Regent's Canal ou arredores? Será que havia um assassino em série atrás de outros assassinos?

A pobrezinha dava pena de tão empenhada, e Carla se sentiu péssima por estourar a bolha especulativa dela. Não houve nenhum erro da justiça, disse ela à jovem calmamente, não há nenhum assassino em série atuando no canal. Um caso não tem nada a ver com o outro.

— Mas o seu marido, ele pensou...

— Ah. — Carla abriu um sorriso condescendente. — Você tem falado com Theo. É preciso dar um desconto às coisas que ele fala, infelizmente. Theo é um sonhador, vive no mundinho dele.

— Então foi mesmo... foi mesmo a senhora quem fez aquilo? — incitou a jovem, a decepção estampada no rosto bonito.

Carla assentiu.

— Fui eu, sim.

— Mas... *por quê*? Tudo bem a gente falar sobre a sua motivação?

Carla balançou a cabeça.

— Eu lhe disse no meu e-mail que não estava preparada para entrar nos pormenores do caso. Sinto muito.

— Ah, sério? Mas a senhora é tão *atípica*... pertence à classe média, tem formação acadêmica, é divorciada...

— E o que isso tem a ver com qualquer coisa? — perguntou Carla. — Meu estado civil, digo.

— Ah, bem, homicidas do sexo feminino tendem a se enquadrar em papéis de gênero tradicionais... geralmente são casadas e têm filhos, esse tipo de coisa. A senhora não se encaixa nesse padrão.

— Eu já fui casada e tive um filho — disse Carla tristemente.

— É, mas... Tá. — Ela estava perplexa. Olhou ao redor de um jeito infeliz mas esperançoso, como alguém entediado numa festa procurando uma pessoa mais interessante para conversar. — Então — disse ela por fim —, a senhora poderia me responder uma coisa pelo menos? A senhora se arrepende?

Quando Carla tinha feito sua confissão para Irene — não a que fez para a polícia, que estava longe de ser completa, mal chegava a ser uma meia confissão; eles ficaram com a versão resumida, ela se recusou a entrar em detalhes —, havia descartado a ideia de que o que Daniel fizera tinha sido um erro de criança. Ela havia falado em tortura e manipulação, e tinha falado sério.

Agora, porém, quando permitia que sua mente vagasse — e sua mente não tinha muito o que fazer além disso —, esta visitava lugares que ela preferiria que não visitasse.

Sua mente ficava se perguntando se o que ela havia interpretado como manipulação naquela primeira onda de fúria não poderia ter sido, na verdade, outra coisa. E se o flerte de Daniel não fosse calculado, e se aquele fosse simplesmente o jeito dele de amar? E se ele não soubesse agir de outro modo? Talvez a história que ela havia contado para si mesma não fosse mais verdadeira que o mito que Daniel havia criado para si mesmo.

Ela enveredou por aquela estrada obscura, que se tornou ainda mais obscura quando ela se deu conta de que era uma via de mão única: depois que se entrava nela, não havia mais saída, nem retorno.

Ultimamente, quando Carla pensava no que tinha feito, ela enxergava suas ações de uma ótica diferente. Não mais anestesiada por medo, por euforia (e, sim, aquele momento frenético tinha sido eufórico), agora ela via o que tinha feito. Sangue, tanto sangue! O barulho que ele fez, aquele gorgolejar nauseante na garganta, o branco selvagem dos olhos, o cheiro de ferro, o cheiro de urina, o odor da agonia dele, de seu terror.

Deve ter sido um momento de loucura. Será que ela poderia contar essa história para si mesma? Será que poderia se convencer de que sua dor e seu pesar a haviam deixado delirante, de que tinha agido sem pensar?

Sentada na área de visitas da maior prisão feminina da Europa, dividindo aquele espaço com mulheres desnorteadas, tristes e desfavorecidas, além de, claro, com o pior que o gênero feminino britânico tinha a oferecer, fez a si mesma a seguinte pergunta: ela pertencia àquele lugar?

O que, no fim das contas, ela poderia ter feito diferente se não tivesse sido tomada pela loucura? Se sua sanidade mental tivesse ficado preservada, será que ela poderia ter deixado aquilo para lá? Será que poderia ter decidido seguir em frente com a vida, ter tomado conhecimento do que Daniel havia feito e escolhido guardar essa informação trancada em algum lugar? A questão é: de que jeito ela poderia ter feito essa escolha de forma *sã*? Como poderia ter escolhido viver num mundo em que Daniel ainda estivesse vivo, em que poderia vê-lo, respirar o mesmo ar que ele? Um mundo em que existisse a possibilidade de que ela ainda pudesse sentir alguma coisa por ele — uma afeição, algo parecido com amor.

Essa possibilidade ela tinha que matar.

— Sra. Myerson? A senhora se arrepende?

Nota da Autora

Os locais que servem de cenário para a história deste livro foram inspirados pelas ruas e casas na região do Regent's Canal que corta os bairros de Islington e Clerkenwell, em Londres. Nem as casas nem as ruas foram retratadas fielmente no texto; usei de licença poética onde considerei conveniente.

Agradecimentos

Obrigada a Sarah Adams e a Sarah McGrath pelas edições eficazes no texto e pela paciência aparentemente ilimitada.

Obrigada a Lizzy Kremer e a Simon Lipskar, os melhores agentes literários em ambos os lados do Atlântico, pelos conselhos geniais e pelo apoio inabalável.

Obrigada a Caroline MacFarlane, vencedora do leilão beneficente da CLIC Sargent, pelo uso de seu nome.

Obrigada a meus primeiros leitores, Petina Gappah, Frankie Gray e Alison Fairbrother.

E obrigada a Simon Davis, pois Deus sabe que os últimos três anos não devem ter sido nada fáceis.

Este livro foi composto na tipologia ITC Giovanni Std,
em corpo 11/15,9, e impresso em papel off white,
no Sistema Cameron da Divisão Gráfica
da Distribuidora Record.